蜩の声

furui yoshikichi
古井由吉

講談社文芸文庫

目次

鯛の声

除夜

朝方からどんよりと曇って風もなく、雨の降り出す様子も見えず、午さがりになっても同じ薄暗さのまま、ただしんしんと冷えこんで夕暮れに向かう年末の日がある。表はさすがに人通りもすくなくて、車の列は相変わらずでもその音が垂れた雲に吸いこまれるせいか、さほど耳にさわらない。そこへもうひときわの静まりがはさまり、見渡せばあちこちの枯木から、わずかずつ散り残った黄葉の、曇天のもとで濃く照る色が順々に目につくにつれて、しきりに鳴き交わす鳥の声が落ちてくる。

そんな日には急ぎの用で出かけたはずなのに気がついてみれば、まるでひさしく会っていない人の家を訪ねることに思いついて、通い馴れた道をたどっているような、気ままな足になっている。寒い日の昼間から訪ねても喜んで迎えてくれるような旧知は思いあたりもしない。おそらく、正午をまわればもう終日の暗さの、時刻も移らぬ空に覆われて人も物も影が失せ、歳月も滞り、昔が行手の角ごとに淡い覚えとなって淀むせいか。

そんな道はとうにありはしないのだ、と知りながらしばらくはその足で歩き続ける。すべて、朝寝の床の中からの夢想である。

——起きて今朝また何事をいとなまむ
古人の歌をもてあそんでいる。年末に入る頃から、目覚めて起き出すまでが、めっきり愚図になった。この夜明けぬと鴉鳴くなり、と下の句はなにやらこれかぎりの暁のようにも聞こえるが、ここのところさいわい寝覚めもすくなくて、しらじら明けも知らず、日はよほど高くなっている。窓の暗幕の隙間から洩れる光を見るに、表はどんよりとした空でもなさそうだ。年の瀬の日和が続く。今日も息災のようだが、かならずしも閑ではない。この歌を詠んだ古人もじつは起きれば細々としたいとなみに、つい追われる人だったのかもしれない。

目を覚ますや跳ね起きでもしそうな、そんな時期があったものだ。朝から逸《はや》りたつような好い事は何ひとつ、その日に控えているわけでもないのに、じつに粗忽なことだ、と当時から自分で呆れていた。今から見ればなおさら、狂躁の沙汰かと思われる。壮んな年だったということもあるが、世の中に誰彼の上となく、堰かれれば溢れる早瀬が走っていた。

それにしても静かな年の瀬である。街もどこかさびれて見える。去年の暮れが底かと思ったら、今年はそのまた底だ、と人がこぼしていた。四十年もこの商売をやってきたけれどこんなに客足の遠くなった年の暮れは見たこともない、と溜息をつく。おなじくかれこれ四十年もひとつ稼業をつないできて、その間おしなべて景気不景気の外に置かれた身にしても、これまでに幾度となく年末の街で、これほど行き詰まった年も知らないと呻くような声を耳にしては、うかうかとしていては生きられないような気分に染まった。自分でも深刻そうなことを口にしていたかもしれない。この国の民はじつに長きにわたって、年々歳々不況に追い立てられ、たまさかの好況も不況の先送りか、不況の変型であったかと思われるほどだ。しかし不景気の年の瀬ほど街は人出で景気づいた。この先どうなることかとつぶやく声にも、暗い世相にかえって掻き立てられて、はしゃいだ色がまじった。このたびはすこしく違うらしい。不況をかこつ声が、走りかけては前方に異な影を目にした時のように、立ち止まりがちになるようだ。しょせん避けられぬものを、取りもあえず後へ置き残して来たあげくに、済まぬ勘定にいつか前へまわりこまれたか。

それでも年の瀬の習い性か、朝寝の床に年寄りの愚図を決めこんでいても、表ではすでに人が寸暇を惜んで動きまわっているような、誰に咎《とが》められるわけでもないのに、うしろめたさを覚えはじめる。それでいて、たいていにしなくてはと思いながらまたうつらうつらと、夢うつつの境にひきこまれ、薄い日もそうこうするうちに傾いて翳りがちになった往来を女たちがしきりに、寒さに背をまるめて前のめりに、小足を急がせて通るのが見える。露地の行きあたりになる玄関の戸の、高いところの透硝子《すきがらす》を通して、背伸びをしてのぞいているようなのは、子供の頃の記憶らしい。表の角からついと吐き出されてはたちまちまた角に吸いこまれる人の影は、露地の奥の硝子戸の内までは足音が伝わらないので、遠い世の光景のように映る。

年末の人出の中を行くうちに、先を急いでいる折りも折り、ひさしく消息の絶えていた人にぱったりと会う、ということの重なった年があった。年齢の節目らしいところにさしかかり、何かと物事に追い立てられるそのたびに、そんな年の瀬があったように思われる。むこうからいきなり声をかけられることもあれば、こちらが先に気づいて、ちょっと迷ってから、呼び止めることもあった。いや、そうともかぎらない。それよりも先にお互いの目が合う。

妙なものに出会ったような訝りがそれぞれの目に差す。誰と見分けるまでに、知った顔になったり、また知らぬ顔になったり、長いような間がはさまる。名を呼びあった後から、人違いではなかったことにいまさら驚いている。

あたふたと先を急ぐ人間は誰でも同じように見えて、本人は知らずに素顔を剝き出しにしているのかもしれない。素顔には歳月に侵かされぬところがあるとすれば、旧知の目にこそ止まりやすい。それに冬至の前後の陽差しは午後ともなればめっきりかすれて、道行く人の影を薄くするかわりに、顔に陰翳をきわだたせる。さむざむと浮き出た面相がそのままに、面影に通じることがある。しかし旧知でもおそらく、同じような心境にある者どうしでなければ、お互いに目を惹かずにすれ違っていたところだ。顔が合いながらただ眺めて近づくその間に、それぞれ無沙汰の長年を通り抜け、声をかけて立ち止まった時にはすでに、身上話を交わしたのにひとしい感慨になる。

人通りの中でどちらもまた先を急ぎそうな半端な恰好で立って、道さまたげになりながら、いつまでも話しこんでいるかに見える。涙ぐみそうなまでに大きくひらいた目で顔を見かわしていても、声は岸を隔てているようで、仔細なことをたずねかねている。あたりさわりもないことを話しては言葉が尽きると、こんな時にこんな所でばったり出会ったことを驚きあうばかりになる。奇遇を喜んでいるようでもあり、どこかそらおそろしがっているようでもある。あげくに、で、お元気、とまた同じことをたずねる。

聞いて、ねえ、聞いてよ、と露地をばたばたと内股の小足で入ってきたのが玄関の戸を開けるや叫ぶので、どうせ年の瀬のつまらぬ光景を目に止めてきたか、世間の不景気について大げさなことを耳にはさんできたかして、ひとしきり喋りまくるのかと思ったら、玄関口で急にひっそりとなり、しおらしくコートでも脱いで畳んでいるらしく、それが茶の間に顔を出すとまた、聞いてと息せききるようにしながら、卓袱台《ちゃぶ》の前に坐りこむ男を見て、なによ、この忙しい時にひとりでのうのうとお茶なんか呑んでいて、あたしが外を飛びまわっている間に何ひとつ片づいていないじゃないの、と目をとがらす。なまけているようで、やる時にはやるんだ、と男はそっぽを向く。その男のむかいに女はぺったりと尻を落として、あたしだってやってられないわ、と溜息をついてから、にわかにまた思い出したみたいに、ね、聞いてよ、ねえ、と身を乗り出してくる。

——新宿でぱったり会ったのよ。誰だと思う、女の人。

——知るものか。女のそういう物のたずね方は、手間がかかっていけない。

——田中さんなの。

——どこの田中さんだ。

——ほら。牛込にいた頃の。

——昔のことだな。

思い出しているのかいないのか、男はそれきりの顔で縁側の軒へ目をやった。朝の内からどんよりとしていた空がいつか西のほうで透けたようで、だいぶ傾いた薄い日が埃の浮くような廊下へ斜めから長い足を伸ばして、その行きあたりに積んだ荷物をさむざむと照らしている。年の暮れのあわただしい引っ越しは夜逃げみたいで縁起が悪いと女が言うので、松が取れてから家を明け渡すことになっていた。手入れらしい跡も見えぬせまくるしい庭の隅の、これも埃をかぶった八ツ手の植込みのあたりから、暮れかかっている。男に話をはぐらかされたのも気づかぬように、女はひとりで身をすくめた。

——悪い事はできないものですね。

——なに悪い事をしてるんだ。

——でも、そうでしょう。

――俺は大っぴらに生きているぞ。

――あなたと七年も暮らして、まだ行き迷っているようなのも、悪い事のうちかしら。

――そんな皮肉を言うために駆けもどってきたのか。一緒になる時に何と言った。俺も言ったけれど。

――三十三の昔と四十の今とではね、大違いですよ。あの人はたしか、あたしより五つも若いはずで。

さあて、こうしてもいられない、と男は腰をあげかけたが、呑みさしの冷えた番茶をついでにほすと、また何となく坐りこんだ。以前なら話がこんな危い瀬に差しかかれば、二言三言のやりとりの後、男がふいと立って表へ出ていくのを、女が一声ごとに甲高《かんだか》になり、玄関の戸の閉まるまで茶の間から責めるということがあったものなのに、この半年ばかり、暮らしがまたしても行き詰まりかけてからというもの、どちらも険悪になるところまで踏みこむのに疲れたのか、むしろ取りとめもないような顔つきになり、いつまでもずるずると、立つのも忘れて過ごす。そのうちに、自分らのことは置いて、あれこれ苦労するうちにすっかり遠くなってしまった知人のことを、ぽつりぽつりと話しはじめたりする。

――で、どんな様子だった。

――やつれていたわね。

――商売やつれか。それとも、世帯やつれか。

——綺麗にしてましたけど。わたしなんかよりよっぽど。

——男やつれか。

——さあ、何だか。一途に走るほうでしたから。人を苦しめていることにも気がつかずに。

——何年になるかね。

——あたしたちがこうなった頃には、姿が見えなくなってましたよ。

——ふけただろうな。

——それが変なのよ。

思い出せもしないようなことを言っていたくせに妙に関心を寄せ出した男を女は怪しむようでもなく、いまさら不思議がる目を宙へあずけきりになった。長い沈黙がはさまり、ひときわ暮れた庭に、それまで耳につかなかった表通りの、人のしきりに行き交う足音が、まるで遠い繁華のざわめきが風に運ばれるように降りてきた。不景気で静かな年の瀬だと思っていたら、日が暮れかかると人は外へ出てくるんだな、何処へ行くつもりだ、と男が沈黙を破ると、女はそれには答えずに話を継いだ。

——むこうから来るのが、こちらの目に早くからついて、五十はすぎた顔に見えたの。光の加減だったのでしょうけど、髪も白くて。それがもうすこし近づいて、あちらもこちらをじっと見ている。その顔が今度は二十歳頃の女の、思いつめた顔になっているの。初めて真剣に思う人のできた頃の。そんな年頃のあの人の顔など、あたしは知りませんよ。

でも、そう見えたんです。声をかけあって立ち止まった時には、まあ年なりの、それにしては若いという程度の顔に落着きましたけれど。あたしのほうが、頭がこんがらかって、いまがいつで、いつの人と話しているのか、わからなくなりそうで。

——五十すぎの婆さんと、二十頃の娘とでは、いくら何でもかけはなれてるな。お前こそ老眼が来てるんじゃないか。

——ほら、四十にもなって若い娘の顔を見れば、むきたてに見えるでしょう。

——片や、皺ばんだ五十女だぞ。

——やつれていたけれど、顔肌がひたっと張っていた。

——小造りの顔に目鼻のきわだった女ではあったがな。しかし五十すぎのあの女の顔も、われわれは知らないわけだ、理屈を言えば。

そう言いながら男は話の続きのように、女の顔をまじまじと眺めた。女も続きを待つように、男の眺めるのにまかせた。部屋の内が庭よりも暗くなった。おい、早くしないか、と近所のどの家からか声が洩れて、どうしているか、見ればわかるじゃないの、と甘いような声が答えた。日ざしが消えて風が出てきているようだった。

——むきたて、と言ったな。三十なかばの女が。あるのかもしれない、そんなことも。昔、年寄りが、人間にも本人は知らずに蛇の皮がむけるみたいな時があるんだと話していた。男を知ったばかりの若い女のことだと、聞くほうは思うじゃないか。ところが、男女にかかわりなく、年にかかわりなく、あることなのだそうだ。薄暗がりの中で顔が白く輝くようなことが。じつは危い境に入りかけたしるしで、半年もして患ったり、どうかすると死んだり、行方知れずになったりとか。

——あたしの顔にも、あらわれているかしら。

——脱皮なんぞしている閑がわれわれにはあるものか。

——ほんとに。皮が厚くなるばかりで。

——暗がりの中で光り輝くようになったら、おしえてやるよ。

——よろしくお願いしますわね。

二人は声を合わせて笑った。ひさしくなかったことだった。男はもうひとつ女をからかって笑わせようとして、それこそ暗がりに白く浮かぶ女の顔をまた見つめた。

——しかしお前の顔、いつもとちょっと違うな。

——あの人の顔が乗り移ったのじゃないですか。

——乗り移られるような悪縁でもあるまいし。

——近づく時から、じっと見てるんですよ、こちらを。腰をすこし引いて、上目づかいに。顔はまともに合っているのにまるで物陰からのぞくみたいに。お互いに立ち止まった後も、話をかわす間も、その目をそらさないの。いえ、目だけがいよいよ穴ぐらのようなところへ引いて、それにつれてきらきらと光るようで。どこかうらめしそうに。うらやむような境遇でないことは、すぐに見すかせそうなものなのに。あれほど見つめられれば、その人の顔に、すこしはなってしまいますよ。

——やっぱり苦労したんだろうな。あまり苦労させられると、道でぱったり出会った昔の知りあいが誰でも、うらめしく見えるもんだ。

そう言う自身たちがこれで三度目の引っ越しになる。どれも金の算段に窮してのことで、そのたびに街のはずれのほうへ流れて行くことになり、立退きの決まる頃には女が幾日もふさぎこんで、いまさら別れてもどうやって暮らしたものかしら、と訴えては男を困らせたものだが、越す日が近づけば二人とも忙しさに紛れて、新しい住まいに移ればよい事のあるような気楽さになり、実際に越して一年ばかりは心も改まって事も調子よく運ぶのだが、今度ばかりは先の見通しがさしあたりない。

——どこに住んでいるって。

——先《せん》の所ですって。

——七年も昔に消えておいて、先の所もないもんだ。

——だって、そうとしか言わないんですもの。

——今は何しているって。

——なんだか相変わらずでして、と答えるだけ。

——誰か知りあいの消息は聞いたか。

──むこうも話さなかったし、あたしもとっさに、どちらも知っている人と言って、あなたのことしか思い浮ばなかったので、たずねなかった。幾人《いくたり》もいたはずなのにね。

──ほかに何を話した。

──目を見つめられきりだったので、しどろもどろになってしまって、何を聞いたものやら。

──名は呼びかわしたのだろう。

──あなたなの、と声をかけたら、それまでこちらの顔をまともに見ていたくせに、どぎまぎとして足を停めたわ。

──おい、それ、人違いではないのか。相手は違いますと言いそびれてろくに口もきけなかっただけで。

──あら、あたしも別れて歩き出したところで、変な胸騒ぎがしたものだわ。そっくり似た人がまたむこうからやって来そうな。

──押し詰まった暮れの人出の中では故人《ほとけ》さんとだってすれ違うとも言うからな。すっかり暗くなった中で女は胸を押さえて、大きく見ひらいた目を玄関口のほうへ、露地に入ってきた足音を聞きつけたように向けた。男は低い声で笑い出した。

──冗談だよ。そんなに手の込んだ人違いは滅多にあるもんじゃない。今の自分を見られたくないどうしが出会えば、そんなものだ。それにしても、あまり吉《よ》い験《しるし》でもなさそうだな。

――あなたに言われたからじゃないけれど、ずいぶん顔のはっきりした幽霊と立ち話しをしてきたような。

――また、莫迦《ばか》なことを言う。それどころでない時に、こんな暗がりで、埒もないことを話しこんでいるほうがよっぽど、始末のつかぬ幽霊だ。ついでにふらふらと迷い出て、角の蕎麦屋にでもあがりこんで、酒を呑むか。ひさしぶりに。今夜はこれから夕飯の仕度にかかるのも面倒だろう。

――立ち退く前に、さびしくっていいわね。大晦日とお正月を一緒に済ましてしまいましょうか。

そう言いながらどちらも立ち上がって電灯をつけようともせず、間近から顔を向かいあわせたなり、目をすこしずつそらして、斜めに坐りこんでいた。表の人通りの足音が風の加減か下から昇ってくるように聞こえて、七年前の暮れ時の、話が尽きて顔ばかりが白く浮かんだ、二階の部屋に似ていた。

ずいぶん経ちましたね、とやがて女がそのことともなくつぶやいて、けだるそうに腰をあげた。

――あなた、あの人と、寝たことがあるんじゃないの。

そばで深い寝息を立てていたはずの女がむっくりと頭を起こしたのは夜もだいぶ更けた頃になる。甘いような匂いが男の顔に吹きかかった。

宵の口につれだって蕎麦屋の板敷にあがり、二人とも上機嫌に酔って出てくると表は吹き降りになっていた。雨に打たれていよいよはしゃいで嬌声をあげる女の背を男は腕につつんで、たいそう乱れやがって、昔ならただでは済まないところだぞ、と自分も浮かれて絡まりあいながら家まで駆けもどり、出がけに女の敷いて行った寝床にもぐりこむと、夜着に換えた女がぬくもらせてもらいますよと寝床に滑りこんできて、ひとしきり慄えの止まったところで、ねえ、ただで済ますつもりなの、とからかった。昔は大晦日の夜更けから除夜の鐘の鳴るまで、二年越しのこともあったわね、と肌を寄せる。おいおい、晦日までにまだ中《なか》二日もあるぞ、と呆れる男の首すじを唇の端で掃いて、足掛けでかぞえると、ひい、ふう、みい、何日になるのかしら、あら、死ぬほどいい心持、鐘の音も聞こえそう、と息も熱くなりながら、欠伸《あくび》をひとつついたかと思うと、寝るが極楽、寝るが極楽と老婆みたいなことを唱えて眠ってしまった。それからでもだいぶ経ったようで、雨風の音も止んでいた。

誰のことだ、と聞き返すには目がまともに合ってしまった。男がただ訝しげにしていると、女は男を見つめたままその目が朦朧としてきて、また妙なことをたずねる。

――あなた、いま、あたしと寝なかった。

――寝たかって、こうして一緒に寝てるじゃないか。

――あたしの、中に入らなかった。

――抱き寄せたらお前が眠ってしまったので、俺もそのままにして眠った。

――そうなの。

女は仰向けに返り、男の片腕を取って胸の上に置いた。乳首が硬く張って、息の走ったなごりが伝わり、ほんとうに抱かれた後のように、夜着の前ははだけて汗ばんで、腰紐もゆるんでいたが、膝でさぐれば下ばきはつけている。

――すぐそばに寝ている男に抱かれる夢を見る女もないものだ。ま、男冥利のようなものとしておくさ。しかし俺があの女と、どういうことなんだ。

――匂いがしてきたのよ、あなたのからだから。抱かれるうちに、あの人の。

――何だ、そいつは。くわばらだぞ。それに一体、お前、あの女の体臭を知っているのか。

――それはのべつ、狭い廊下や階段ですれ違ってますから。女は女どうし、鼻が利くんですよ。好かない匂いだよ、とどちらも思うもので。こんな女を抱く男の気が知れない、とまで。

――それならこの昼間に、人違いだったかと後で迷いもしなかっただろうに。

――いまでは間違いないわ。人違いだとしたら、それこそ、幽霊ですよ。ついでに、あたしも、あなたも。

男にもようやく昔の顔が浮かんだ。しかしそばから話す女の声には恨みの棘らしいものもなく、まだ夢うつつの境を縫うように、ほんのりとしている。この女を知るすこしは前のことであり、いまの暮らしにまで祟りそうな深間でもなく、わずか半年ばかりの、それも幾度ともなかったことなので、自分もこの生活の不如意に紛れて、ほかの女たちとの事と一緒にすっかり忘れていたのに、なるほど、悪い事はできないものだ、と男は及び腰になりながら、これほど遠くになった女の、移り香とはいくら何でも奇っ怪で、黙っているほうが無難とは思ったが、つい理屈に走った。

——かりに、男と女が寝たとしてもだ。その女の匂いが何年も経って男のほうから、それも今の女を抱いている最中に立つとは、どこをどう伝って来るんだ。夢の中の話にしても。

——女から女へ。

たちどころに女は答えた。さらに寝惚《ねぼ》けたような言葉が、女が口走るやくっきりと立って、その跡が宙に留まってこちらを見ているようで、男はしばし口をつぐまされた。

——それなら、立ち話しをするうちに、女から女へ、匂いが移っただけの話だ。俺は、何処にもいない。

——おなじ女を抱けば、男はおなじ匂いを立てるの。

——おなじではないだろう。それとも、夢の中であの女になって抱かれていたか。

笑って一蹴しようとして、剣呑そうなところへ自分から踏みこんだかと男はおそれた。宙に遺《のこ》った言葉がまた見ている。すくなくとも俺はこの暮れ方から、そんな妙な匂いは知らないぞ、と胸の内でつぶやくと、そうかしらと笑う顔を見た気がして急にあやふやになったのを、やっと押し返した。

——お前こそ、あの女の寝た男と、寝たことがあるのではないか。

——昔の事は何もかも話したでしょう。あの人が誰とあったかなんて、知りませんよ。あなたから、あの人の匂いがしてきただけで。

——こんな匂いの女を抱く男の気が知れないと思ったか。

——こまやかでしたよ。ひさしぶりに。

男はまた黙らされた。この女にあの女と誰かをめぐって何かがあったとしたら、狭い世界に一時三人とも身を置いていたので、耳に挟んでいたはずである。隠し立てをするような女でもない。それにひきかえ、この自分とあの女とに少々のことでもあったということを、女はなぜだか、この昼にあの女と出会ってじっと見つめられたということのほかに根拠らしいものもないのに、夜が更けてから、固く確信している様子だ。巧みに、いや、巧まずして、男を網の中へ、自縄自縛の中へ、追いこんでいくようでもある。しかし声音にはやはり嫉妬らしい、こわばりやよじれが感じられない。夢のなごりの、陶然としたものがまだゆるやかな尾を引いている。乳房の上にのせた男の腕から手を放さない。夢とは先のことばかりでなく、昔の罪もいきなり明かすものか、と男がそんなことを思っていると、女は腰を寄せてきて、男の耳もとへささやくようにした。

――こうして抱かれているその内まで、見すかされた気がしたのよ。

――この女も悪い男によっぽど苦労させられているんだわ、とぐらいに見ていたのではないか。

――ほんとに、あの世からのぞいているような目だったわ。

――真っ昼間の人通りに妙なものが出て来るものか。この忙しい年の暮れに。匂いまでして。それはそうと、お前、そんなものにひっかかって、用はぜんぶ足してきたんだろうな。

――あら、吉田さんのところ、忘れてきた。あたしこそ、あの後、足が地についていなかったのかしら。

――どうでもいいけど。

話を逸らしておきながら男は肌のひとりでに締まるのを覚えて、暗がりの奥から執拗な目がのぞき、あの女は、死んだのではなかったか、と怪しくなった。そんなはずはなかった。いくら昔の知人たちから遠くなった暮らしでも、あの女が死んだとしたら、誰かが伝えてくる。聞けばさすがに多少のかかわりのあった身だけに感慨はあり、あまりこだわらぬうちに、この女にも話していたことだろう。たしかに、どうかすると暗がりからのぞくような光が目に差す女ではあった。逢うたびにその光がけわしくなり、このまま行ったらいつか狂気の沙汰に及ぶのではないかと男の腰の引ける頃に、たまたま出会ってもこちらのことが眼中にもない様子になり、まもなく、ほかの男とむずかしくなっているという噂が聞こえてくる。

――俺たちだって昔の連中にとって、噂が伝わっていないとしたら、死んだようなものだぜ。

――誰ももう思い出しもしなくなっているのかもしれませんね。

――道でばったり出っくわせば、はて、面妖なと、むこう様が目をむくぐらいなもんだ。

――ほんとうに、あの人に見つめられて、あたしもそんな気がしたわ。考えてみれば、世間にとってとうに死んだ男と女が、夜になればこうして、一緒に寝ているわけだ。怪談だわね。屋根も破れて、雲間の月がのぞいて、芒《すすき》ッ原。

――お前、魂がまだ宙に浮いているな。誰に抱かれていたんだ。

――あなたですよ。

――今の俺か、昔の俺か。

――初めて心をゆるした時の。

――見果てぬ夢を、果たすことにするか。

――因果なんですから。

——何が因果だ、いまさら。

胸にのせた男の腕を首へまわさせて向きなおった女を、男はすぐに抱き寄せて、肌を合わせてから、初めて心をゆるした時と女の言った、七年前のことが思い出された。やはり年の瀬の、薄い日の暮れかかる時刻に、別れ話を済ますために、二階の部屋にあがっていた。男はこのきわで女のからだにまた触れることをいましめ、女も居ずまいをくずさず、どちらも表から来たなりで小卓に向かいあっていた。それまでに瀬踏みもしたことだったので、女は涙も流さずに承知して、話はすぐにつきて二人とも腰をあげかけたところへ、窓の下で何事かあったらしく、人のしきりに駆ける足音がやまず、過ぎるのを待つうちに立ちそびれた。気がつけば部屋の内はだいぶ暗くなり、表の騒ぎもおさまっていて、物音ひとつしない中で、お互いの息づかいが聞こえるようだった。

因果ですね、と抱かれた後で女がつぶやいたのもあの晩のことになる。それまでに幾夜かさねてもほぐれず、その晩もかわらず硬かった女のからだが、遠くから風の渡ってくる音にすくんだのを境に、ひと息ごとにほどけて、男の動きにこたえてどこまでも受けいれるようになり、人の耳をおそれて音をひそめあうような、長いまじわりとなり、ようやくはてて、なごりの息のおさまっていく下から女が何を言い出すことかと、男がこんな始末になったことにあきれて待つうちに、その言葉が女の口から出た。あまりくっきりと聞こえたので男が驚いて顔をのぞくと、障子をたてた窓からさす街灯の光に、翳ひとつないうりざねの、男の見た覚えもないような、白く静まった面相があった。

前世で寝たことがあるんですよ、今夜初めて知りました、とその面相のまま言った。

雨の降り出した濠端の坂道をのぼる男のうしろから女の足音が遠のいたり、また近づいたりする。その夜の帰りではない。あれから三月ばかりして春先の水もぬるむ頃、冬の間に毎晩のように逢わずにいられないまでになったその末に、それぞれ何事を考えるのも面倒なほどに疲れがしみついて、まわりへの不義理もかさなり、また別れる話になっていた。その夜も宵の口から枕をかわして、思わずこまやかになり、男はせっかく今一度の肌合いがよけいな一言で男女のもつれにかわるのをおそれて、そろそろ出るかと声をかけると、いいかげんにして出ましょう、と女はすぐに答えて寝ぶくれたような顔を起こした。女の下宿のあるところまできて女は空を見あげ、雨の降らないうちに帰りなさい、と小手をちょっと振ってみせてあっさり角からきえたのが、男がそのまま細い裏路を行くうちに、小走りの足音が追いかけてきて、降り出したのも気づかないんだから、と傘から先に差しかけて肩を寄せた。

こうして一緒に行く足音を、聞く人が聞けば、寝てきた男と女だとわかるのでしょうね、としばらくして言う。その足音を路にそって響かせてひと足ごとに深《ふ》ける夜の静まりを男は感じさせられるばかりで返事のしようもなかった。

道は濠に出て長い坂にかかり、こうして女に送らせても夜道をひとりで返すわけにもいかず、下宿の近くまで送り返せばまた何のかのと世話をやいてついてきそうで、はて、どうしたものか、と男が思案するうちに、ときおり水を渡って吹きつける風に傾けて男をかばっていた傘がついとひかれて、あなたなんか、雨に濡れて、風邪でもひいて、死んでしまいな、と言い捨ててずんずんと離れて行くのを振り返って見れば、口走ったことは捨て鉢でも背中がしっかり思い切った様子なので、さすがにお仕舞いかとやや悄然として坂をまたのぼり出すと、遠ざかって聞こえなくなったと思われた足音が近づいてきて、はしゃいだような小走りになり、楽に行かせたら損だわね、と傘を差しかける。

それからも幾度か女はひたりと添っていたのがいきなり傘をはずして立ちどまり、なまじ振り返って声をかければむずかしくなることを見こして雨に濡れるままに行く男の背を眺めているようで、やがて踵を返して足音がまっすぐに遠ざかり、聞き取れぬほどにかすかになり、雨の音ばかりになったその中から別の足音が鳴り出すように、はじめはゆっくりと、そのうちにもどかしげになって近づいてくる。

なまあたたかいようになって男に並びかけ、いつかすっかり知らない仲にもどった時のことを考えたらしいんと深い心持になりました、としんみりつぶやく。まるでお互いにとうに死んでいて、暮れ方の部屋だけがのこったみたいに、と息をひそめる。

何年もしてまた一緒に寝ることになっても、死んだままでいましょうね、とひそめた息を走らせる。

夜の白むまで遠のいて絶えがちになってはまた近づく足音と、そして息づかいを耳にしていたように男には思われる。女の行きつ戻りつはあってもいずれそんなに遠い道ではなかった。やがて二人とも疲れて、小高いところにある神社の境内で傘の下に身を寄せあって立ちながらやすんでいた。

女はひろくもない境内をおずおずと見まわし、いつだか夜更けにここを抜けようとしたら女の人がお百度を踏んでいて、夜目にはまだ若い女のようにも年寄りのようにも見えて、こちらの足音を聞きつけると、うらめしげな、穴ぐらからのぞくような目を向ける、なんだか髪のちりちりと焼けるみたいな臭いもつたわってくるようで、気味が悪かった、と膝からすくみそうにしながら、そう言う自身の髪から、甘いような匂いが立った。どこの好い男と、どこからの帰りだったんだ、と男は笑ってやりすごそうとして、女の背にかすかな慄えの走ったのを感じ取り、この慄えには深い覚えがある、すっかり男にからだを渡すその境でいつでも同じ慄えが女の背を走り抜けると思い返すと、それにしてもいかにも深い、知りあうよりもはるか昔からの、それこそ女の口走った、前世からの覚えでもあるような気もされて、そらおそろしさに染まった。

それは真剣になれば誰でも、はたから見れば気味の悪いものだ、ここでこうして立ち往生している俺たちだって、と答えていた。

まるで心中者ですね、と女は言った。心中なんて物騒なことは俺の性に合わない、と男が返すと、もうしてるんですよ、あの晩から、と女は目をつぶってあどけないような顔をあげ、その目がゆっくりとひらいて、やがて訝しげに空を見つめた。つられて男も見あげれば、深夜の空に垂れる雨雲が熱っぽいような赤紫の光をふくんで、その赤味が見るほどに深くなり、境内の常緑樹の濡れて艶やかな葉も心なしか、一葉ごとにその色に照るように感じられた。

何処かで火の不始末をしたんだわ、と女はうっとりとした声を放った。莫迦な、もしも下から炙られて雲があれだけのひろさに焼けたとしたら、よっぽどの大火だぞ、義理あるところへ駆けつけなくては済むもんじゃない、いや、そんなところはもうないか、と男は傘を引き取った。

――静かですね。でも遠くのほうでなんだか大勢、人がかわるがわる、叫びかわしているようだけど、あなた。

――風が遠くなって渡る音だろう。こうしているうちにもだいぶ経ったようだ。仮にも宙に浮けば、何でも聞こえてくる。

――鐘の音がしている。

そうつぶやいて耳をさらに澄ますようにする女の、しっとりとなった肩を男は腕につつみなおして先へうながした。

明後日になれば

年来さほど心に留まっていたわけでもない言葉に、にわかに眼が開きかけたようになることはある。つれて自身の、生涯変わらぬありさまが見えてきそうにもなる。

――人間は夜になり眼精が尽きれば灯《ともし》に火を付ける。生きながら、眠っては死者たちに付き、覚めてはまた、眠る者たちに付く。

古代ギリシアの哲学者の遺した言葉の断片だが、日本語で受け止めようとすれば、どうにも窮屈なことになる。火なら付ける、人になら付く、という意味の同じ動詞が三度、きっぱりと繰り返されている。こうほぐしたら、どんなものか。

――人間は夜になり眼精が掠れれば灯火を点してその光にたよる。生きているつもりでも、眠っては死者たちに寄り、覚めたら覚めたで、正体もなく眠る者たちに寄る。

お前たちは眠れば死んだも同然、覚めても眠っているにひとしく、自明の理も悟れずにいる、と突き放されているようでもある。眠りの中では死者たちに触れ、覚めた後もおぼろながら、死者たちに接した眠りを内に保つことによって、死者たちとつながっている、と悟りかけたように思ったのは、粗忽な間違いであったか。しかし暮れかけた部屋の中で、障子の薄明かりにも眼が利かなくなり、震える手で灯火をようやく点して、その炎のひろげる温《ぬく》みを眼から吸いこむように見つめる年寄りの影が、悟ったかと思った初めから浮かんだきり、しばらく消えずにいた。灯をたよりに、眠るまでの時の余りを過すというのも、あわれなことだ、と哀しみが人の影の見えなくなった後に差した。

人の生命あるいは魂は、火あるいは火の精のはたらきによる、という考えがその前提にあることらしい。夜ともなれば人は、火の力も掠れて手もとすら照らさなくなり、灯を点してその光にたよるが、いずれ人の内の火の力はそれほど盛んではないので、眠ればその火も消えて人は死者に伍し、覚めていてもせいぜい、眠る者に類する、というほどの意《こころ》になるか。

われわれが覚めて見るものは死であり、眠って見るのが夢である、と別の断片では言う。人が覚めて見ているのはすべて死だという意味には違いないが、無常観というような見当ではなさそうだ。むしろ「悟り」とは逆のことで、人は生成と滅亡との不断の交代という実相がまるで見えず、交代のそのつどの結果ばかりを固定したものと取っている、つまりは何も見ていない、という非難らしい。眠りの中の夢のほうも、一段と埒もないものとして引きあいに出しただけで、すこしの値打ちも置いていないようだ。

魂にとって死とは水になることであり、水にとって死とは土になることである、とまた別の断片では言う。覚めて見る死とはこのような死、しばしの現象のことかと思われる。しかし、やがて土から水が生じ、水から魂が生じる、と続く。これが人には見えない、ということか。

魂は湿ったものから蒸気となって立ち昇る、とまた別の断片では言う。火に熱せられての蒸発のはずだが、水蒸気などよりもはるかに乾いた、活発旺盛な、光り輝く気であるらしい。火と同類になるか。しかしこの言葉の直前に来るのが古来有名であるらしい渡河の喩え、同じ川を渉っていてもつぎからつぎへ違った水が寄せる、という言葉だとされる。万物は逝きてしばしも留まらぬ、と後世では標語みたいなものに括《くく》られるところだが、これを受けるのが、魂は湿ったものから蒸気となって立ち昇るという断言であるとすれば、人の魂こそつぎからつぎへ立ち昇る蒸発の気に成り、しばしも留まらない。というのが眼目だとも取れる。

また別の断片では言う。酔えば年端も行かぬ子供に手をひかれ、よろよろと、足の踏み場も知らず——それは魂が湿ったからだ、と。耳の痛いところだ。酔えば心身が乾いて燥《はしゃ》ぐようにその最中には感じられるが、あくる日の心地はなるほど、湿って重い。泥水のようなものだ。年を取れば、と言い換えることもできそうだ。老いるというのは、酔うのに近いことか。

また言う。乾いた光が射して出る、そのような魂が最も賢く最も善い魂である、と。そうには違いないのだろうが。

なにぶんにも、この春先はお天気がよろしくない。まだ寒の内に朝から曇ってなま暖い日があり、風になにやら甘い匂いのかすかにまじるのを怪しんでいたら、遠くで白梅の咲き出したのが見えた。おなじく寒の内から、あちこちの常緑樹に鳥が集まってしきりに噪《さわ》ぐ。樹の下に寄って見あげても、姿は葉に隠れて、おびただしい声ばかりが降ってくる。晴れれば日の暮れまで半日も、同じ樹に留まって賑やかに鳴き続ける。この分では今年は春が早いのではないかと思っていたら、寒の明けた頃から冷えこんで、やがて天気も崩れがちになった。雨に雪のまじる夜もすくなくなかった。なまじ尚早の春の気配に心をせかされたが二月ならこんなものだ、と寒々と曇った空を見あげていた。しかし三月に入っても陽気はもどらない。その三月の初めのめずらしく晴れた日の早朝に、四十年来の知己が息を引き取った。その日も午後から曇り、暮れ方には雨となった。一昨年の暮れの宴会の席で、俺もいよいよ最終段階《ラスト・ステージ》に入ったと言い切った人だった。集まりに来る前にセカンド・オピニオンとやらを求めるために寄った病院で若い医師に、あとどれだけもつと思いますか、といきなりたずねたら、相手は困惑して言葉が出ないようなので、それでは、ここまで来たら、あなたなら、まだ近代医学にまかせますか、それとも民間療法にたよりますか、と取りなすと、それはもう、医学です、と気負いこんで答えた、とそんなことを笑って話していた。その夜も次の酒場で遅くまで呑んで唄っていた。一年と三ヵ月ばかり前のことになる。

旧暦きさらぎの雨と言えば、音もなく降るにつれて草木が芽ぐむというようなものであったのに、近年のはびしゃびしゃと風情もなく、今年はさらに刺々しく感じられる。たまに晴れてもその日かぎりで、夜から翌日にかけて雨になり、その後もどんよりとした空が続く。うすら寒く暮れた一日の、夜がまた冷えこむ。雪のちらつくこともあった。それでも三月のなかばにかかると、陽気は一向にあらたまらぬままに、梅の花が凍りついたように香りも失せながら散らずにのこるその傍に、白木蓮がふわふわと寒風に揺れ、あちこちで茶っぽくくすんだ、落葉樹の芽吹きが始まった。暦の順にはおおよそ適《かな》ったことだが、寒空のもとでいつまでも春めかぬ心には季節はずれの、まるで狂い咲きだと眺めるうちに、下旬にかかれば桜も蕾が綻びて、ちらほらと咲き出し、月末《つきずえ》の満月、旧暦きさらぎの望《もち》の夜には、冬の月を思わせる冴えた光に照らされて、七分咲きにまでなっていた。

また一段と面妖な、鬼気でも迫りそうな光景に見えて、夜風の冷たさにも怖気《おぞけ》をふるい、そそくさとガラス戸を締めて机の前にもどり、スタンドの灯の中へ首を突っこんでしばらくすると、じつは表はすでに尋常な春であり、夜桜に浮かれ出る気の早い客もあるのに、ここでこうして、季節の滞りをひとりで抱えこんで、いまにも湿気に負けて火でも消えそうに、よるべなげに背をまるめている年寄りのほうが、よほど妖しいように思われた。

——不死にして可死、可死にして不死……。

また同じ言葉に立ち停まっている。老年と呼ばれてもさからえない齢になってからでも、幾度ここに立ち停まったことか。これなるかな、と眼が開きかけたようになりながら、その続きをたどりかねているうちに、眼の精が掠れて、どうとも取れるような、どうとも取れないような、半端なところで尽きる。しかし相も変わらず埒が明かないのも、気は長くなったとは言いながら癪の種なので、とにかく続きを取ってみることにした。

——生きては死んだ者たちの死を生き、死んでは生きる者たちの生を死んでいる。

熟《こな》したつもりが、いっそう生硬になった。正直な耳には由なき言葉の戯れに聞こえかねない。とりわけ、生を死んでいるとは、どうにも考えづらい。もともとあまりにも簡潔な、あまりにも切り詰めた断言である。すぐれた見者の断言はたいてい、後世や異国の言葉では反復が利かない。

しかしそのまた一方では、じつは言葉が簡潔ならば事柄も簡明、あれこれの断片の関連から見れば自明でさえあるのに、それが見えずに、関連を踏みはずして無用な深みにはまりかかるのは、こちらの眼が塞がっているせいだ、という気もしきりにする。魂にとって死とは水になることであり、水にとって死は土になることであり、しかし土から水が生じ、水から魂が生じる、と言ったこととの見当であるらしい。水は魂の死を生き、土は水の死を生き、そして土は水の生を死んで、水は魂の生を死ぬ、ということになるか。となると、人間に限らず、万物のことを言っていると取るべきなのだろう。この言葉を後世へ伝えた学者たちも謎めいた断言とも見ていない様子であるところでは、この取り方が賢いのだろうが、どうにも呆っ気ない。

普遍にして永遠のことを言っているのに、我身の現在にひきつけようとするのが、間違いのもとであるらしい。もともと哲学音痴でもある。六十代に入ってさすがに自身の余命を考えるようになった頃には、人は生きながら同時に死んでいる、と取ったものだ。人は生きているその現在において死んでもいる、と。格別に深いことを思ったわけでない。自分は世に生きるあらかたの人間にたいして、その存在もつゆ知らず、知らないということも知らないということでは、死んでいるのと同じではないか、といまさらのことを考えて驚いたまでのことだ。たわいもない話だが、しかしそう考えれば、現にあらかたの生者にたいして安閑として死んでいるのであるから、実際に死んだ後のことも、自分の存在も知らず、知らないということも知らない、と今からの思いにうなされるに及ばない。逆からたどれば、自分の死を、自分の生前からして、大勢の人間たちが生きている、と結べないでもない。

こんなことでほんのしばらくでも眼が明るくなったように感じられたのはどうせ、冷い雨が降りつづいて、机の上へスタンドランプのひろげる灯もどこか湿って見える夜更けのことだったのだろう。それで生死のことが済むものなら、古来、世話はないものだ、と興醒めがすぐに追いかけてくる。さらに年を拾うにつれて、知ると知らぬとの境はそれほどたしかなものか、と折りにつけて疑うようになった。まったく縁もない他人のことは、その存在も知らないので、思うこともならない。事柄については、知る知らぬをわきまえることが肝要である。しかし我身に関しては、知ったつもりが知らなかったという間違いはのべつのことだが、まるで知らぬつもりがじつは知っていた、よくよく知っていた、といつなんどき気がつくか、これも知れたものではない。知る知らぬは、つまりは一緒のことだと思われるほどのものだ。

自身の内に何者がいることか。大体、この年になり、この寒くてうっとうしい夜に、スタンドの灯の中へ背をまるめこんで、よりもよって難解な、古代の見者の遺した断片へ喰らいつくようにしているこの様子は、三寸ほど離れた心で眺めれば、我身のこととも思われない。自分のようなものの知ったことではないはずなのだ。柄にもなくなまじ悟ろうとするので、見えるものも見えなくなる、と詰めた息を抜いた後も、手中にしかけたものを一瞬の油断から取り落としたような、未練がましい顔をしている。阿呆面《あほづら》にひとしい。

――また悟りぞこねたか。頓悟《とんご》と言って、頓死の頓だな、悟るのはいずれ頓《にわか》のことだ。それよりほかにない。しかし悟ったかと思った時には、何のことはない、以前《まえ》よりも一段と暗くなっている。

背後からつぶやきが洩れた。部屋の沈黙が机の前の愚鈍さを見かねて声になったように

聞こえた。あまりの間合いのよさにつられて、

——頓悟に逃げられた頓馬か。

つい返事をしてしまったのが業腹で、目もやらず背中でうかがうに、また寒々しく降りかかる雨の音の中に、人のいるような温みの、気配がしないでもない。振り返ってやはり誰もいなかった部屋を見るのがわびしいような気もした。肌寒さから、温みを慕って起こる幻聴というものもあるのか。年寄りは自分が気がつかずに冷えこんでいることがあるとも聞く。魂の火が湿りやすい。しかし、これこそ頓に、思い出す事があった。

自分の内に誰が住んでいるか、わからないので怖い、とまだ若い頃に、なまなかに口走ったことがあったようで、その場に居合わせた老人が、それはいつでも間違いに走るつもりの、まだ壮んな年のうちのことだ、と聞き咎めた。よくよく年を取って、その日その日、一日分の目覚めにも体力が足りなくなると、夜が更ければ自分の内どころか、家の内に、見も知らぬ人間が住んでいるように、聞こえてくることがある、と言う。

見も知らぬ人間なら、主人《あるじ》と面談もせずにいつか住みこんだ客か、どうにも事情の通らぬところだが、とにかく住んでいる、もう長年住みついていて、家の内の事は隅々まで心得て、じつにまめに、ものしずかに、夜遅くまで、およそ細々《こまごま》とした用を始末してまわっている、と言う。

そう言えば下男かなにかに聞こえるだろうが、廊下を行き来する足音はどうして、急が

ず乱れず、重々しく床を踏まえて、なにやら大切な仕来たりに従う人間の物腰を思わせる。立居の節々には口の内で何かを唱えているような静まりがはさまる。ときおりもれる咳からすると年寄りと聞こえる。どうも主人のとんと知らぬ家の由緒《ゆいしょ》まで知っているようで、じつはあちらが主人で、ここで寝ているほうが主人のすすめるのに甘えて早々にやすむ客であるような、妙な心持がしてくる、と言う。

しかし自分がこの家の主人は主人、深夜に家の内でひっそりと動きまわるのが客なのか同居人なのか、まったく見知らぬ人間なのか、それとも、思い出してみればよくよく知った、お互いに因縁の深い人間であるか、見定めなくては、家の内がおさまらない、とは思うものの、どうも自分一人の了見次第にはならぬ事のようでもあり、どうしたものかと迷ううちに、急に睡くなる、と言う。

しかし客だろうと同居人だろうと、女でなくてよかったよ、女だったら、年月もたちまち飛んで、いずれ因縁がないというわけにいかないからな、と切りあげて笑ったその顔が愉快そうで、さかのぼって話のすべてが、すこしきわどいが気前のよい放下、手っ取り早くまず自分自身を投げやるおもむきの、冗談と聞こえた。

あの老人は広い屋敷に住んでいたので、あんな闊達な冗談も言えたのだ、と今になり故人をうらやんだ。それにひきかえ表も奥もないようなこの住まいでは、変な物も徘徊のしようがない。踏み鳴らすような廊下もなければ、隠れひそむ物陰らしい物陰もない。主人がいよいよ老いさらばえて歩行がままならなくなっても、四角四面に固められた空間はどの方角へも、奥行きを伸ばしはしない。なかったはずの暗い廊下がどこかへ通じて、そこからやがて人がやって来る、などということもありそうにもない。たとえ寝たきりになったとしても。

そうかな、と背後で首をかしげる気配がして、縁起でもない、とあやうく返しそうになった。

誰が住んでいるかどころか、自分がいま何処に住んでいるかも知らず、と去りがけにつぶやいたようだった。それは夢の中のことだ、と誰もいなくなった背後へ答えていた。夢の中ではこれまでにさまざまなところに住んでいたが、それがどこであって、誰と暮らしているのか、知っていたためしはない。だいぶ以前に夢の中で住んでいた家にまた住んでいる夢を見ることもあったが、ここがどこなのか、どういう経緯の末にここに住みついたのか、やはり知らない。ただ、以前に夢の中で住んでいたところだとは夢の中で知っている。さりとて、またここにもどってきたかというような感慨もなく、まして反復にうなされることもなく、むしろここよりほかに住んだこともないような、あくまでも平常の心でいる。気楽に飯を喰っている。

ところが、子供の頃からあちこちへ越しては暮らした実際の家々のことは、めったに夢に見ない。まれに夢に見ても、隅々まで片づいた部屋ばかりがある。居間であるのに、誰もいない。親たちも兄弟たちも姿が見えない。たまたま留守中にしては深い静まりがある。家具はそのままにして、とうの昔にひとりひとり立ち去ったその跡に見える。閉《た》てきりの障子にわずかに、暮れ方へ向かう薄い日が枝の影を落として斜めに差している。しかし部屋は日の移りにも応えず、ふくらむでもなく、ほどけるでもなく、家具ともども輪郭を締めて、あくまでも切り詰まっている。

家族六人の内、四人までが他界したそのせいか。しかし、他界の者は夢の中にこそ自在に出入りするものだ。亡くなった肉親を夢に見ることはある。廊下の鉤の手になったところで、手水場《ちょうずば》のほうから来たのと顔を合わせて、ああ、いたのか、と思うだけで何事もない。覚めればそんな間取りの家も知らない。故人がいるわけがない。自分もいるはずがない。

それにくらべて、夢であるにせよ、実際に過去に住まった部屋が、ことさらに切り詰まって見えるのは怪しい。幼少の頃の、住まいばかりがくっきりと、内の間取りから外の風景まで眼前にあるのに、家の中に人の姿はいっさい現われず、声も足音も咳も立たない、とそんな夢を見るのはよほどいたましい幼少期を送ったしるしだと言われるが、この自分が薄幸の生立ちだったとひそかにでも思えば、たちまち鬼が笑う。敗戦後の貧しい世にはどこにでも転がっていたような幼少期だった。

それよりも、誰もいない部屋を見ている、その本人も部屋の内に影も落としていない、ということのほうを怪しむべきか。ひと気の絶えてひさしい静まりが身の内にもあるところでは、たまたま襖を開けて、なんだ、留守か、とのぞいているのではない。自分の姿がどこにも見えない。どことも知らぬ家に住んでいる夢の中では、不思議がりもせずに日常の暮らしをいとなんでいる自分の、しかつめらしい背つきまで見えるのと、大いに違う。夢を見る人間は、うなされたりすくんだりすることはあっても、ただ見るだけの、あるいは見ることを拒めぬだけの存在であって、その夢の内にもいないのかもしれない。自分自身の姿が見えるのは、初めから夢と知れた夢の中に限ることで……。

――他界をのぞいているのにひとしいか。

――むしろ、他界からのぞいているのに近いな。

あれだけ部屋の内が蹙《しじま》ると、見ているほうが眼だけをのこして消えかかる、と胸の内でつぶやくと、背後からまた返す。

――部屋の内から一斉に見られたな。

――誰もいなかった。すっかり、いなかった。

――そこまで部屋の内が蹙るのは、姿かたちはなくても、揃って待たれていた、ということではないのか。

そう言い捨ててあれこれ取り片づけながら足音がまた遠ざかるにつれて、寸詰まりの家の内があるはずもない奥へ伸びていくようで、いつどこで聞き馴れた声だろうと跡をたどりかけたが、どうせまたあやふやな覚えにひきまわされることになりそうで、いい加減にして寝仕度にかかるか、とこれも面倒臭い十年一日のごとき段取りに溜息をつきながら、人の去った後にひときわ降りしきる風情の雨の音に耳をやるうちに、にわかに足腰の衰えた心地がして、しばらく立ちかねていた。

わずかな風の中に桜の花びらがまばらに、ゆらりゆらりと舞っている。目で追っていると睡たくなるような緩慢な落花だが、春爛漫の気にはよほど遠い。この寒空に満開かと物足りぬ心で眺めてからでも十日は経つ。空は相変わらずどんよりと冬めいて、花冷えにも至らない。葉桜と言うには芽吹きもはかばかしくない。いつまでも落ちきらぬ花はとうに光をなくして白い黴のように見える。ようやく枝を離れた花の、機を逸したばかりに所在なげに、地にもすぐに落ちかねて宙に迷う、その取りとめない浮游は、睡気をもよおさせるが、それも熱のあがりかける時の、肌に寒気を覚えながらの睡気に似ている。

それからでもくりかえし、さすがに引くかと見えた寒さが日を置かずさらに刺々しいようになってもどってくる。冷い雨が夜半に及んで霙《みぞれ》らしい音になり、朝方にはうっすらと白いものを敷いた時には、四月の中旬も尽きかけていた。下旬に入っても、冬並みの気温の日が続く。たまに晴れても、肌の和むような陽気にならぬうちに天気が崩れて、やがて寒空に覆われる。その下で新緑が曖昧に、病んだような虚弱な色合いでひろがっていく。表に出れば人も、化粧の下から、天候の不順に倦んだ面相を浮かせている。

——生きては死者たちの死を生きている、死んでは生者たちの生を死んでいる。悟ろうなどという了見はない。後段の、生を死んでいるという状態が一向に思い浮かべられなくてもかまわない。断言の真意からおよそはずれた、誤解もいいところなのだろう。木に竹を継いだような稚拙な訳し方ももはや徒らに熟《こな》すまい。どうせ自家用なので、このままでもよろしい。例の書は半月あまりも前に閉じて棚にあげた。今はまったく別の物を読んでいる。前後の脈絡もなく、思惟らしきものもともなわず、いきなり場違いに湧いて出る、正体も効用も知れぬ、呪文みたいなものだ。

一過の雑念にひとしいものとつぶやき捨てて、目の前にひろげた本の、先をたどりかかるその背がしかし、呪文の力でもあるまいに、にわかに老いこんで、今夜もまた更けるにつれて冷えこんだ雨気《あまけ》が染みついてくる。家の内にいながら表の雨を負っているような背つきから、腰はかがまり、足はもつれ、手先もわなないてすぐには物を取れずにいながら、部屋から部屋へ、なにやらしきりに片づけてまわる年寄りの影が見えた。いちいちたどたどしい動作に妙に頑なところがあり、動くにつれて目の堅くなっていく様子が、疲れて眠るばかりになった家の者たちの気に障り、なにもこんな遅くになって急に働き出さなくてもいいのに、いまさっきまで居眠りをしていたくせ、と眉をひそめられても、なに、もう寝る、すぐに眠る、と言いながらいつまでもやめない。かまってもいられなくなった家の者がそれぞれ寝床へひきあげたその後も、足音はようやく絶えたかと思えば、さっきまでかすかに耳についていたのとは別の部屋の方から廊下を近づいてくる。とろとろと影をうしろにひきずるような足取りながら、今では床をひたっと踏んでいる。また別の部屋に入って足音は消える。人の寝つきの邪魔になるほどの光も漏れて来ないところでは、めっきり夜目が利かなくなったと日頃はこぼしているが、灯を細くして薄暗がりの中で立ち働いているらしい。

ときおり、声がする。独り言のはずだが、なにかの仔細を人に話している口調に聞こえる。やがて諄々と説くようになり、相手のうなずくのをうながすようでもあり、低いながらに分明らしい声音は伝わってくるのだが、何を言っているのか、聞き取れたためしはない。声が止むと気を取りなおしたふうにまた歩き出す。何をそんなに、片づけてまわることがあるのだろう、と家の者は訝りながら、うるさいとも思わず眠ってしまう。あの足音を耳にしていると、どうにも睡くなるから妙だと言う。

翌朝、家の内は格別に片づいているようにも見えない。昨夜は何をしていたのとたずねれば、眼も足腰もまだたしかなうちに、思いついたらそのつど手の届くかぎり始末しておくよう心がけてな、と答える。日に日に精がなくなっていくようなので、と笑う顔を見れば、家の者が寝床の中から耳をやりながらつい思い浮かべていたような、老耄の気も見えない。家の者のまだ起き出して来ない頃に、庭に降りて焚火をしているところを、手洗いに立った者が見かけることもあった。しかしつくづく火の前に蹲っている様子でもなく、小さな焚火のことで、いくらの物も燃やしているようでもなかった。大体、年寄りが長年の内に何をしまいこんでいて、何と何とを処分したのか、それがわかる者は、後に遺品を掻きまわしても、家に一人もいなかった。

年にしては達者なものだった。日のあるうちは庭の手入れなどにまめにからだを動かし、雨の日には小机に向かって、黴臭いような古書をひろげ、読んでいるのかいないのか、端然と坐りこんでいる。夜が更けかかると、年寄りは日が暮れればもう眠っているようなものだ、さて、本式に眠るか、などと言ってすっくり立ち上がり、寝仕度をさっさと済ませて蒲団に入るとまもなく鼾《いびき》を立てるという締まりのよさだったが、夜更けに雨が重く降りかぶさって来る時に限って、いつもは見せぬ居眠りにひきこまれていたかと思うと、やおら立ち上がって例の、徘徊めいたものを始める。

春も深くなっているのに夜更けにはとかく冷えこんで、季節はずれの時雨のようなもののしばしば走る頃のことになる。雨の中から駆けもどって来た者が、里分けと言うけれどそんなものでなくて、ここはざんざと、一寸先も見えないほどに降っているのに、ひと走り駆け抜けたその先にはぽつりとも落ちていない、とずぶ濡れの頭を拭きながら狐につまれたような顔で話したことがあった。さらに奇妙なことを聞きこんできた者もいた。一軒の家の上にだけ雨の降っていることがあるそうな、と言う。そこだけすっぽりと白くつつんだ雨霧がしばらくは動かない。するとその家の者たちはそれとも知らずに背がまるまり、手仕事もとどこおり、話もとぎれて、揃って舟を漕ぎ出すその中で、その家の長老が立ち上がって、旅仕度のようなことにかかる。見る者が見れば、その屋の棟に黒い鳥のようなものがとまっているそうな、と言う。

旅仕度という言葉に、それまでまぜかえしながら聞いていた家の者たちはちょっと口をつぐまされた。めずらしく空の穏やかな夜で、年寄りはとうに寝床にひきあげていた。縁起でもない、とやがて誰彼からともなく振りはらい、そんな咎め方をしたことにまた、お互いに眉をひそめるようだった。年寄りの祖父の世代にあたる、大叔父の一人であったか、もう還暦を過ぎて土地の俳諧師などと酒を呑むのを楽しみに晩年を暮らしていたのが、雨の夜に旅仕度をして、刀を提げて、家を出かけたきり帰らなくなった、境を出たところで斬られたとも、京まで走って果てたとも聞く、と年寄りがぽつりと話したことがある。近頃、目に浮かぶことがあってな、見ればずいぶん若い、わしのほうがはるかに年を取ってしまったまでのことだが、とつぶやいていた。

陽気が定まって、日の永くなった暮れ方に年寄りが庭に降りて草花の面倒を見ていると、いつのまにか男の子がそばにちんまりと坐りこんで、年寄りの手もとをじっと見ているということがあった。学校に上がるか上がらぬかの、丸坊主の子供だった。ふいと振り向いて怪訝な顔をした年寄りに、黙って生垣の破れ目を指差した。だいぶ以前に犬が下を掘り返した跡からいつのまにかひろがった破れだが、そこを潜ってきたにしては、いくら小さなからだでも、小ざっぱりとした服に汚れがついていない。どこの子だ、こんなところにいていいのか、とたずねかけたが、ちょうど使っていた鏝《こて》が用をなさないので別なのを取ろうと手をうしろへ伸ばしたところへ、子供はその指の先をすぐに見て取って年寄りの求める物をすっと渡したので、たずねそびれた。目ざとくて役に立つ小さな手だった。物も言わないので煩くもない。あれこれ手伝わせながらひとしきり働いて今日の分は仕舞えたところで、ねぎらってやろうと振り向くと、またいつのまにかそばにいなくて、生垣のむこうの夕日の中をとぼとぼと帰っていく姿が見えた。

晴れて風も穏やかな暮れ方に年寄りが庭に出ていれば毎日のように子供は来るようになった。やはり気がつくとそばにしゃがみこんで年寄りの手もとを熱心に見ている。知らない子だが、どこかで知ったような子だ、と年寄りはそのつど思う。そんな犬みたいなことをしているところを親が見たら泣くから、木戸のほうから入って来なさい、とやがて教えた。それでもすぐそばにしゃがみこまれたその温みに感じるまでは、どこから来たとも、年寄りの耳には聞こえない。相変わらず物も言わずに目のさとい子だった。そのうちに年寄りの土いじりの手順まで呑みこんだようで、年寄りが振り向いた時には、年寄りの求める物を差し出している。年寄りのほうも子供がそばにいることにすっかり馴れ、物を手渡し手渡される間合いのよさに、働きながら睡気にひきこまれ、草花を育てる要領のことを話したり、ここの庭づくりの来歴のようなことを思出し語りにしていると、まんざらひとり勝手のつぶやきのようでもなく、物のわからぬ小児相手でもなく、永い日を昔の知己相手に話しこんでいる心地がする。目をやれば、子供は熱心に聞いているようで、わかるかとたずねると、うん、とうなずく。

どこの子か知らないけれど、こんなところにひきとめては、親が姿の見えないことに心配して探しはしないか、と気のひけることもあったが、庭の内からすっかり日足のひくまでのわずかな間のことだった。子供の帰る時は木戸まで送った。駄賃に甘いものでもやりたかったが、子供の喜ぶ顔を見て情が移るようだと、この年ではさすがに苦しいような気がしてやめておいた。物欲しそうな様子を見せる子供でもなかった。

子供を帰して花畑にもどって後片づけにかかると、すぐそばにしゃがみこんでいた子供の、甘いような匂いが土に遺っている。草花にも通じる匂いだった。子供の気に触れて草花がいよいよ甘く匂うようでもあり、遠い記憶の感触に撫でられる。自身はそんな、草花を見つめるような子供ではなかった。ただ、とうの昔になくなった妹が幼い頃に、草花の前に半日でもしゃがんでいそうな子供だったとは叔母から聞いていた。まだ若かった自分が親代わりになって送っている。

——物に執すると楽往生がならぬと聞いたことがあるが、草木は別だな。おのれがいなくなった後も、平生の顔をして風に吹かれているところを思っても、一向に苦にはならないからな。むしろ、気がやすまる。主人が亡くなって何年もせぬうちに家ともども掘り返されることになったところで、同じことだ。かりにわずか一日でも、こうして無心に陽の移りを映して揺れているかと思えば、死ぬ者にとっては、永遠の相にひとしい。眺める本人さえ消えれば、そのままに悉皆仏性だ。

ある日、土をいじりながらそんなことを独り言のつもりでつぶやくうちに、いつのまにか子供と、目をまともに見合わせていた。わかるか、と笑ってたずねると、子供はしばらく考えるような顔をしてからコックリとうなずいて、動かしつづける年寄りの手もとをそっと指差す。気がつけば、せっかく丁寧に均らしたばかりの土を、どこで手順の狂いが入ったものか、せっせと掘り返していた。物を言わぬ子だな、と呆れると、子供はまた黙ってうなずいた。

家の者たちも年寄りのそばにくっついている子供の姿を縁側から目にしていた。珍らしいお客さまですね、と笑っていた。この家に幼い者の声がしなくなってからもうひさしい。子供が年寄りを珍らしがるような、そんな境遇の家もあるのかもしれんな、と年寄りは言った。よく見るとかわいい子だ、でも、この近所で見かけたことがない、と言いながら誰も不思議がりもしない。お爺ちゃんとどこか面立ちが似てないかしら、落とし子にしては小さすぎるから、落とし子の子か、いえ、その孫か、ひょっとしたら曾孫か、とからかう者もいた。ひろい世の中だから、そんなことも、ないともかぎらんぞ、と年寄りは他人事に受け流していた。

——何が来るかと思ったら、子供が来たか。

ある日、年寄りがそうつぶやいたのを、家の者は誰も耳に留めなかった。陽気は十日ほども続いたが、新緑の濃くなる頃からまた雨がちになり、初夏にしては冷えて、年寄りは湿っぽい庭にめったに降りず、子供の姿も見えなくなった。雨もよいの薄い光を入れる小窓の前に据えた一閑張りの座卓に年寄りは終日向かっている。本をひろげているようだが手は間遠にしか動かない。小さなお客が見えなくなって、なんだかさびしいですね、とその背後から家の者がまんざら自身の気持からでなくもなく声をかけると、傘でも差して来られたら、こちらこそ心配だ、と答えた。

またある日、縁側にしゃがみこんで庭の雨脚をつくづく眺めているところへ家の者が通りがかり、来なくなってからだいぶになりますねと話しかけると、年寄りは庭のほうへ頤《おとがい》をしゃくって見せ、この雨続きにすっかり放ったらかしにしているにしては、朝になって見れば、雑草がはびこっていないだろう、と言う。この時は家の者はしばし首をひねり、木戸のほうへちらりと目をやってから、まさか、とふきだしてそばを離れた。ときどき謹厳らしい顔のまま冗談を言う人だった。

雨のまた降りしきる午さがりに、歩いて半時間ほども離れたところに住む同じ老年の遠縁の者がぶこつな番傘を差した上に、古めかしい合羽を着こんで、達磨のように着ぶくれて、寒い寒い、この季節に何の祟りだ、とこぼしながら飛びこんで来た。今でも年に何度かはいきなりな往き来をする仲で、おかしな恰好を見て笑う家の者たちに、なに、雨で退屈したかって、冗談じゃない、ここまで長く生きると晴れようが降ろうが、もう退屈も通り越した、と景気よく自分からあがってきて、待ち受けていたような主人とすぐに向かいあって坐りこんだ。昔はどちらも劣らぬ酒呑みだったのが、今では二人で二合足らずの酒で間に合うようになっている。

お互いにゆっくりと嘗める酒がほどよくまわった頃に、夜の寝覚めの話になったついでに家の主人が、寝覚めはとうに馴れっこだが、しかし近頃、不思議なことに、とそこで声をひそめて、厠《かわや》に立ったその帰りの廊下で、どこからともなく、昔の女の匂いがまつわってくる、誰とは思い出せないが、いましがたまで肌を寄せていたようなと話すと、客はたちどころに、そいつは小便だよ、手前の垂れたものから立ち昇った匂いだ、と家の内にいる者の耳を憚りもせずに返して、怪訝な顔をしている主人に、人は長年の煩悩を性懲りもなく内に溜めこんでおって、それがだ、老い屈まった身体がようやく持ちきれなくなり、夜中の小便にこぼれて、滴り落ちるのだ、女の匂いのひとつもしても不思議はないだろう、と言う。

あるいはだ、とまた言う。人の身体は地水火風、土と水と火と風との結びついた以外の何物でもなく、果てにはその地水火風がそれぞれ分かれて散って、身体の形跡も留まらない、人が心と思っているような心も同じく取りとめもない、と昔坊主に聞かされたが、今の俺の思うところでは、いまにも散りなんとする地水火風をわずかにまだひとつにつかねているのが色気であって、それももはや本人の色気ではなくて歳月そのものの色気だ、それがさすがに、ここまで老いこんだ身体を嫌うのか、自分から零れて散る、その間際に匂う、もはや男も無く女も無く、男と女との間の匂いだけが宙に漂う、すでに空であって、しばし色だ、と。

そんな口をきくだけのことはあって、昔は壮年という齢になっても放蕩がおさまらず、親族から膝詰めを喰らって、菩提の寺に足止めのかたちで預けられ、三月あまりも、思いのほか熱心に勤行や拭掃除にはげんで、顔つきも神妙になり、親族たちが半信半疑ながら感心して見ているうちに、無性無差別の実相が見えてくるにつれて、心身ともに澄んで、無私無欲になったはいいが、その分だけ色は純粋にも深くなった、とほざいて女のところへ駆けこんだような男だった。

煩悩即菩提か、この年になってもお得意の、と主人がようやくなぶると、煩悩もそれ自体無性だと悟ればの話だ、と客は大まじめな顔で答えながら、しかしその即というやつが、むずかしくてな、無性と悟ればよけいにいとおしく、あわれに思われ、即というのものべつ反転して、煩悩即菩提、菩提即煩悩、とひとりでつぶやいていたがふっと軒のほうへ耳をやり、いま、雷が鳴らなかったか、続いて鳥が一声、叫ばなかったか、とたずねた。主人もならって軒の空を見あげ、さて、聞こえたと言われれば聞いたような気のする耳になっているので、と答えて客の盃に酒を注《つ》いだ。そのまま雨の音の中で静かに、わずかばかりの酒を惜しみ惜しみ、日の暮れかかるまで酌み交わしていた。

晴れた日にも子供は来なかった。しかし庭に降りて土をいじる年寄りのなごんだ背つきは、いかにも小さな者をそばに付かせて、ときおりなかば独り言に話しかけているようにも、縁側を通る家の者の目にはどうかすると映った。来てたよ、と言う者もあった。いつのことかと聞けばあやふやになり、どうやら通りがかりに庭のほうへろくに目をやらず、そう思いこんだだけのことらしい。年寄りにたしかめても、とんと来てないなと言う。引っ越しとまた引っ越しとの合い間に、一時この辺に身を寄せていたのではないかな、半端な境遇は子供にとっても、やるせないものだ、端境《はざかい》の気持は晩くまで記憶に遺る、とそんなことを言って一人でうなずいていた。

雨の夜更けに家の内を歩きまわることは絶えてなくなった。歩きまわろうにも、もう片づけるものもない、自分を片づけるわけにもいかんし、と聞かれれば笑った。いや、もう片づいているのかもしれんぞ、と言ったこともあった。

夜中に寝覚めして手洗いに立つことはあった。家の者たちはそれぞれの寝床から、後日になり言い合わせて不思議がったことに、それまで眠っていたはずなのに足音を耳にしている。廊下の床をひと足ずつ踏みしめて、左右に振れるようでもなく、いかにも背すじのまっすぐに伸びた姿を思わせ、ゆっくりと遠ざかって、鉤の手に折れるところで立ち止まったように聞こえなくなり、だいぶ長い間を置いて、いっそう遠い道をたどるような足音のもどって来るのを、家の者たちはまた夢うつつに耳にしている。ゆっくりとではあるがしっかりとした、ひと頃よりもむしろ壮健な足取りだった。年寄りの小用の手間取るのは怪しむことでない。ここは手水場が遠くてね、と同情してみせれば、なに、歩いて行くうちにちょうど出頃になる、と年寄りは苦もなげに言う。

夜の足音は廊下の鉤の手にかかるとふっと消える。厠へ通う道にしても、家の間取りからすればなぜこんなところで鉤の手に折れているのか、と家の者たちは長年ここに住んでいるのにいまさら首をかしげあうことがあったが、ずいぶん昔から幾度かあった家の造りなおしの際にもその鉤の手だけは、なんでも棟のつりあいからして、変えられずに置かれたということだった。はじめの角を折れると左手は染みの幾重にも通った壁に沿い、右手にはこれもひさしく黄ばんだままの腰板障子になるが、その内の小間はとうに納戸《なんど》同然に使われて人がそこでやすむこともない。むこう角の梁から細い裸電球がひとつさがっている。

夜になり厠に立つ家の者たちは鉤の手を折れると、角にひろがる薄い灯の中に、人が立ったような気がして、足の停まることがあった。姿の見えたためしはなく、そこにかかる前からざわざわしても、そのつもりで折れれば何でもないのだが、年に一度ほど不意を討たれる。姿は見たこともないと誰もが言いながら、白髪の背の高い老人ということになっていた。とうの昔に亡くなった人の言い出したことらしい。

それなりにもう馴れた気の迷いとして笑って話す家の者たちも、雨が降りしきって裸電球の灯も湿って見える夜などには、鉤の手にかかるとばたばたと、子供の走るような小足になるのにひきかえ、年寄りの足音はなにか遠くへ吸いこまれるふうになり、寝床から聞く者は、電球の灯の中にすっくりと立った見知らぬ老人に家の年寄りがまともに向かって、ゆっくりと近づくにつれて、その白髪も長くなり、背も高くなり、とそんな光景をつい思い浮かべる。年寄りの足音が消えたそのとたんに、おのずと澄ます耳に、家の内のあちこちから、かわるがわる、幾人もの人の歩きまわるような、気配がする。

ある日、家の者の一人が年寄りのいる前で、この家は夜中に誰かが手洗いに立つとそこかしこで、床の鳴るようなのが、耳について、とそのことを口にした。つまらぬことを言う、と聞いていた年長の者が眉をひそめながら、それは、昔、お前みたいな不了見の者が、人の寝静まったのを待って、女中部屋へ忍んだ、その罰あたりを床が覚えていて、ささやくんだ、とまぜかえすと、笑いのひろがる前に、お前たち、古家は夜中に、人がひとり起き出して歩けば、それにつれてあちらこちらから溜息をもらすということに、今まで長らく住まいながら気づかずにいたのか、と年寄りが言った。根太から土台から梁まで、至るところにひずみが来ているのでというような話になるのかと思ったら、故人《ほとけ》たちがこの主《ぬし》なのだ、ここに居るのはせいぜい、居候で、と言う。一同呆っ気に取られて年寄りの顔を見たが、たまには始末のつかぬありさまを家の主が見かねて、片づけてまわっても、不思議はないではないか、と年寄りが笑みをふくませたのに及んで、しばらくは家を出ていたがよんどころなく舞い戻ってきている者たちもあり、横目を見かわして苦笑した。廊下が鉤の手に折れたところの片側の壁に、家の者たちがてんでに不精して物を積んだままにしておくことがあり、雑然として始末に負えぬようになってから何日かすると、いつのまにか片づいている。年寄りに聞けば、わしは知らない、といつでも言う。

——明後日《あさって》になれば……。

ある日の午さがりにまた雨となった庭へ年寄りは目をやり、仔細らしく切り出しながら、にわかに言葉を失ったように口をつぐんだ。すこし間を置いて、明後日になったら、どうなの、とそばにいた家の者が聞き返すと、明日のまた明日とは、いつのことだ、と考えこむようにしていたが、なに、明後日になれば晴れるだろう、と言おうとしたまでだと答えた。

その夜半に、雨の中を走ってもどってきた家の者があり、こっそりと寝間へ這入りこもうとして障子に手をかけたところで何となく廊下の奥のほうへ目をやると、通り雨の音がまた寄せて家じゅうにかぶさり、鉤の手の暗がりから年寄りの姿がぼんやりと、雨けぶりを分けて浮かびあがるように現われたので、おやすみと声をかけて、部屋に入って障子を締めてから、子供の手でも引いているような恰好をしていたな、と怪しんだ。

部屋のすぐ外を年寄りの足が廊下を踏みしめて通り過ぎる時に、それに寄り添って、ぺたぺたと走る小さな足音が、雨の音に紛れず聞こえたように、後からは思われた。

蜩の声

朝、部屋から出てくると居間のテレビが、と言えば今からもう十何年前に世を騒がせた連続「通り魔」事件の、犯人の少年が逮捕されるしばらく前にどこぞへ送りつけた挑戦状の、まるで居間にはその事件を報道するテレビばかりが喋っていて人がいない、永遠に誰もいないような、唐突な出だしを思わせるが、この五月の下旬からの私の場合、朝と言っても陽は高くなっているが、仕事部屋も兼ねた寝間から居間のほうへ起き出してくると、テラスの表は、霧の籬《まがき》である。

　霧の籬とはよくも言ったものだ、と呆れてテラスに出した椅子に腰をおろす。山里の霧の籬の隔てずばをちかた人の袖も見てまし——そんな長閑《のどか》らしい古歌の浮かぶにつけても、いささか自虐の気分になる。これはどうやら後朝《きぬぎぬ》の別れの歌であり、朝霧にたちまち紛れて帰る男をそれでも見送る女の心か、と余計なことを考えれば、なおさら場違いの思い入れに、我ながら腹も立つ。

　白い霧が絶えず小波《さざなみ》を立てて流れる。をちかた人の袖どころか、二階にあたるテラスのすぐ目先に繁る樹も霧に籠められて、霧は流れているはずなのに、その薄れ目から浮かびあがるということもない。場違いついでに季節もさらに怪しくなり、秋の霧の野を想わせられる。霧の間から、濡れてしおれた可憐な野の花ののぞくところだ。昔、ある歌人《うたよみ》が臨終《いまわ》の際に、引導に呼ばれた僧に三途川《わたりがわ》へ続く野の道を説き聞かされたところが、霧の籬に秋の野の花がいろいろに咲き乱れてますか、というようなことを掠れた息のもとから口走って、物に狂へるか、と匙を投げられたという。どちらかと言えば、人生のいよいよ涯《はて》に至ってもやまぬ風狂の心のほうに、これも自足があるものなら往生のうちではないか、と私としては同情を寄せてきた話だが、この梅雨時に、こんな殺風景なところで、秋霧の野づらにたたずむようにしている自分に気がつくと、さすがに莫迦々々しくてひとりで笑えてくる。

一面霧と見えるのは、ごく細《こま》かい網の目の、白い幕である。老いた眼の掠れではない。十一階建ての集合住宅の、東西南北、上から下まで、外壁に組まれた足場もふくめて、全体をすっぽりと覆っている。内を護るのではなくて、粉塵が外へ飛び散るのを防ぐためのものだ。築四十二年に及ぶ鉄筋コンクリートの建物の、これが三度目の外壁修繕の工事である。あちこちに入った罅《ひび》を塞ぎ、壁の内部の空洞となったところは表からハンマーで叩いて音で聞き分け、ドリルで穴を穿《うが》ってセメントを注入する。老朽したところは削り取って塗りかえたり張りかえたりする。

これは表の化粧直しではなく、放っておけばやがては建物全体の安否にかかわることだと知らされて、終《つい》の栖《すみか》を決めこんでいた迂闊さに苦笑させられたのは最初の修繕の折りだった。あの時はまだ築十二年ほどでさほど徹底した「養生」の必要もなかったようで、私も若くて、子供たちも小さくて家の内は賑やかだったので、工事の騒ぎを苦にしたような覚えもない。幕も張られていなかったようだ。

今から十五年ほど前になる二度目の修繕の時には幕に覆われた建物が道のやや遠くからも目につき、なにやら薄汚れた繭《まゆ》につつまれた醜怪なものに見えて、老いの繭籠《まゆご》もりというものもあるのか、と私自身もひと月半あまりの病院籠もりを強いられてからまだ数年の頃だったので、老いて病むということの、妙ななまなましさをまのあたりにさせられたように眺めるうちに、おのずと澄ました耳に、その繭の内から甲高い叫びに似た、コンクリートを穿ち削る音が伝わってくる。建物は築二十七年にもなり、至るところ、壁の内部の蝕《むしば》まれた箇所に赤や青の塗料で印をつけられてまさに満身創痍、爛れているようにも見えた。しかしまた見ようによっては、長年の勤めにも厭《あ》いて、このどさくさをよいことに、似合いもせぬ文様をほどこして巫山戯《ふざけ》ているようでもあった。建物も年は取ったと言え、まだ若かったのだ。

あの時は冬場から春先にかけてのことになり、幕に塞がれた上に戸窓も工事次第で閉めきらされる苦しさはさほどでもなかったが、寒風の吹きつける深夜には幕のはたはたと鳴る音が耳について、その中からやがて、足場を伝って人のひしひしと近づく気配がする。白い夜着の女人の、髪をうしろへ流して、長い眠りから跳ね起きたように、風に胸もあらわにはだけて走る姿を、寝床の中から夢うつつに思って、これもなにかの叛乱か、とつぶやいたこともある。

このたびは建物もその間にさらに老いて、養生はまた数段大がかりになったが、幕はよほど清潔な、洗いおろしのようなものにかわり、その日に立つ白さのせいか、陽差しの薄い日には表から眺めても、やはり一見、四角四面の建物があたりでそこだけ、霧につつまれている。霧はしきりに流れながら建物にまつわりついて離れようともしない。はておかしな、と通りがかりにやや遠くから訝る人が、流れる霧のまつわるように見えるのは風に吹かれて幕に波がしきりに寄るせいだと合点する頃には、その見かけの霧の内から、凄まじい音が降ってくる。音の一本調子の間はまだしも、満山の蟬時雨ほどに聞こえないでもないが、やがて耳を劈《つんざ》く声が天へ長くあがる。壁の表面のとりわけ傷んだ箇所を、高速度回転の工具らしき物で、火花を飛ばしながら、磨り削っているところのようである。つぎからつぎへつれてあがる金切り声に似ている。すこしも耳をやっていられないようなけたたましさながら、その甲高さがきわまると、耳が堪えられなくなるせいか、かえって陰々滅々とした呻きにも感じられてくる。人は安閑と暮らしているようだが、物のすべての内には恐怖がひそむ、と誰であったか古人が言っていたようだ。慟哭がひそむ、とも言っていなかったか。

しかしこの叫びは風に乗って遠くまで運ばれる。周辺の建物に反響して意外な方角へ飛ぶ。かなり離れたところでも音に苦しむ人がいるはずだ。音の出所を知らず、あるいは音とも意識せぬまま、正体不明の切迫感に神経を傷めている人もあるだろう。

それにしてもこの厄介の元の、白い霧の内に暮らす人間たちは、どんな気持で日々を過ごしていることか、と表から見るかぎりつい他人事に、傷ましいように思うこともある。

朝、部屋から出てくると居間のテレビが云々と、なぜ「通り魔」の少年の、そんな文句を連想させられるのか。家族からも世間からも隔絶させるような、凶事を犯かした覚えはまずない。人が眼も向けぬような、たまたま眼を向けられても視線に素通りされるような、「透明人間」になったわけでない。朝からテレビの鳴っている家でもない。起きてくれば家の者と言葉も交わす。たかが、朝の九時頃に壁を伝うドリルの音に眠りを破られ、さほど利きもしない耳栓を詰めて一時間ばかり、断続する音を出し抜きながらの、言わば生《なま》眠り、取りとめもない寝惚け事に頭を横切らせていただけのことだ。

しかしその程度のことでも、耳を侵かされれば、多少の感覚失調は生じるものだ。起き出す時に耳栓をはずしてきても、耳の詰まった感じはしばらく取れない。分明に聞こえているはずの物の音や人の声が心持遠くて、三寸ほども隔たる。それが耳ばかりでなく、どうやら視覚にまで及ぶ。物がくっきりと見える。細部まできわだちながら、見る者の眼につれてあらたまろうともせず、没交渉の顔をしている。水中に潜って水圧を眼に受けた時の明視に似ているか。あるいは例の、人をあやめた少年も部屋から出てきて、居間の内が隅々まで克明に見えながら人の現われたことにすこしも反応しないのを怪しんで、ここに犯人のいることをどこぞへ知らせなくてはならないと焦《あせ》ったのかもしれない。居間の沈黙に堪えかねて、我身の存在も疑われ、事件の報道を求めて自分でテレビを点けたとしても、その前からテレビがひとりで喋っていたような、あの書き出しはその時の心に適っていたのではないか。

それにひきかえこちらは年寄り、工事の音に苦しめられるほかはさしあたり平穏無事の、築四十二年の建物の住人であり、長年の住まいがときおり素っ気もない、主人《あるじ》のことも知らぬげな顔を剝く、ということはすでに体験の内にある。馴れや習いというものは積もりに積もって破りがたくなる頃に、何かのはずみに、ついと後ずさりして、人をかまわなくなる。秩序は混乱をすっかり排除してしまうと、それ自体が無秩序とひとしくなる、と誰かが言っていた。眼にはいたずらにくっきりと映りながらの無表情こそ、じつは混乱の兆《きざ》しなのか。それとも、そんな呑気なことを思っているけれど、我身に何かが起こったら、長年馴れついた住まいの、見え方がそれこそ一変して、茫然と見まわすよりほかになくなるから、という警告だとすれば、これも年来、心得ている。

それはもう、心得ているつもりですよ、とつぶやいてテラスの椅子に腰をおろすと、今日も白い霧が目の先を流れる。つぎからつぎへ寄せる波が、水の流れに見入っているような睡気を誘う。川霧の中を人が行く。小さな棺を天秤の前後から担ぐ二人と、供え物の三方を捧げて先導する一人と、わずか三人、裁着袴《たっつけばかま》のような身なりで、人目を憚る速足で行く。子供の死者は朝早くにそそくさと送ったものなのか。あまりにも短かかった生涯を不憫がって、迅速に生まれ変わることを願ったのか。あるいは伝染病の疑いがあったのか。息災に過していれば今頃は起き抜けの老いの身を庭先でしばし寛がせていたものを、と思ううちに、ふっと目を低いほうへやれば灌木の、葉が一枚ずつ風に揺れて輝いているのが幕を通して見えて、表は陽が照っているのだと気がついたそのとたんに工事の甲高い叫びが、南北の棟の壁の間で響き合って、天から降ってくる。音に苦しめられていたはずなのに、平生へもどったような安堵感を覚えるのも、不可解なことである。

もとより、騒音の中で生きて来た者である。子供の頃には一時期、都電通りから路地を入ったすぐ奥のところに住んでいた。表を電車の通りかかるそのたびに、家は地から揺すられる。大震災よりも前の普請になる古家は内廊下のつきあたりの、手水場の窓の上で梁がはっきりと傾いでいた。しかも二階を載せていた。同じ屋根の下に何人も身を寄せていて隣の声は襖一枚の隔てを筒抜けだった。すぐ裏手には町工場があって終日《ひがな》音を立てていた。

高台のはずれに建つ粗普請《あら》のたちまち老朽しかけた家の二階の部屋に、西へはるかに眺められる溝川《どぶ》沿いの土地にひしめく町工場から、ハンマーやら溶接やら旋盤やらの音の絶えず伝わるその中で、小説などを読み耽る少年になっていた。陽気の良い日には西の硝子戸もあけはなしている。町工場から立つ音は金属を打ち抜いたり圧し伸べたり切り落としたりする機械の音もまじり、かなりけたたましかったはずだが、本を読むさまたげとはならなかった。むしろ、半分もわからぬものになまじ惹きこまれていたずらに張りつめた眼と頭をやわらげ、わからぬことをわからぬままに吸い取れるような心地にさせる。当時の機械の音はまだしも人の手の仕事とそうは隔たらぬ呼吸や間合いをふくんでいたようだ。思春期の心を遠くから揺するところもあった。敗戦後、十年ほどのことになる。

市街地のあちこちから、来るたびに数を増して立ちあがるビルを見渡しては、自分はこの若さでもう世間から置き残されたのではないかと思ったのは、二十歳を過ぎた頃だった。あのようなビルの中で働くことも、車を運転することも、自身のこととしてはどうにも思い浮かべられなかった。家はとうに高台から越して、四方を隣家に塞がれて見晴らしもないところにまた押しこめられた。陽あたりの悪い狭い庭に母親がむやみに草花を植えていた。縁側の軒からわずかにのぞく空は晴れた日でも正午近くになれば、東南にあたる工業地帯から押し出してくる黄色い濁りに覆われた。家はあきらかに時代から置かれていた。そこの三男になる私も、後から思えば若いのに生活欲が薄かった。それでも朝ごとに寝床の中から、程遠からぬ幹線道路から盛んに沸きあがる唸りに耳をやりながら、寝覚めの妄想をしばらくつないでいた。

　生活欲はともあれ、若い性欲が世間の活気の、もどかしく立てる唸りと、没交渉であるわけもない。だいぶ年の行ってからのこと、私と同年配の男がごく若い頃のことだがと断わった上で、今ではまともに吹きつけられれば顔をそむける車の排気のにおいも、昔はにわかに人恋しさをつのらせて、その一日の残りをやり過ごしかねたばかりに、幾度、つまらぬ間違いをおかすはめになったことか、ともらした。しばらくばつの悪そうな間を置いてから話をつないで、それよりはまたすこし前のことになるが、車が走りながら油を零していく、雨の日にはその油が路上に虹よりも多彩な輪をひろげて、それが玉虫色に揺れ動く、あれを見るともう、と言って笑うばかりになった。聞いて私は、においと言えば昔、二人きりになって初めて寄り添った男女は、どちらもそれぞれの家の、水まわりのにおいを、いくら清潔にしていても、髪から襟から肌にまでうっすらとまつわりつけていたもので、それが深くなった息とともにふくらむのを、お互いに感じたそのとたんに、いっそ重ね合わせてしまいたいと、羞恥の交換を求める情が一気に溢れたように、そんなふうに振り返っていたものだが、車の排気と言われてみればある時期から、街全体をひとしなみに覆うそのにおいが、家々のにおいに取って代っていたのかもしれない、と思った。

　さらに思った。街に立ちこめる排気は、戸窓をとざしていても物の隅まで、人に気づかれぬままに忍びこむが、かならず騒音をともなう。音こそ逃れがたい。においが肌に染つくとすれば、音は耳に押し入る。耳からさらに深く入り、身体の内が騒音の吹き溜まりになる。耳は無防禦なので、内からも負けずにざわめいて、外とつりあわせなくては、身が持たない。音の外圧にひしゃげるおそれがある。しかしまた、たまたま静かなところに入ったら入ったで、今度は内から破裂しかねない。騒音の合間にやや長い静まりがはさまると、耳の奥が底上げされたような感覚になりはしないか。

ある人は、若い頃に工場の夜勤に通っていた頃のこと、夜明け近くになると、絶え間もない機械の音がどうかすると聞こえていて聞こえないようになり、その中からいきなり、鳥の声が立つ。時鳥《ほととぎす》というものの声をそれと聞いたことはないけれど、聞こえたとすればあんなものなのだろうな、と言っていた。

騒音に押し入られるままになっている人間にとって、ときたまはさまる静まりこそ、おそろしい。静まりとは言いながら内に狂躁の、おもむろな切迫のようなものをはらむ。内にふくらみかかる狂躁を出し抜くためにも、外へ向かって自分から躁がなくてはならない。取りあえず喋りまくる。人がいなければ何でもよいから音を立てる。誰もいない部屋にもどるとまずテレビをつける。まさに、沈黙を忌む。耳を澄ますのも、沈黙を招くおそれがあるので、よほど用心しなくてはならない。人との話によけいな間を置くのも、お互いに沈黙の中へ惹きこまれそうになるので、あぶない。

これでは耳の上げ底どころか、心の上げ底になる。道理で物を深くは感じ止められないばかりに、深く思うこともできなかったはずだ。そのことは自嘲して済ますとしても、そうなるとしかし、今の世の男女の交わりは、お互いに沈黙をふせぐための、躁がしさの交換になりはしないか。死者たちのもとまで通じるような沈黙の中へぽつりぽつりと滴る、睦言《むつごと》や兼言《かねごと》や怨言《うらみごと》は、絶えて久しい。

知人の奇妙な「述懐」をきっかけにしていまさらそんなことを思わせられた私は当時四十の坂を越えて、街を歩けばあちこちで日増しに盛んになるビル工事の、落下物を防ぐ坑道に似た隘路を、頭上から降りかかる工事の音に急《せ》かされて足速に通り抜けては離れてから息をつくということを繰り返しながら、そのまた一方で自分自身のことをもうひさしく、喧噪の道端に茣蓙《ござ》を敷き小机を据えて坐りこみ、音にさまたげられもせず、往来の道さまたげになっているのも知らず、平然として自分の関心事に耽る者のように、思いなしていた。そのもう十何年も前から現在の建物の、七階に住みついていた。越したばかりの混乱のおさまらぬうちは何とも感じなくて、これがはや終の栖かなどと若いくせに思っていたところが、家の内の整理もどうにかついた頃に、ある夜、寝床に就いて窓の外へ耳をやり、これは取り返しのつかぬ、一生のしくじりか、と悔んだものだった。建物の北へすぐ三十米ばかりのところを走る道路が、当時はまだ東名高速と首都高速がつながっていなくて、東名から都心へ、都心から東名へ抜ける道のひとつとなり、昼と言わず夜と言わず、いや、夜半からはいよいよ盛んに、大型トラックやダンプカーの突進する音が七階まで押しあげ、地響きまで伝わってくる。物を細心に読みこむことをわずかな取り柄としたつもりの人生、これで南無三、先は見えたか、と自分の迂闊さに歯嚙《はが》みする思いで、表の轟音の一向に衰えぬままに北側の窓の白んでくるまで、まんじりともせずにいた。

これにも馴れた。後から思うと、まさかそうは行かなかったのだろうけれど、つぎの晩にはもう馴れていたような気さえする。あまつさえ、高速どうしがまもなくつながってくれたおかげもあるか、その二年半ばかり後には、物を書くことをもっぱらにする道へ迷いこんでいた。日夜家に籠もることが平常であり、また勤めでもある生活である。

四十のなかばになり、七階の高さからの眺めがどうもいまひとつ風景のようには感じられなくなった頃に、子供たちも育って家の内が手狭にもなったので、同じ棟の二階に降りてきた。南側の中庭と東側の細長い空地とに、建った当時に植えられた樹々がだいぶ枝を伸ばして、その樹冠の繁りがちょうど戸窓の眼の高さに来る。角部屋になる。来客がときたま、静かなところですねと言う。お愛想には違いないが、主人もつられて窓の外へ耳をやる。静かなことはないのだ。北側の道路を三階建てのストアの建物が隔てているので車の騒音はよほどやわらげられているものの、窓からのぞけばすぐ先に建物の切れ目から道路が見えて、東には三叉路、西には丁字路があり、それぞれ信号が車を堰き止めては流している。世にバブルがはじけたと言われて、長い不況に入ってからは、深夜の交通量はだいぶ減った。排気の規制が布かれてから、大型のトラックの機関が改良されたらしく、その音も耳にしのぎやすくなったように思われる。それでも、いつもより静かだと感じられる深夜に、寝床に就いて表へ耳を澄ますと、騒音の上澄みの中に閉じこめられているような、息苦しさを覚えさせられることがある。病院の夜明けにも、街の底から押しあげてくる騒音に感じながらの眠りの覚め際に、今が一日でもっとも身体の内も外も静かな時刻だと思いながら、同じような息苦しさに見舞われて、死ぬ時にもこんな上澄みの中で喘いで果てるのか、と想像すると起き上がって駆け出したくなったものだ。

ここにももうかれこれ三十年、おおむね安閑として暮らしている。

起き出してきて居間からテラスに出ると、風の吹きようによっては白い幕が長いゆるやかな波を打って、朝霧が遠くから物のにおいを運んで渡ってくるように見える。物のにおいと言っても、工事場のことで、鉄やらコンクリートやら、発電機の油煙やらのにおいがまさる。あちこちの壁を磨り削る高速回転の工具の音がいまやたけなわの高調子で降りかかる。それでも椅子に腰をおろしたきり、寛いでいる。この十年二十年、こんなに寛いだことはあるだろうか、などと振り返りかけては自分で首をかしげる。

梅雨時に入ってからはしばしば、朝の九時前から遠く近くの工事の音に眠りを破られる。未明に床に就く人間は朝方に眠りが一段と深くなるらしく、それこそ生木を裂かれるような思いをさせられる。間近でドリルを使われる時には横になっているのもつらくて起き出しても、家じゅうの壁が伝わる音に震えて、身の置きどころもなくうろうろしている。たまりかねて大雨の降る表へ逃げ出したこともある。そんな時でも音が遠のけば寝床にもどってしばらく眠り返す。それほどでない時には枕もとに置いた耳栓を詰めて、こんなもの、効果はありやしないと思いながらいつか眠りこんで、欲にかかったみたいに深い眠りであるらしく、また音が始まったかと溜息をついて目を覚まし、自分の鼾だったと気づいたりする。しぶといものだ。

ところが起きあがってみれば、耳栓はとうにひとりでに抜け落ちているのに、耳の詰まった感覚が遺る。耳の奥から頭の内までが鬱結しているようで、眼球の内も締まるのか、居間に出て見まわせば、物の輪郭が変に鮮明に、物からやや浮いたように映る。脚もこわばって蹌《よろ》けをふくむ。そんな感覚の失調と言うか、あるいは奇妙な冴えが、工事の音にも妨げられずに眠り通したその起きがけにも、生じるようになった。それがまた、テラスに出て表から降りかかる工事の音に身をさらすと、ほぐれる。たわいもないことだ。

表から降る音と、壁を伝って天井から床にまでこもる音とでは、おのずから侵蝕力が違う。起きているよりは寝ているほうが無防備でもある。耳栓によらず耳を詰めて眠るということも、あるのだろうか。神経のひずみを溜めこんだ者はとかく、本人は知らずに、息を詰めて眠っているものだと聞いたことがあるが、それと同様に。夢にうなされる人間も、目はもともとつぶっていてそむけようもないので、せめて音や声に恐怖を一気につのらせまいとして、耳の奥を詰めているのかもしれない。あるいはその逆で、おそろしい声のけはいの点じたのを、聞くまいと耳を詰めたところから、悪夢はひらくのか。さいわい、工事の音はけたたましいだけで、底意はふくまない。

十五年前の工事の時には、どうせ自分の内にも外に劣らぬ喧噪があることだからと腹を据えて、騒音の盛りにも仕事をやめず、ドリルの音に身をあずけていると、それなりの内外の釣り合いも取れて、緊張しながらに睡気の差してきそうな、一種自足のようなものを覚えることもあったが、さすがに眉間に、そこがひずみの要《かなめ》であるかのように、皺を寄せていたようで、日が重なって寝起きに洗面所の鏡をのぞけば、昨夜は安穏に眠ったはずなのに、眉間はおろか、口角から頤《おとがい》にかけて、深い顰《しか》めの跡の、赤いような皺が刻まれている。鏡に向かってどう顔を顰めてみても、そんな皺は寄せられない。よほどひどい顔をして寝ていたものと見えた。

今では工事の音を浴びながら白い幕の波に息をついているこのありさまは、小春日和の陽だまりに朝方からとろんと坐りこんでいる年寄りと変りもない。赤い皺の跡のつくほどに顔を顰めるのも、外からの侵入と張り合ってのことだろうから、これもまだ壮んな気力体力のしるしであり、それだけの力はもはや顔面からも失せた。歯ぎしりもままならぬ、と頽齢の歎きをどこかで聞いた気がする。耳をひしと詰めたようなつもりでも、こうもたわいなくほぐれるようでは、じつは早々に抵抗をあきらめていたのだろう。あとは蹂躙されるにまかせた。音が一段と迫りかける時には、死んだも同然にしていたのかもしれない。とすれば、一夜がまた無事に明けたかとばかりに息をつくのも、年寄りは病人に近いので、もっともなことだ。まだ生きていたか、と何かの折りにいまさら自分で驚く人間の、喜びとも哀しみとも、安堵とも落莫とも、定まった感情を伴わぬ顔面のゆるみ、これもどこかで見た気がする。能のほうの翁の面の笑いか、これをこそ、めでたいとするか、とその面相を白い幕のむこうへ思い描こうとしたその時、足場に沿ってスタスタと、ヘルメットをかぶり作業着にオレンジ色のヴェストをつけた若い男が目の前に現われ、物の片づけられたテラスの隅に出した椅子にちょこんと坐りこんでいる年寄りに驚いて立ち停まりかけたが、今日は、と声をかけてまた速足で通り過ぎる。

ご苦労さま、と挨拶を返すと、工事の騒音がさらに苦にならなくなる。

それにつけてもまた、若い頃に配電の仕事でビルの高い足場にもあがっていたという、私よりもふたまわり近くも年下の、同業の知人のことを思い出す。ここの外壁改修の工事が始まって足場の上を作業員が駆けまわるようになってから、思い出すこととしきりである。日の暮れのビルの屋上の、外壁の角あたりになるか、かつてはこの辺で抜きん出た高さだったので取りつけられたが、いまでは周辺に高層のビルが立ち並んだので無用になった航空灯の、配線の回路を断つ、この処置を「殺す」とその世界では言うそうだ。これを殺して一日の仕事を仕舞えた、という言葉が、もう十年あまりも前になるはずの作品の内だが、私の耳に取りついてひさしく遺った。私自身は若い頃から、眼をいたずらに凝らして無い頭を絞るよりほかには重い物も担がぬような暮らしをしてきた者だが、この言葉に触れると、自分も毎日、何かしら世に無用とされてしまったものを惜しみながら始末する、「殺す」ことによって一日の仕事を仕舞えてきたような、そんな気がしてならなかった。そのうちに、おい、今日は何を殺してきた、と自分をなぶるほどにずぶとくなったが。

その知人はまた、初めての建物の中に入った時に、思わずジロリと、三六〇度その空間を見まわす癖が、配電の仕事からとうにあがった後まで遺ったことに、人に言われて気がついたと言う。面倒なことになりかねない仕事にかかる者の当然の習いである。この言葉に触れた時にも私は、知らぬ家に来た時に、その間取りと家まわりとをそっと見まわす、自分自身の癖を思い出した。敗戦直後の子供のことだ。あたりに火がまわりかけた時の、逃げ路をひとりでに探っていた。そういう自身が当時、火が出たら逃げるのもむずかしそうな、建てこんだところに住んでいた。この怯えの習いは成人するまでには失せていたようだ。七階の高さに暮らしていた時には、幼い子供がありながら、コンクリートの建物の不燃性とやらをたのみにしていた。二階へ降りてきて、さらに逃げやすくなった。しかし今でもわずかに、細長い雑居ビルの、狭いエレヴェーターで上がってさらに入り組んだ先にある酒場などに案内されると、酔いの少々まわっただけで、睡くなることはある。

外壁が崩壊して内部の露出した光景を、平穏無事に見える建物に対しても、自分の目は常に透視している、とその知人は言う。私は若い頃から、建築の内に破壊を見るという傾きがあった。以前の破壊を思うばかりではない。将来の解体を思うのでも、かならずしもない。建築と破壊とを同時に、同一のもののように感じる。そして開発の急になった一時期、建築現場を通りかかり、高い足場を見あげるたびに、安泰な地面を踏んでいながら、足がすくみかけたものだ。

工事現場の体験が自分にとって「私」を認識しようとする出発点になったように思われる、とその知人はまた言った。危険な場にいる自分を常に意識していないことには、生命を脅かされる、その必要から、いまある「私」の認識を迫られたと言う。聞いて私も、自己認識とは本来、そこから始まるものだと思った。自己認識と言っても、切り詰めてみれば、自分の「いまここ」を知るということだ。しかし徹夜作業の、一種熱狂のようなものに染まった現場では、危険の意識が薄れて、疲れているのにからだが妙に軽くなり、恍惚のような味さえ覚えないでない、と知人はさらに言う。それが後になり、足場を楽に渡っていたような姿に、身が竦んで、苦しめられることになる、と。済んでも済んではいない、とはこのことだ。

危険な場所で自分を意識しなくてはならないという緊張が、刻々と重なって限界域に近づくと、自分と自分との、鏡の内と外との睨み合いになり、前後左右が落ちて、自分の

「いまここ」がかえって留守になりはしないか。髪の根はすでに締まりながら、足はスタスタと行くということもあるのだろう。足場で歩調が乱れかけた時にはひょいと一歩跳んでみるという話を、よそから聞いたこともある。あとから思い出すたびに、平然とした様子で危い境を渡る自分が、いまさらここでおそれる自分よりも、いっそう過ぎ難い「現在」に感じられて、覚めながらにうなされる。とにかく無事に済んだことであるのに、一生の悔いの味がする。

しかし済みはしないことでも、だんだんに済んでいくようでないと、いかにも生きにくい。

この建物も梅雨時に入る前から日々に悲鳴のような音を立ててきて、もうそろそろ梅雨明けも近く、穿ち削る工事の山場も越してだんだんに済んでいくようだ。このたびはだいぶ徹底した工事になったが、完全な修繕を期したらきりもなく、人もしばらく住めなくなり、ほとんど建て直しに近くなる。鉄筋コンクリートの建物は、人は半永久のように思いなしているが、じつは三十年ほどの寿命のものだと伝えられるようになったのは、今から二十年ばかり前のことだったか。外側からはいかに堅牢に見えても、内部では水道の鉄管が上水も下水も錆びて目詰まりを起すこと、高年の人体にひとしい。聞いて私などは、太平の世の続く中で水が使えぬばかりに廃墟となった建物を思った。天気晴朗のもとの黙示の図である。その後、建て換えのこともここの住民の会で検討されたようだが、結局はおしなべて高年にかかった住人のことを勘《かんが》えて、破れかけたところはそのつど繕ってできるかぎり持たせるという方針に落ち着いたらしい。いま居る者たちが、住みきるまで、というふくみになるか。

生涯にわたる、弥縫である。弥縫と言えばたいてい、姑息な回避の方策として非難されるところだが、この国の民は代々の暮らしからの繰り越しか、弥縫に長《た》けている。しかも弥縫ながらに、いや弥縫においてこそ、丁寧で几帳面、どこか昔の女人たちの衣類の繕いを思わせるところがあり、今までのところこの国を安穏に持たせてきた。なまじそれだけにその限界域に入りつつある今後が心配される。見映えはしないが穏和なる美徳と言えるほどのものだ。今でもときおりけたたましく立つ改修工事の音も、弥縫と思って聞けば、女人の繕いの針の運びではないが、いくらかはやさしく感じられる。

これもすべて、ここに住まう私の生涯もふくめて、だんだんに済んでいくことのうちか。風のゆるやかに休みなく吹く日には、白い幕の流れに眼をあずけていると、秋霧の野はさすがにあまりにも季節はずれになったが、河口に淀んでいた水が引き潮を待ち受けてようやくほぐれて流れ出したように感じられる。十五年後の改修は、自分は知らぬことになる、と私は踏んでいる。一時は若い人の姿の絶えたようになったこの建物も近頃ではすこしずつ、小さな子を連れた夫婦を見かけるようになった。中庭の遊園地からしばしば子供の声があがる。若い人の越して来るのは、これも弥縫策の成果か。おいおい交替は進んで、さらに十五年経った時には、すでに壮年に深く入った人たちが自分たちの行く先の老年を勘えて、やはり改修の道を取るか。取るとすれば、二代続く送り越しになる。いずれにせよ、私にとってはだんだんに済んでいく。

そうは思っていても、済むはずのものも済まなくなるような、異変は人の老年を顧慮しない。どこが終の栖になるか、わかりはしない。事の次第では流亡の身にもなり得る。毎夜、寝床に就く前にグイ呑みほどの大きさの盃に冷や酒をこれきりのつもりで注《つ》いで、ここまでまず息災に来ていることに自分で呆れながらも、また一日を仕舞えたことに安堵の息をついている。ありがたいことだ、とつぶやかんばかりにもなる。これをどこで、まだ酒の呑める身だとして、どんな仮住まいの片隅でやっていることか。

思いがけずこんな境遇になったけれどこれまでだって、現に安閑と住まう家の内の、壁は崩れぬままに廃墟にひとしくなったありさまを、外から透視せずとも、内からひそかに見る眼をわずかずつ遺してきたのだから、行き着くところに行き着いたことになる、とそう受け止められれば、寒々としたものに吹き抜けられても、これはこれで、涯の自足になるか。

そうこうするうちに、梅雨明けの知らされるのに先立って、夕暮れに蝉が鳴き出した。まだ木の葉のさやぎにも紛らわしい細々とした鳴き方ながら、音に耐えた一日の心身のこわばりをほぐしに出た散歩から、気がつけば日の暮れ方もやや秋めいて、涼風の渡るにつれて鳴き定まる蟬の声に背中から吹かれて帰る道々、魂の内まで吹き抜けられたような、それこそ済んだ心地がしたものだ。今日が新暦の盆になるか、と日を数えた。

一日置いて梅雨明けが知らされ、冷夏かと予測されていたのが、たちまち真夏日の、猛暑となった。朝になり刻々と室温の上がっていく東向きの部屋の中で、やはりどこかしらで立つ工事の音を耳にしながら、いましばらくの眠りの中へ逃げこもうとする身体も一日の労苦を仕舞えた時に劣らずこわばるようで、それをほぐしに散歩に出て、正午の日盛りの中から汗まみれになってもどってくると、白い幕に覆われた部屋の内は眼に暗く、ひんやりとした空気が底に淀んで、水まわりのにおいがして、昔の住まいを思わせる。眼が馴れるまでの、つかのまのことだ。

幕は陽の直射をさえぎりはするが、風通しもさまたげる。風の走る日にはまだしもそのおこぼれがかえってありがたいように肌を撫でて通るが、わずかしか吹かぬ日には、部屋の内は午後にかけて、陽の移りも知らぬ薄暗さのまま、住まう者の排熱を溜めて、言葉はおかしいが、しんしんと蒸し返る。その中で仕事をする。真夏の午後の仕事も、冷房を使わぬということも、何十年来の習いであり、身体がそうなっているのだから致し方ない。筆一本のこととは言いながら、一時間も続ければ汗が滲んでくるのは、これもとうに、しょせん肉体労働の内のことだから、と受け取っている。頭の内も過熱気味になるとテラスに出て来る。幕に隔てられてもここにはよほど通る風に吹かれて、だらしのない恰好で椅子に坐りこんでいるその目の前を、この酷暑に作業服に身を固めた職人が通る。挨拶を交わすのにも馴れた。

仕事を停めてしまえば、竈《かまど》の火を落とすのにひとしく、あらためて焚きつけるのによけいに苦労させられることになり、あるいはその気力も失せているかもしれないので、とにかく続けることにして、ただ、ムキになって掛からぬように用心した。遊び仕事とか、どこかで聞いた。働くのももう物憂い頃に、日照りの暮れ方などか、もうひと仕事、一日の始末が残っていると、若い者たちに遊び半分に、埒もない雑談も好きなようにさせて、だらけだらけながら手は休ませずにいれば、思いのほかはかどって、いつのまにか片づくという。人の勤勉と倦怠とのないまぜの機微に通じたやり方であり、その働いていないようで働いている場面も目に浮かぶようだが、そう感心する私自身もこれまで長年にわたって、もうひとつ踏んばらなくてはならぬところではいつでもそうやってはぐらかしてきた末に、いまや片づきつつあるのではないか。そう考えると、それならそれでもいいのだが、なにかやはり、埒もないことばかりして来たような気がしてならない。

それでも昼の内は、風の通りは細くても表の日盛りは免れていると思えるので、堪忍ならぬ暑さなどと昔の年寄りは腹も立てたようだが、まだしも我慢がなる。夜が更けるにつれて、日の暮れから宵の口にかけておさまりかけた暑気が、今度は家の内から蒸し返してくる。風もしばしばぱったりと落ちて、白い幕はそよりとも動かない。室内の温度計は夜半にかかっても三十度を割ろうとしない。昼とは逆に家々のほうが溜めこんだ熱を冷房の排気とともに外へ吐き出している。夜更けに外から帰る道すがら、熱気をふくんだ靄が家々にまつわりついているのが見えることもある。

夜の執筆、夜間の労働は真夏と言わず、あとの眠りに障《さわ》るので、とうの昔からやめている。かわりに本を読む。読んでどうこうしようという了見もない。しかも年を取るにつれて現在の自分から懸け離れたものを読むようになった。古い時代の物の考え方と言い方が基本のところでよくもわかっていないようで、いずれたどたどしい読み方になる。あきるようであきず、いまにも投げ出しそうで投げ出さず、それでかえって長続きする。一日の疲れから半分ほどしか働かぬ頭で文をなぞっていると、睡気を寄せては払いながらもうすこしもうすこしと先へ続ける夜なべの心に近い。しかしこんなとろとろとした読書でも夜なべはやはり夜なべ、肉体労働のうちなのか、いきなり額から首から胸にまで汗が噴き出して、喘いでいることがある。

机の前からおもむろに立ち上がり、洗面所で汗を拭い、顔を洗って眼も冷やす。テラスに出てそよりともせぬ幕に向かって腰をおろし、風も通らぬところで、甲斐もなく、息を入れる。そして机の前にまた仔細らしくもどれば、身体はよけいに火照る。まるで音にならぬ狂躁が熱気とともにあたりに凝《こご》って、耳の奥が聾され、頭の内も硬く詰まったあまりにからんと、空洞になったかに感じられる。これでは本を仕舞って酒でも呑むよりほかにないところだがあいにく、汗の噴き出るのは、文章にも坂の上りと下りがあり、そのやや急な上りにかかる時と決まっている。ここは仮にも当面の上りと下りを済ましておかないことには、床に就いて寝入り際に、半端になった始末がふっと頭に浮かんで、眠りをさまたげかねない。ところがそこをようやく上って下って見るとその先に、自明の続きのように、つぎの上りが待ち受けている。

ついても行けない眼を先へ先へと上っ滑りにひきずられるうちに、ある夜、不思議に読めているような境に入った。頭の内はひきつづき痼《しこ》っているので、とても理解とは思えない。まして認識からははるかに遠いが、なにがなし得心の感じが伴なってくる。しかもその得心は、心の内のことのようでもない。心は心にしても蒸し暑さに堪えかねて内から抜け出し、おなじく痼った眼を通して頁から浮き出した文章と宙で出会って、互いに言葉は通じぬままに、うなずきあい、拍子を取りあっている。なまじ天気も頭の調子もよろしくて理解しに掛かる時には、読み取ったところから手答えがなくなる。意味は近代の「文法」になぞらえて摑んだつもりでも、音に声に、そして呼吸に、つまり「魂」に逃げられるらしい。音痴なんだ、と我身のことを顧る。人が死んでただちに生まれかわっても五十代近くも隔たる大昔の声のことにしても、近代の人間はおしなべて、耳の聡《さと》かったはずの古代の人間にくらべれば、論理的になったその分、耳が悪くなっているのではないか、すぐれた音楽を産み出したのも、じつは耳の塞がれかけた苦しみからではなかったか、とそんなことまで思ったものだが、この夜、昼の工事の音と夜更けの蒸し返しのために鈍磨の極みに至ったこの耳に、ひょっとしたら、往古の声がようやく聞こえてきたのか、と感じられて耳を遠くへやると、窓のすぐ外からけたたましく、蜩《ひぐらし》の声が立った。

夜半に街灯の明るさに欺かれてか、いきなり嗚咽を洩らすように鳴き出し、すぐに間違いに気がついたらしく、ふた声と立てなかった。狂って笑い出したようにも聞こえた。声に異臭を思った。

異臭は幼年の記憶のようだった。蜩というものを初めて手にした時のことだ。空襲がまだ本格には本土に及ばなかった、おそらく最後の夏のことになるか。蜩は用心深くて滅多に捕まらぬものなので、命が尽きて地に落ちたのを拾ったのだろう。ツクツク法師と似たり寄ったりの大きさで、おなじく透明な翅にくっきりと翅脈が浮き出て、胴体の緑と黒の斑紋の涼しさもおなじだったが、地肌が茶から赤味を帯びて、その赤味が子供の眼に妖しいように染みた。箱に仕舞って一夜置いた。そして翌朝取り出して眺めると、赤味はひときわ彩やかさをましたように見えたが、厭な臭いがしてきた。残暑の頃のことで虫もさすがに腐敗を来たしていたのか。子供には美しい色彩そのものの発する異臭と感じられた。すぐに土に埋めて手を洗ったが、異臭は指先にしばらく遺った。

箪笥に仕舞われた着物から、樟脳のにおいにまじって立ち昇ってくる、知らぬ人のにおいにも似ていた。

山に夕日の薄れるにつれて、勢いのおさまっていくツクツク法師の蟬時雨の間から、蜩が鳴きしきる。その声に耳をやりながら、今日も一日がようやく過ぎた、と子供ながらに老いて瘦せこけたような身体を風に吹かれていたのは、敗戦の年の夏の終りだった。東京の家を焼かれ、逃げた先の大垣の父親の実家も焼かれて、美濃の奥の母親の里に身を寄せてから、敗戦の日をはさんで、ひと月ほどになる。空襲が大都市から各地へ転じていた間いつまでも続いていた梅雨が、あちこちの中都市も焼き払われて八月に入ると、にわかに明けて猛暑となった。ひさしく重なった栄養不良と、再三にわたった空襲の恐怖に心身を傷めつけられた子供は手足も細り、空腹を覚えながら食欲は衰え、とりわけ敗戦を告げられて戦災の手をひとまず免れてからは、日盛りには居ても立ってても膝が抜けるようにだるくて、暑さとともに時間は滞り、ただ日の暮れかけて涼風の立つのを待った。蜩の声は子供の帰心をそそった。じつは帰る家もない。秋になったら迎えに行く、と東京に留まった父親は便りを寄越したきりその後音沙汰もない。鉄道も郵便もほとんど途絶えたという噂だった。それでも蜩の声を聞くたびに、子供は日を数えていた。

梅雨の明けきらぬ頃の雨もよいの暮れ方に、家の裏手の木立ちで蜩がいきなり鳴き出した。あれは敗戦から何年かした頃になる。あの時にも、樹上から怪しい物が嗚咽をこらえず洩らしたか、狂って笑い出したかに聞こえた。季節はずれの鳴き出しが何か悪い事の予兆にも思われた。敗戦の年の晩夏の蜩の声は子供の帰心をいたずらに急かせたが、待望が叶って東京へもどってからも、これが二度目の仮住まいになり、帰るところはまだ定まっていなかった。あの母の里の蜩の声がとうに鳴き仕舞って彼岸も過ぎ、十月に入ってようやく父親が東京から迎えに来た。朝に美濃の町を発って正午頃の岐阜の駅の、屋根も剝がれたホームでいつ来るとも知れぬ汽車を待ち、夜になりまた名古屋のホームで長い間並んでから始発の汽車に乗り込むと、車内は大きな荷物を担いだ復員軍人と、やはり持てるだけの物を持った疎開からの帰還者とで、たちまちぎっしりと詰まった。それにしては静かだった。誰もがここに来るまで半日もまる一日も、人によっては二日も三日も、あちこちの駅で待たされては詰めこまれ、くたびれはてて、ほとんど口もきかない。子供は復員軍人の黙って差しのべた手から飴を貰って喜んでいたがまもなく眠りこみ、ときどき目をぼんやりとひらいて、通路に復員軍人たちが立ったきり身じろぎもせずに眠っているのを、皆そろって汽車の進む方へじっと向いている、と眺めながらまた眠り、目を覚ました時には、表はどんよりと明け放たれて、品川にかかるところだった。やがて窓外にひろがる瓦礫の街を人はやはり黙って眺めていた。

あの夜行の車中の寡黙さに、かえって帰心の渦のようなものを、今になり思わせられる。これまで居たところに居られなくなったので、居ても無用になったので、帰るまでだ、という事情があったにしても、いったん解き放たれた帰心はおのずと、矢のごとく奔《はし》る。しかし心は急いても、それで汽車が動くわけでない。帰心の前では時間も停滞する。もどかしさに叫ぶまいとすれば、黙っているよりほかにない。

取りあえず帰る。落着く先のあてがあろうとなかろうと、帰れるうちに帰る。留まっていれば宙に迷うおそれがある。とにかく帰るところへ帰りさえすれば、それですべてがひとまず済む。蜩の声を聞いて、長かった夏もこれで済んだ、と息をつくように。

帰心を抱きしめながら息絶えた戦死者の霊も、生き残った者の胸から胸へと伝わって、その帰心をうながしたか。

しかしあの夜行に詰めこまれて運ばれていた人間たちの内、元へ帰ったのはどれだけいたことか。大半は元の家どころか、住んでいた土地すら見ないことになった。梅雨空に季節はずれの蜩の、欷歔《ききょ》のような狂笑のような声を耳にして嫌な気持にさせられたその翌年になるか、やはり梅雨時の夜更けから未明にかけて幾波にも、雷鳴のように轟いて、ジェット機の編隊が半島へ向かっているようだった。戦時中の敵の爆撃機の編隊よりも低空を行くのに誰も寝床から起き出さない。空がいやに騒がしいな、とつぶやく声もない。怯えたところで逃げるあてもない。あの頃にはしかしまだ、帰って帰れなかった者の、満たされぬ帰心はあったようだ。半島の戦争がやがて休止を見て、結核が死病ではなくなったと伝えられ、人はさらに忙しくなり、十年も経つうちに、都市の開発と整理が進んで、多くの土地が土地でさえなくなった。かつては静まり返って待つ街に上空からのしかかった敵の爆撃機の、殲滅作戦の爆音に似通った唸りが今では街全体を領し、人は耳を聾されて目ばかりむやみに前へ瞠り、後を振り返りもしない。そのうちに、自分が本来、どこにいた人間であったかも顧ないようになり、それにつれて、困惑の点じた目の張りも、弱くなった。

帰心の渦はどこへ紛れたのか。

大通りを折れてゆるやかに上る町の坂道の、先のほうの右手に高く繁っていた木立ちからも、蜩は鳴いていたか。あれは敗戦の前年の、私の兄たちもふくめて近所の子供たちのあらかたがそれぞれ親の郷里にやられて、すっかりさびしくなった夏休みの末のことだ。空襲の迫ったのに備えて郊外の住宅地でも交通の要所で、強制疎開と称して、道端の家屋の取り壊しが急になっていた。その解体の共同奉仕の作業を、町に居残って閑をもてあました子供が三人、警報の鳴り出すのをおそれながら見物してきた、その帰り道になる。寿命の来てもいない家屋の、内部を打ち抜いた末に、根もとに鋸の入った大黒柱に綱を結んで、その先を男たち女たちが、善男善女が寄って繫ってエンヤエンヤと引くうちに、微動もせぬ建物がやがてゆさゆさと身ゆするぎをしたかと思うと、膝から折れるように崩れ落ちる。家屋の虐殺だった。やむを得ぬ措置であり、そのおかげで後に私もふくめて多くの人間が助かったとは言いながら、町の風景の中に馴染んだ家屋に、敵に焼かれるその前に、みずから手をかけた。一面立つ埃の中で、モンペ姿に尻のまるさの露われた女たちが、首に巻いた手拭いをほどいて顔の前を払っていた。凄惨な倒壊に子供たちはさすがにけおされて、物も言わずにその場を離れ、角ごとで言葉すくなに別れ、私ひとりになって大通りから坂にかかった。

しばらくうつむいたきり歩いてから、顔をあげて木立ちのほうを見込んだ。蜩の声を聞いた覚えはないが、そのとたんに坂の両側に続く家々が、生まれ育った界隈であるのに、初めて見るように、一戸ずつ隅々までくっきりと目に映った。そしてあたりが底まで静まり返った。いきなりの明視と、いきなりの森閑と、どちらが先だったか。この家々もいまにすっかりなくなってしまう、と子供がそこまで考えたかどうか。

家屋の無惨に崩れ落ちるのをまのあたりにして、その末期の叫びに耳に押し入られてきた後で、平生にすこしも変わらぬ家々のたたずまいがそのまま異様なものに見えたと同時に、あたりが静まり返った、ということはあり得る。しかも物音にまで遠のかれながらいま一度見馴れた、あまりにも見馴れたものに感じられて、その既視感の果てが転じて一度かぎりの、刻々とこれが最後の光景に映ったものか。

変な顔をして帰って来たけれど、何かあったの、とたずねられても答えようがない。

翌年の五月の下旬の未明に同じ坂を煙に巻かれて駆けくだる間、両側の家々はすでに内に火をふくんで炎上の寸前に、いつもと変らぬたたずまいを見せていた。狂奔の内に一滴の静まりが点ずると、恐怖は一気に溢れ出す。

尋ね人

八月も下旬になり、満月の夜に、中庭の隅々から蟋蟀《こおろぎ》が鳴き出した。気がつけば樹の上では、昨日まで深夜にも人工の光と排熱に欺かれて噪いでいた蟬の声がおさまっている。涼風というほどのものの渡るわけでないが、もうひと月あまりにもなる猛暑も、さすがに秋の気配か、と息をついた。ところが翌日はいよいよ照りつけ、九月に入っても暑さは衰えず、際限もないようになった。

百何年来の猛夏と伝えられた。生きてこんな夏にめぐりあうとは、年は取るものだ、と昔の年寄りなら笑いそうなところだが、日中はまだしも観念するにしても、夜が更けても気温ははかばかしくもさがらず、かえって蒸し返してくる。夜半には救急車の行く音が耳につく。病人たちはまして息苦しさに責められる。冷房の内にいても外の温気《うんき》に、弱った身体はおのずと感ずる。それでも、もうすこし夜が更ければ息も楽になり眠れるだろう、とそれだけをあてにして、ぎりぎりまで辛抱するらしい。

この堪えがたい蒸し暑さにも馴れれば馴れるものだ、と感心して夜更けをすごすうちに、わずかに気をつめたはずみに、汗がにじむ。腕に目をやれば、毛孔ごとに、微細なガラスの粒を銜《ふく》んだように光っている。それが見る間にあふれて、汗が噴き出る。とめどもない。永年の自分の身体ながら、見知らぬ生き物の、奇妙な反応のように眺められる。額にも汗が粒立って、顳顬《こめかみ》へ伝う。老体にしてはいささか大仰な発汗だが、生きているしるしではある、と立ちあがって洗面所で顔と腕とを冷い水で洗ってくる。

それで汗は止まるが、しばらくすると、赤黒いまでに垢を溜めこんでいるような、饐《す》えた臭いがともすればあがってくる。嗅いでみれば何ともなく、気のせいらしい。風呂のほかに、日に幾度か水を浴びていることでもある。しかし錯覚ながらにときおりひときわ濃く、どこか腐臭のようにも感じられる。胆汁の腐敗、というような考え方が古い医方ではあったらしい。胎内に受けた毒がやがて胆汁の腐敗に及んで、折から空中に蔓延する癘気《れいき》と相呼応して、悪疾を惹き起こすという。

かりにも近代の科学の洗礼を受けた頭には、奇想天外の病理である。しかしいったん寓言の話法と取れば、まわりまわって、実相に着くのではないか。生来の毒により、生きながらに腐敗を来たして、天下の癘気を俟《ま》っていまにも悪疾へと振れそうな、そんなあやうい体感のことは言い当てている。そうでなくても、深夜の溽暑《じょくしょ》の極まる時刻には生命あるものもなきものも、人体も物体も、汗を掻くことに飽いて、表面から融けて崩れるかに見える。古い家屋なら、夜の苦しさが頂点をまわる頃に、一日吸いこんだ温気とともに、長年にわたってひそかに煮つめた異臭を吐き出すところだ。

死者が家族たちと同じ屋根の下の一室に横たわったまま、三十二年が過ぎて、百十一歳の高齢に至った。そんな事件が伝えられたのは七月の末にかかり、とうに始まっていた猛暑がここ一日二日、多少の雨も降り、いくらかやわらいでいた頃になる。事件には違いないが、近頃起きた凶事ではなくて、三十余年にも及んだ隠匿の露呈であり、聞いてその歳月の長さにしばし昏乱を来たし、いつ犯かされた罪になるのか、と自身の内を、怪しいもののひそむ淵のように、のぞきこまされた。日ならずしてもう一人、百十三歳になる女性の、じつは二十何年来の行方不明が伝えられ、家族からは失踪の届けも出ていなかったという。さらに日を追って、所在の確認されぬ高齢者の数がふくらんで、かなりの数にまでなると予測され、そのうちに暑さがすっかりぶりかえした。

春先からいつまでも痼《しこ》った異常な冷えこみを見て、今年は冷夏かと梅雨明けまで言われていたのが、猛暑の夏と定まった。それにしては不思議に、入道雲が立たない。例年なら八月に入れば午前から四方に湧きあがり、午後には雲の峯が崩れて、夕立になることもあれば、それらしい風を吹かせるだけでまた晴れあがって照りつけることもあるが、炎天のままに終る日にも暮れ方にはもう一度、西のほうの空にくっきりと立って、背後に沈む日の照り返しを受けて紫色に染まり、金色の輝きに縁取られて、来迎の荘厳とはあのようなものか、と仰がれるものなのに、この夏の空は日盛りから炎天ながらに色は秋めいて淡く、日没にもあかあかと焼けず、西に掛かる横雲の黒さはどうかすると眼にさむざむしく、物の陰から暗くなるのも早いように見える。それでいて夜になっても涼しくならない。日中に地表のふくんだ熱と、夜になり各戸からいよいよ盛んに吐き出される排熱とが、空へ昇りはするが、さほど高く上がらぬうちに停滞して層をなし、天井となって覆いかぶさり、その天井が夜の更けるにつれて、重みに堪えかねてさがってくるのではないか、と思われるほどだ。

大量の死者の出た焼跡の街に動員されて、瓦礫にまだ埋もれた遺体の収容にあたったことのある人が話したことには、初めのうちは息を詰めるようにして働いていたが、やがては午時《ひるどき》に一面に照りつける陽をわずかな物陰に避けて平然と弁当をつかっている自身に気がつくと、生きているということはすさまじいような、あわれのような、何ともつかぬ心になったという。あれはまだしもあたり一帯、あまねく凄惨の場のことだ。生きていることに一身の罪はない。上空から見れば人の生と死とは、結果として、大きな隔たりもない。わずか十数秒の差であったかもしれない。それでもその人はそれから十年ばかり、焼き魚を口にしなかった。あるいは二十年経っても、三十年経っても、老齢に至っても、何かのはずみに、その名残りはふいに押し上げることもあるのだろう。

同じ屋根の下で遺体と三十二年も、どう暮らしたものか。食べる、寝る、髪を梳《と》かす、湯に入る。ごく日常の行為が、事情を知って想像する他人には、いちいちなまなましいように見えてくる。いったん死者を送る機を逸して家の内に抱えこんでしまったからには、物に感じては生きていられない。生きるということにはたしかにすさまじいものがある。身はならわしもの、と古来から言われる。しかしこの言葉は、人は何事にも馴れるものだとつぶやきながら、どうしても馴れずにいる心をふくむ、反語でもある。かりにそれなりに積もった日常に馴染んで、人並みにあれこれ物に感じるようになったとしても、感慨の伸びていくその先端は、匿われた一室に触れるのではないか。しみじみとなりかけた話の、腰がひとりでに折れて、やり場のない沈黙がはさまる。

まして日を数える、年を数える。実際の用に限っても、暮らす上では避けられないところだ。あれはいつだったか、とわずか以前の些細な出来事を思い出そうとするにつけても、不用意にかかれば、その事をすりぬけて、時の停まった、停められた、一室のほうへつい吸い寄せられそうになりはしないか。あれはいつだったか、とわずか先の予定を確めようとするにつけても、その期日を通り越して、どこまで行ってもあらたまらない、破綻のほかには片のつきようもない、索漠とした行く末がのぞくことにならないか。少々の楽しさを振り返ることも、少々の楽しみを待ちうけることも、忌まれる。楽しいという言葉すら口に出してしまった後から禁句と感じられる。それにつれて時間は前後からつまってくる。疲れれば日一日の、さらに気の鬱《ふさ》ぐ日には刻一刻の、先送りになる。物も思わず、陽の移りに従って内が明るみ翳りすること、死者の横たわる一室と変わりもない。

季節のめぐりも、一室への暗黙の意識のほかには、更新とも感じられなくなる。歳月の経って経たないのは、むしろ生者たちのほうになる。死者の送りという、大切な境を踏み損ねると、歳月はほんとうには積まれない。失われた時とは、このことか。

夏の日、冬の夜、百歳の後、その居に帰せん、と太古の詩の末尾が場違いにも浮かんだ。亡き人を慕って生涯の尽きるのを待つ心である。

冬の夜、夏の日、百歳の後、その室に帰せん、と繰り返す。かすかな眉ひそめをほのめかす、咎めの声音をふくんだように聞こえた。「居」も「室」も、墓のことだという。

冬の夜、病後の身体は念入りに温くして寝ていても、とろりとしかけると、寒天から降る霜にじかに置かれているような、神経の失調なのだろうけれど、冷たさが骨身に染みてくる頃になり、と男は話した。人の顔が、いや、眼だけが、眼までにもならず眉が、眉にもならず眼もとの感じばかりが、こちらを見ている、誰だろうと思い出そうとするうちに眠ってしまう、と言う。

暑い夏だった。秋風のようやく立つ頃に、高熱を出した。医者にもかからず三日と休まずにおさまったので、夏の疲れがほぐれて表面へ出たものかと思ったが、懈《だる》さが尾をひいた。診断を受けたのは十月の末になる。十一月に胃の半分ほどを取る手術を受けて、経過は順調と言われ、年末には退院して自宅療養の身になっていた。五十にして初めて大病に捕まったことになる。

　手術の済んだその夜には、全身麻酔の影響らしく、さまざまな顔が見えた。どれも見知らぬ顔ばかりだが、目鼻立ちまではっきりと見えた。後から思えばうなされそうなところだが、そんなこともなかった。どの顔も自分にたいして、執念やら怨念やら、特別の感情はふくんでいるようでもない。そもそも、一人として、こちらを見てもいない。かわるがわる勝手に現われては勝手に消える。それが頻繁になると、うるさいな、と眉をひそめた。しかし、こうも弱って身動きもならずにいれば、まわりが賑やかになるのもしかたがない、と妙なことを考えて、なるがままにまかせた。

　あの病院の顔が今になり眼だけに、眉だけに、眼もとだけになって現われるのか、と初めは考えた。しかしあれは何人もであったのにひきかえ、これは一人、毎夜同じ一人かははっきりともしないが、とにかくそのつど一人であり、しかもこちらを見ている。見られているということは関心を寄せられていることになり、誰とも思い出せずにいるのは落着きの悪いことだが、顔立ちがほのかにも浮かばないばかりか、こちらを見ているはずの眼に、光が差しそうで差さない。半端にされると、睡気を誘われる。

　日を追って体力は回復していた。朝には軽い散歩に出て、夜には往年の映画をテレビで見るまでになった。初めてのものはまだ気力が足りないので避けて、若い頃に知ったものに限った。ところが見る眼が昔とまるで違って、運びやら趣きやらにほとんどかかわりなく人の閉塞の、逃がれがたさばかりを見ている。閉塞を破って走り出た人物が、めぐりめぐって年を経て、いつのまにか元の閉塞の、いよいよ逃がれがたいその中へ、自分から舞い戻っている。その途上にも、束縛をさらに断ち切ったつもりが、そのはずみで元へ引き寄せられる境がある。何事かに踏み切る決心をした人物の眉に一瞬、前へ進みながら後へひきずられる、焦《あせ》りの翳が走る。そう見えただけのことかもしれない。

映画が了えてテレビを切るとその静まりの中に、人はいずれ閉じこめられて果てるものだ、と声がして、部屋の内が狭く見える。寝床に入って灯を消せば、寒さが染みて、また眼が宙に浮かぶ。いつかただ眉の形をした金色の線だけになった。眉とも言えぬほどの極く細い、新月を横に伏せたのにも似ていたが、その弧は張りつめている。ひょっとすると、全身麻酔をかけられて手術を受けている最中に、かすかに開いた瞼の隙間から射し入った、遠い照明の一端の、跡が遺ったのではないか、とある夜は考えた。しかし手術を受ける者の眼は、本人は眠りこんでいても、手術のおこなうほうには見えぬように、ガーゼか何かでふさがれているのではないか。眼はふさがれていても、鋭い刺戟を受けた肉体が悲鳴のように、金色に輝く弧を網膜に走らせたものか。それにしては静かに、やはりこちらを見ている。

仕事に出るまでになった頃には、そんなものもめったに見なくなった。それにしても誰の眼だったか、と訝りはときおり起こった。思い出せる限りの顔ではないように、見られている時から感じていた。思い出せないので、浮かぶのだ、と矛盾したようなことを考えもした。しかし無縁の顔だとしたら、それがどうして、わざわざ病気の回復期に現われるのか。人は無縁の者に手を引かれて三途の川を渡るという言い伝えを聞かされて、なにがなし苦笑させられたことがある。生命の危機はいよいよ回復の際でもう一度、小さな淵をのぞかせるのか。何にせよ、知らぬ眼ではあるが、見られるいわれはあるように、払わずに受けていたことこそ、今になり面妖に思われた。

そのまま三年も過ぎて、あとは寿命の問題だと磊落《らいらく》な医者から予後を請け合われ、身体にもよほど肉がついて、これにくらべれば病後は骨と皮の餓鬼の姿を人目にさらしていたわけだと自分で呆れる頃になり、女人の面影を記憶に探るようになった。ある日、往来で半端に振り返った女の、まだ若い眉に、この面立ちだ、と立ち停まりかけたことのあったのが初めだった。似ても似つかぬ顔だとすぐにわかった。人違いというものはとかく、似もせぬ顔にたいして起こる。しかし似る似ないということは、病後の寝入りばなに浮かんだ顔に、それだけの覚えのあったことになるが、としばらく行ってから首をかしげた。顔立ちはおろか年齢も不詳なら、女人らしくはあるが性別もさだかではない。心あたりらしきものもいまだにつゆ動かない。いましがたの女性が無縁なら、あの眼も同様に無縁である。しかしまた、無縁のものがかりにも、見知った覚えをほのめかせるとしたら、無縁ということもじつは奥の知れぬことではないのか、と人通りを避けて道端に立ち、往来の顔を眺めた。通りがかりの赤の他人の内にも、この自分と因縁の浅からぬ、何者かがひそんでいるか、わかったものではない。

そうは言っても無縁の顔はたずねるにも取りつきようもなく、やはり見知った、若い頃から多少の接点のあった女たちの、折りにつけての顔を思い返すようになった。そのつど甘い心に誘われぬでもなかったが、思い浮かべた顔は見る間に遠のいて、ひとり静まった眼になって薄れる。さすがに歳月の隔たりを思った。あちらにもその後の曲折があり今の関心があり、勝手に眺められるのも、つゆ知らぬこととは言いながら、おのずと迷惑なことだ、と拒絶のようにも取った。見られるままになっていた顔も、その時のままに眼はまともに合っているのに、こちらを見ている光がない。眼をつぶってまかせていた顔の、そこだけくっきりはりつめた眉も、逸れて遠くへ向けられている。歳月の隔てどころか、境を異にしたような寒さが顔の消えた跡から吹き寄せる。浮かんだ顔が揃いも揃って、他界していることは考えられない。となると自分こそじつは病後の境を越し切れずにいるのではないかと疑ったが、白昼から忙しがっている幽霊を思うのに劣らず滑稽である。所詮、実相が今になって透けてあらわれただけのことだ。見られていたつもりが、じつは見られていなかった。まともに合ったつもりが、じつはわずかに、しかしかたく逸らされていた。すべてその時々にすでに、男のうぬぼれが自分で自分に掛けた眩惑の相だった、と思って留めた。

家族の顔は手術の後でかわるがわるのぞきこんでいたのを、返事もしたぐらいだ。家に帰って同じ屋根の下で、寝入りの境へ紛れこむわけもない。死んだ肉親たちも、わざわざ回復期の枕もとに立つ用もない。親族の顔なら、ひさしく会わずにいても、眼もとがすこしでもふくらめば、そこは血族の交感、すぐにわかる。母親の死顔は、あるいはと思われる時もあったが、未明の何時間にもわたってひとりで夜伽をした息子に、何か言いたいにしても、眉だけになって現われることはない。とにかく、血の繋がったどの顔も、枕元の宙から見ていた眼とも眉とも、似てはいない。

わずかに、あの眼を見ていたのかと思い出しかけたような気のした夜はあった。あたり一面に立ちこめた煙の中から、そばを駆け抜けざまに、こちらを振り向いた。母親の手に引っぱられてやっとのことで足を送る子供の顔を見た。防空頭巾の翳から、眉がいたましげにひそめられた。なぜだかたった一人で走る中年の女性だった。我身ひとつ落ちのびるのに精一杯の境にあっても、幼い者を目にすれば不憫の情にとらえられて、足が停まりそうになるものか。五十年近くも隔てて今になり浮かぶ眼もとには、あわれみの色が深まりかけて、徒労感へと薄れていく。しかしそんな間はあったはずもない。足も停まらなかった。煙の中を影はたちまち遠ざかって紛れた。道の片側で燃えあがった塀の倒れかかるそのそばをすりぬけて大通りに出れば、そこは避難者の雑踏だった。高台のほうでは至るところ盛んに火の柱があがりだしたが、上空の敵機の爆音がおさまったので、どこへ行くともない避難の逃げ足は滞りがちになり、こんなところに幼い者のいることに、親もとに残されてこの難に遭った子供もすくなくはなかったのに、いまさら驚いたような目を瞠る人もあった。やはり不憫がる色が見えた。道端にへたりこんでいると握り飯を恵んでくれた女人もあった。しかしどの顔がどの顔というような、そんな時ではなかった。ただ大勢の一人というだけだった。

あの眼は記憶の底から昇ってきた大勢の眼であり、誰ということもないので、思い出せるわけがない、とあきらめた。空襲の未明だけでなく敗戦の直後にも、通りすがりに思わず不憫がるように子供を見る眼はあった。それぞれ瞬時のあわれみにせよ、大勢に重なれば、見られたほうとしては五十年そこらは消えぬ、その程度には永い眼になっても不思議はない。いまだに何かの関心を寄せていると取れる。しかし見るほうが大勢の一人なら、見られるほうも大勢の一人だった。なまじ人中を見渡して、知らぬ人の間にその眼を見つけようとするよりは、大勢がまた一人の眼となって、大勢の一人となったこちらを、むこうから見つけてくれるのを待つに如くはない。

ところがある晩、あなたは何だね、こうして人込みを歩いていて、ときおり我に返ったみたいに、あたりを見渡す癖があるね、と友人に言われた。その間に年が経って六十の坂もとうに越えて、枕元の宙から眺める眼も絶えてあらわれなくなってからもひさしい。

まるでひさしく消息の絶えた人を探すみたいに、と友人はさらに言う。夏の宵の市の人出の中のことだった。この春に大病を患った友人の、全快の踏ん切りのこころで、誘い合わせて来ていた。この人出に、この暑さに、この匂いだから、似たような顔はあちこちに見えてくるな、と答えて友人の病後の感覚を思った。縁者か、と友人はまともに受けた。縁者という近頃いきなりな言葉にたじろいで、なに、昔の女さ、と出まかせに返した。昔のままの顔か、それとも、今の顔か、と友人は追いかけた。昔のままでなくては、話しにならないじゃないか、と笑って紛らわそうとすると、昔の顔であっても今に見えたからには今の顔だ、と妙なことをつぶやいた。

あなたこそ、あんなことを言うところでは、誰か心にかかっている人があるのではないか、と賑わいの中を抜けて酒場に腰を落着かせたところで、盃を嘗めるだけですすめる一方にまわった友人にたずねた。俺には何も見えないんだよ、と友人は答えた。両親には早く死なれて、兄弟とも離れ離れに暮らすうちに、ある日、死んだという知らせが届いたぐらいのものだから、と言う。それならよけいに、心に残るものがありそうなものなのに、とおずおずと押すと、市の賑わいの中では行方知れずになった縁ある人だけでなく、故人の顔までちらりとのぞくそうだと溜息をついて、しかし俺の場合はさっぱりだ、さっぱりと吹き抜けだ、寒いぐらいのものだ、と笑った。

死ぬのかと思った病中にも、何も見えなかった、と言う。親兄弟たちと暮らした家の見えることはあった。帰る道が見える。辻が見える。垣根が見える。しかし人はいない。誰もいない。いつまで待っても現われない。そのうちに、裏山の影だけになる。苦しい眠りから目を覚ましかけるたびに、すこしも変わらず、ずっしりとすわっている。せめて山のこんなにも近くないところで死にたい、と母親はもうあといくらもない頃に言った。その顔も浮かばない。

記憶を自然に繋げられるような最期ではなかった、双親とも、と洩らした。後《のち》の事は、自立してからのことだが、怠らずに踏んだつもりだ。遠隔の兄弟とは別に、法要はささやかながら形どおりに済ましてきた。しかし記憶とは、そんなものではなかろう。縁者への自然な記憶というものを、自分は知らないように思われる。その点では後も振り向かずに生きてきたのにひとしい。孜々《しし》として、だ。

やはり病中の夢に、自分の娘が五つ六つの女の子にもどって現われた。わずかな小づかいをもらうようになり、小さな財布をあたえられて、自分の買物をすることを覚えたばかりの頃で、店さきに立って財布の中をのぞきこんでは思案しているのを、いじらしいと眺めている。その娘も二児の母親になっていた。現在のことを夢の中から思って安堵を覚えた。そのかぎりの歳月には折り合って、和んでもいる。

しかし、いざ生死の境ともなれば、もっと長い歳月の、深みを踏まえないことには、往生がならないのかもしれない、と言った。

「尋ね人」の時間が今になってまた必要になったのではないか、と所在の確認できない高齢者の数がかなりにまで及ぶらしいことを伝え聞いた時に思った。もう六十年あまりも昔の、敗戦直後のラジオの番組である。戦災ではぐれた人の行方を、縁者の依頼を受けて尋ねていた。もとどこそこにお住まいの誰々さん、現在どこそこにお住まいの何々さんが探しておられます、ご本人あるいは心あたりのある方は至急何々さんのところか、最寄りの役所か、尋ね人係まで、連絡してください、と詰めればそんな内容だったか。それがつぎからつぎへ、果てしもないように続いた。

尋ね人の時間です、と音質の悪いラジオが番組の始まりを告げると、忙しく朝食にかかっていた家族たちは聞くともなく黙りこむ。人の安否にかかわる事だけに、伝える声はおしなべて低く平板に抑えられて、戦時の敵機の接近を告げる警報の口調にも通じたが、尋ねる人の心におのずと染まるのか、感情が底にまったくこもらないというわけにはいかない。聞くほうにしても、ときおり行方知れずの人についていささかの事情やら経緯やら、一片の特徴へ言葉が及ぶと、さしあたり探す縁者はなくても、思わず胸に手をあてる心になる。誰でもわずかな偶然の差で、尋ねるほうにも尋ねられるほうにも、なり得た身だった。はぐれたところが本所とか深川とか聞けば、他人事ながら徒労感にしばし苦しめられた。

一件を伝え了えてから、つぎの呼びかけに入る前に、間がはさまる。放送原稿をめくるぐらいの間だったのだろうが、それが長く感じられた。雨の降りしきる暗い朝には、尋ねる声の途切れたその跡の沈黙がそのまま問いかけのようになり、おもむろな心あたりのようなものを呼び覚ましながら、雨の間へひろがっていく。大勢がいまだにはぐれて、雨に降られている。見つけられたい、元へはもどれないにしても、いま何処にいるか、いまこの時だけでもよいから、せめて知られたい、と願っている。

あるいは実際にあの間合いは、限られた放送時間の内にできるだけ多くを伝える必要はあっても、問いかけが聞いた者たちの心にすこしでも深く沈んで、おくれて心あたりを、かすかにでも、まわりまわってでも、呼び覚ますよう、長目に取られていたのかもしれない。あの放送を聞いていると、ひとつひとつは個別の仔細もうかがえない形どおりの告知の羅列のようでも、全体として、同じようなことを繰り返しながら沈黙のはさまるたびに暗澹の度を深めていく長大な物語を読まされているようで、ずんずんと気が滅入ったものだ、と後年から振り返っていた人もある。

しかしまた考えてみれば、あの頃は「尋ね人」に限らず、日常の人の話のやりとりの合間にも、今よりはよほど長目の、沈黙がはさまったのではないか。部屋の内の火鉢にかけられた鉄瓶に湯の細くたぎる音が耳についてくる。戸窓を揺すって風が吹き抜ける。表通りを人が話しながら行く。いましがた交わしたちょっとした言葉の端に呼び出されて、ひさしく思い出さずにいた人の影が差す。

もしも行方のいまだに知れない縁者があって、自分はその保護者にはあたらないとは思うものの心にかかっているとすればなおさらのこと、沈黙の中へその顔が浮かびかかりはしないか。近づくようで遠ざかり、眼だけになり、眉ばかりになり、それでもわずかながらにあるはずの心あたりをうながすらしく、こちらを見つめながらだんだんに紛れて、やがて大勢の行き交う気配ばかりになる。死者もまじっているような、ひっそりとした雑踏に聞こえる。つれて、いまここにいる自身も宙へ浮き出す。尋ねる人とおなじくいつか行きはぐれて、影も薄いようになり、いつまでもつかぬ始末をそろそろつけてくれるよう、行方知れずどうし、お互いに求めている。我に返って、途切れた話をまた継いだ頃になり、一軒の家が見えてくる。

そのまま思案するでもなく半日を暮らし、また一日置いてそのあくる朝、飯の後でふっと思い立って腰をあげる。道に出ればかすかな心あたりらしきものもたちまち散って、今日はどうせ閑なのだから、ちらりとでも思ったからには、済ますことは済ましておこう、とすでに無駄足を踏むつもりになっている。

その家で聞いて、要領の得ない話だったが、もう一軒の家へまわった時には、だいぶ遠くまで来ていて、一日が半端になっている。そこでも玄関先の立ち話の末にもう一軒の家を教えられ、よくは知らないけれど、行ってみたら、と言われて表へ出れば、先はますます漠となる。かりに立ち寄った先と知れても、時間の前後がはっきりともしないので、教えられた順に道をたどっていても、間尺に合わない。途中で腹をすかせて妙なところで遅い昼飯を間に合わせている自分こそ行方知れずに感じられた。

もう一度まわらされて四軒目の家のすぐ近くまで来た時には日も落ちかかり、ひと足先に暮れた路地の奥をのぞきこんで、もう面倒なので寄らずに引き返すか、しかしせっかくここまで来ながら最後のところを自分から無駄足にしてしまってよいものか、いやいや、この広い世間から自力で探し出そうとすることこそ、罰当たりに類することか、とあれこれ迷ううちに、路地の暗がりから大男のような影が浮かびあがり、さらに大きな荷物を背負って両手にも提げていて、やがて尋ね人とまともに顔が合った。

おう、いたか、と呆れて声をかけると、ああ、こんなところまで来てたの、とおとらず間の抜けた声が返ってくる。手を取り合って喜ぶでもなく、つい一昨日の今日のように、肩を並べて歩き出す。

——でも、雨の日でなくてよかったよ。傘の内に顔が隠れて、行き違いになっていたところだった。

——傘なんぞ、とうの昔にどこかへ行ってしまったよ。

また宿をなくしたところだという。とりあえず家に連れて帰り、腑抜けのようになったのを十日ばかり休ませてから遠隔の親もとへ届けると、その後はあんがいに尋常な人生を送った。ところが五年も十年もして、相変らず無事と聞いていても、雨の降り出しなどにあの時の話の途切れ目の静まりを感じて、もしもあそこで心あたりが動かなかったら、とまるで後悔のような味を口にふくまされる。

彼岸の中日に午前から落ち出した雨の中でいきなり天頂のあたりから、この夏ほとんど耳にしなかった雷鳴が轟いて、それを境に雨が降りしきり、夜半にまで及んで、気温は急激にさがった。そのつい前々日までは残暑が続いて、ひと頃にくらべればいくらかはしのぎやすくはなったものの、日盛りには三十何度にもなり、夜は夜で蒸し返して、この長い夏はいつ果てるのかと、ここまで来て堪忍の緒の切れかけていたところへ、冷い雨の降る日がさらに重なり、二、三日のうちに十度あまりも冷えこんで、家の内にいても薄着のままでは肌寒いほどになった。

今年は彼岸の中日の前日が旧暦の八月十五日にあたり、十五夜の月となった。夜から雨と予報されて、暮れ方には北から西へかけて黒くなった空に赤い稲妻が閃いていたが、宵には円い月がくっきり掛かった。あんなに澄んでいても、雲行きからすると、まもなく掻き消されるのだろうなと眺めるうちに、月こよひ枕團子をのがれけり、と古人の句を思い出した。月見の団子と、死者の枕辺の団子とは、八十歳にして重い病いをしのいだばかりの身として、また豪気な取り合わせだ、と感歎させられた。半月後に亡くなった。寿命の尽きたのを感じた時、そんな機智のはたらく境に至ることもあるのか、とうらやましく思った。なまじ先のないようなことを詠《よ》むよりは、のがれけり、といましばらくの安堵に付いたほうが、よほど辞世の句として、澄んでいる。半月後はちょうど月のない頃か、と数えた。

窓の外で雨の降る、地を覆ってひろがる音を耳にして机に向かっていると、狂ったような夏の後でようやく我に返った心地もするが、肌寒さを覚えているその下から、ときおり汗がにじむ。気温のさがったのに身体がまだついていけないのか、暑気が内にこもって抜けきらないのか、いまさらべっとりと貼りつく汗で、どこか寝たきりの病人の臭いがする。あれはまともな雨をもうひさしく見なかった、九月初めの残暑の盛んな頃に、眼の手術を受けた友人を、首尾は上々と聞いてさっそく見舞いに日盛りから出かけて、路上の照り返しに目を晦まされながら病院にもう近い角にかかると、自分もそこの病院で同じような眼の手術を受けたその予後の用心に何年もこの道を通った頃と、今が紛らわしいようになった。つれて入院中の、いまはとうに取り壊されたはずの古い病棟での苦しい一夜がまた明けて、街の上空に東雲《しののめ》が掛かり、その色にうっすらと染まって家の表にたたずむ女人の、起き抜けの髪の匂いを思った時の安堵感もよみがえり、その時と変わりもしない、たどたどしい足を運ぶところを、病院のほうから通りかかったバスの内から長年の旧知が目にとめたらしく、何日かして、病院へ行くところだったようだけれど、と電話でたずねてきた。

宵の口の電話だったが、日盛りの中をとぼとぼと歩いているのを、いましがた目撃されたような、とっさの勘違いが電話の後まで尾を引いて、しかし人に見られたその足で病院に着いて、どこをどう行ったのか、にわかに思い出せないようになり、暑さでゆるんだ頭でたどり返した。長い廊下を見舞いの受付まで来て住所氏名を書かされ、まだほかに手続があるようなので待っていると、ああ、間違いでした、と通行証をすぐに手渡された。何の間違いだったか、わからない。

人の後についてエレヴェーターに乗りこむと、目ざす階のボタンがない。戸惑う指先を見た人から、その階は素通りになると教えられ、その手前の階で降りて狭いエレヴェーターホールに立った。各階停まりの箱は、どこにいるのか、なかなか来ない。ほかに待つ客もない。脇の窓には見晴らしもなく、その階の病棟のほうからは人の気配らしいものも伝わらない。ここはどこであって、どこから来て、どこへ行くつもりか、つい考えられなくなりそうな空間だった。しかしこんなところにも馴れたふうに突っ立っているところでは、この夏、これと似た日々を送っているのではないか、と疑われた。

早く寝かされるので朝の五時頃には目を覚まして例の、東雲を眺めている、と元気そうな友人はいつかこちらの話したことを覚えていて、東のほうの空を笑って指差した。もう何年も前に新装の成ったはずの、見晴らしのひろい高層の明るい談話室だった。指の差す方角がすこし違うようで、下にひろがる街の風景もすっかり変って見えたが、取り壊された旧棟はここよりだいぶ南に寄っていて、はるかに低いところからの眺めだった。季節によって日の出の方角も動く。それでも目をやるうちに、時刻は午後の三時をまわる炎天下ながら、十何年前につくづく眺めた早朝の光景と重なってくる。

晴れとも曇りともつかぬしらじら明けの中から、東の空にたなびく横雲がまず紫色をふくんで、やがて赤く焼けはじめる。こんな談話室はなくて、手術室へ通じる渡廊下の、頭ほどの高さになる採光の窓にすがりつくようにして空をのぞいていた。その横雲へ向かってようやく光芒が射し昇る。薔薇色の指を差し伸べる暁の女神とはこのことか、とそのつど感に入る。すぐ鼻先からはめごろしのガラスに隔てられているのに、夜明けの匂いが病棟の内にも忍びこむようで、手先にも血の気が差してくる。

片眼は塞がれていた。一夜中、眼球の内に注入された比重の軽いガスの圧力を網膜にかけるための、うつぶせを守った、その明けになる。うつぶせの苦はともかく、顔こそまともに伏せなくてはならないので、呼吸の難がある。両腕を枕のほうへまわして空気の溜りをこしらえ、その上へ顔をかぶせていた。幾度も息苦しさに目を覚ましては、こんな恰好で寝ていられるか、と堪え性が破れかけるのを、何事も馴れるものだ、となだめてやりすごす間際に、時々刻々が永劫の面相を帯びそうになることがある。そのたびに、喘ぎかかる自分を病院の外へ放ちやり、若い頃から知ったこの界隈の坂道を歩きまわらせ、深い息をついては涙ぐむその影を追いながら、どうにか眠りをつなぐ。

わずかな間にも医術はさらに進んでいるらしい。十何年前には初めに訪ねた病院で治療は可能かどうかわからないと言われたものだが、友人もこの病院にかかるまでは、この病症には今のところこれと決め手の治療法はないというようなことをつい近頃の雑誌の医学記事で読んで途方に暮れていた。それが手術二日後にして、もう見ることができる。視力もおおかたもどって、左の眼の中心あたりに掛かっていた曇りは綺麗に消えているという。その元凶の、網膜の表面に張っていた薄い粘膜は手際よく剝ぎ取られて、網膜には触りもしなかったので、十何年前のような、傷の跡をガスの圧力で均らすための、半月にも及ぶうつむきの苦役から免れている。退院も間近と言う。

しかし入院の前に検査でわかったことに、左の眼球に古傷の跡があり、いまだに塞がりきっていなかったという。医者に言われてもまるで心あたりがなかったが、追い追い思いあたったのは、昔、巡礼地を訪ねて四国から帰る船の甲板の上で風に吹かれるうちに、なにかの粒に眼に飛びこまれて、それから何日も痛みが引かないので近くの眼科に見てもらったところ、眼に突き刺った微小の鉄片を抜くことになった、その跡にほかならない。ちょうど三十年の昔、今日見舞いに現われた客と一緒の旅の折りになる。その後は痛みも不自由も覚えずにすごしてきたが、手術の際にどんな障りになるか知れないということで、この古傷の跡もこのたびしっかりと塞がれた。

不思議な因縁に友人は感じ入っていた。その船上の、並んで甲板に立っていたのでおそらくわずかな差で難を免れた同行者が三十年の後に、この病院を教えたことになる。話を聞くうちにこちらも、三十年目のこの機に見つかってよかった、といまさら眉をひらいた。眼の内に遺った古傷にくらべればよほど近年のことになるけれど、とうになくなった旧棟での我身の、いまでも不用意に思い出せば喘ぎかかりそうな夜々の苦の跡が、つれて塞がっていくようで、ひろびろとした見晴らしの、その彼方へ伸びる池に、遠目にも風にひるがえって波うつ蓮の葉の光を眺めやった。かれこれ一時間あまりも話していただろうか、夏の日も傾きかけた戸外に立った時には、寝覚めするたびに病院からさまよい出た影どもを、おおい、済んだぞ、と呼び集めたいようになり、何事も済みやしない、とつぶやき返した。

雨の音を耳にしながら、今年は彼岸花がいまでも続く日照りのせいで咲きそびれている、と彼岸前に聞いた話を思い出した。ましてこの時雨めいた降りに遭ってはいよいよ咲きそこねるのではないかと思われた。ひょろりとまっすぐに伸びた、葉もない茎の天辺にいきなりのように紅い花を咲かせ、紅いながらにどこか人の髪を思わせる細い花びらがちりちりと反って張り出す、幽霊花とも呼ばれるあの姿は猛暑にも寒冷にも堪えられそうにもない。その花も茎も凋《しぼ》んで秋になり、葉が生えて出る。その葉も春には枯れる。地下の球根のほかは枯れてなくなるらしい。墓地に群生して、死人《しびと》花とも呼ばれる。飢饉の時にはその球根が命を繋ぐ糧ともなるので、平生は手をつけないという。

ところがそれとは別に、すてごばな、捨子花という呼び名もあることを、この年齢《とし》になって知らされた。その所以は聞いていないがあの花の姿は、薄明りの中にすっと立った旅渡りの遊女の匂いを感じさせたものだが、そう言われてみれば寝起きにほつれた童女の髪を想わせないでもない。行きはぐれたか。遠い土地へ里子に出す。追いつめられて人買いに渡す。やはり凶作にかかわることか。それ以上にむごいこともあったのだろう。夕暮れ時の道端に咲いているのを目に止めて通り過ぎてから、行く方に髪が浮かんで、なぜそんなに紅いのかと驚くと、眉が引かれ、かすかにひそめられ、そして眼がこちらを見ている。その眼に哀しみの光が差すようで、いまにも無言のままに答えそうなまでになりながら、お互いに面立ちをすっかり変えてしまったはずの歳月に隔てられて、顔はいつまでも見えない。なまじここで幼い面影に縋れば、今頃はどこぞでせっかく息災に暮らしているかも知れぬ人の身に、顔の行方もとうに紛れた親の、見つめる眼もとだけが浮かんで、不幸がさかのぼって及ぶことになりかねない、とやがて戒めの念が動いてその眼を逸らすと、停めた思いの下から、人と我との間も、生と死との境も超えて、哀しみがひとりでにひろがる。因果だ、とひと言つぶやく。

そんな無念無想の境を、われわれこそ奪われているので、自身の行方すら知らずにいる、と継いで思ったのは九月も末になり、朝から暗く、夜来の雨の小降りになりかけた中を午前《ひるまえ》から歩きに出たところが、ひろい芝生の前まで来ると大雨が落ちかかり、傘をさしていてもたまらず屋根の下に駆けこんで、向かいの雑木林の、雨けぶりにつつまれるのを眺めるうちだった。

人は自分で自分の捨て子ではないか、とさらに思った時、林の上空で雷が鳴り、長く騒いで、それを境にさらに繁くなったあまりに地を叩くざわめきがなければ立ち静まっているかに見える雨脚の奥に、林がいまにも掻き消されそうになり、ひと足早く駆けこんだのでずぶ濡れになったわけでもない服から生温い、行き暮れた小児を思わせる匂いが上がってきた。この季節の雷のことだからひと声ふた声で尽きるのだろう、と雨もほどほどの降りになるのを待ったが、雷は間を置いて轟いて、北から南へ移っていく。この雷の聞こえるところに、あの子はいるのだろうか、とどこかで正午の手を停めて声が洩れた。

午後からすこしずつ雲が切れて、日の沈む頃にはまだ曇りがちの空から降りる早い暮色の中で、西へ向いた壁ごとに赤く照り、木犀の香が部屋の内まで漂った。あの甘たるい匂いを嗅ぐと、若い頃には頭が重たくなり、しきりに悔まれるような、わけのわからない暗さにひきこまれそうになるので、嫌だった、と話した人がいた。高い階の窓の内にまで忍びこむのは、人が知らずにどこかで身につけて運んでくるのだろうけれど、しかしときおり妙に濃くなるのは、人それぞれにわずかずつまつわりつかせているものに触れて、自分の内からも立つものがあるのだろうか、と首をかしげていた。

夜半にはまた空が低くなり、いまにも雨の落ちてきそうな冷い湿気が寄せて、縮かまりがちの背から、そう言えば今年は春先から天候が不順で時雨時のような空が続いて、寒冷の気が新緑の頃にも抜けずに、梅雨時までどこかにひそんで肌を苦しめたものだと振り返れば、長かった猛暑の夏は、いつのことだったか、と紛らわしいようになった。

寝床に就けば、まだ薄目にしている夜具の中で身をすくめている。こうも切り詰めた姿勢で寝ていては、うすら寒さのせいだろうと、寝入りを乱されまいと心を塞ごうとしているのだろうと、締め出された自分が、眠ろうとする自分の顔を、枕もとからのぞくことになりはしないか、と暗がりに眼をひらいた。

ながらくはぐれて見も知らぬ人の顔になり、こんなところにいたか、とこちらの寝顔をかえって怪しんで眺めるか、と眼をつぶり、ありもせぬ軒の庇を騒がせて走る雨へ耳をやった。

時雨のように

十月も末になり、この夏にはめっきり無沙汰だった台風がやってきた。その日はさすがに終日風雨になったが、台風を思わせるほどでもなく、北から吹きつけて寒く、時雨の走るのに似ていた。宵の七時頃に首都圏に最接近中と伝えられた時には、私の住まうあたりでは雨はよほど弱まり、やがて止んだのが夜更けにあらためて落ち出し、これはもう台風とは別らしく、一段と寒々しく降った。

季節はずれの到来もさることながら、寒い台風になど、これまで遭ったこともない、その前々日の正午前に戸外の温度計を見て八度しかないことに驚いた。その暮れ方から北の雨風が吹きつけ、表に出れば傘を傾けていても膝から下が濡れるほどになったのでたまりかねて、たまたま来たバスに駆けこんで満員の中で息をつきながら、こんな吹き降りの夜には大勢で詰まった乗り物の中も暗く見えるものだと思っていると、背中を叩かれて席を譲られた。これまでに、これで三度目になるか。

台風の翌日は午後からまた雨になった中を日の暮れに出かけることになり、日頃はできるかぎり歩くようにしているのだが今日ばかりは、たいした降りでもないのにその冷たさが骨身に染みてきそうでタクシーの世話になったところが、見も知らぬ暗い裏路から裏路へくねくねと走った末に踏切りに停められて、電車がつぎつぎに通りかかり、遮断機がいつまでもあがらない。

線路のすぐ向岸の商店街の灯をのぞんでここだけ寒々と暮れた中、傘の下で身をすくめがちの人がだんだんに集まってくる。どれも長い道をたどるうちにここで停められてひとりきりになったように、所在なげに見える。それがまた、昔どこかでつくづく眺めた光景に見えてきて、しかし目の前の今が遠い昔に映るのは、車の中で方向感覚をとうに紛らわされてまさに所在なく坐りこむ自身こそすぐまわりの人から、すぐまわりの時と年から、こぼれかけているのではないか、と思われた。これではこれから会う人たちとも、暗い穴から抜けてきたようなもので、話がしっくり通じるものだろうか。

それどころか、部屋の内で人と面と向きあっていても、降りしきる雨の音を通して耳をやっているように、話す人の声が端々まで、聞き取れるだろうか。聞こえるはずもない声を、聞いているようなことになりはしないか……。

——雨の音が急に止むと、なんだか、取り返しのつかない言葉がひとりでに口から出そうで、いやですね。

女に言われて男は軒を騒がせていた音の絶えているのに気がついた。寄せた雨の返すのを追うように家並に沿って遠くまでひろがる静かさへ男が耳をやっていると、女はその顔を見て笑った。

——あなたは、ここのところ、どうかすると耳の遠くなった年寄りみたいな目つきをしますね。思いつめると、男の人って、そうなるのかしら。三年前にもそうでしたよ。寄って来る時にも、別れようとする際《きわ》にも。

——なあに、腹のすわってないだけの話さ。お前のすわった様子を見ると、よけいすわらなくなる。

——わたしだって、すわってはいませんよ。こんな降ったり止んだりの日にはよく声をかけてきたものだ、などと思い出したりして。

——止んだり降ったり、今日も一日、埒はあきやしない。雲がすこし透けたかと思って飛び出せば莫迦を見る。なまじ傘をさしていても間に合うものでない。それ、また来やがった。

表通りを大勢の足音の近づくようなざわめきがしたかと思うと、どこかで物が倒れて転がり、屋根から屋根へ、軒から軒へはぜる音の寄せるのを、受け取って窓の庇が騒ぎ立ち、重い雨脚がすっぽりと家をつつみこんで、風にも流されずまともに天井からのしかかり、叩く音さえ耳に遠く感じられて部屋の内ばかりがほの白くなり、さらに降りしきってはてしもなげになった頃、表で人の声のしたのを境に、薄紙を剝ぐようにひいていく。

――一緒に死んでくれ、と切り出されるのではないか、と思ったのではないか。

――まさか。そんなこと、嘘にも言ってくれる人でないでしょう。

――煮えきらない男だから。

――強引なくせに。初めの時にも、こちらがその気になったら、ずいぶん煮えきりませんでしたね。

――死なぬ了見で暮らしているので、意気地がない。

――意気地がないばっかりにずるずると、女をひっぱって、引き返せないところまで行ってしまった人もあるとか。

――百年前なら、そんなことも……。

――どうなんですか。

――いや、いましがた雨の音が絶えたとたんに、そう思ったまでだ。

――百年前なら、あなたはあなたの思う勝手だけれど、わたしはいませんよ。

――そう理屈に走られては困るな。静まりかえった時に、お前がすぐ目の前にいたということだ。

――わたしじゃありませんよ。大昔に一緒に死んだ、別の人でしょ。

払いのけて女は膝に目を落とした。男がひき寄せれば、どうせ別の人なんだからと女も崩れこんできそうな、お互いに馴れた近さになったが、百年という、つかぬ思いが間にはさまって、合わせかけた目をそれぞれ窓のほうへそらさせた。戸外は雨もよいの空のまま暮れかかりながら部屋の内よりも明るくなり、遠くで鳥の声があがった。まだ傘をさしているらしく踏み出しの詰まった足音が路地から表通りへ抜けて、かろやかになり、鳥の呼びかわす方角へまっすぐに行く。

――どれだけになる、逢わないようになってから。

――呼び出してくれなくなってから、かれこれ三月になりますよ。

――姉さんの四十九日の間があったからな。その後はお前のほうが避けたんだ。

――忘れたの。二七日《にしち》にもならないうちに、来たじゃありませんか。

――見さかいもないことだ。

――あんなに暗くなったからだを。つらかったけれど、いっそありがたかった。

――こういう仲になってから三年足らずのうちに、お前の身内の不幸が、姉さんで三人目だ。

――あなたこそ、何年としないうちに肉親を三人も亡くしたばかりの人でしたから。それを承知の上でこうなったのですから。

――一切の事を済ました後で、ようやく茶の間に落着いてほっと息をつきあっていたのが、つい昨日のことのように思われる人が、いなくなるというのもな。

――暮れ方の軒の下に立って空をぼんやり眺めていたところを、わたし、見てますよ。

あんまりひとりきりの様子に、前を通るにも気おくれがして、横丁のほうへ折れたほどだった。あれがあなたを見た最初でした。

――足もないようなところを、先刻、見られていたわけだ。その俺は俺であの頃、暮れ方の路を行くと、ところどころ、軒下の暗がりに人がぼうっと立っていたようなうすら寒さに、通り過ぎてから背中を撫でられて、振り向くこともならなかった。それがほかの誰でもない、はぐれた自分自身に思えたから、なおさらあやしいや。初めてお前に出会った時には、どこかで見たような顔だが、思い出せそうで思い出せずに苦しんで、そのまま半月もひきずるうちに、やみくもにもとめるようになった。

――誰だか思い出せましたか。

――ああも熱くなったらもう、それどころではない。そんな影みたいなものにかまっていられるか。世間は狭くなるし。死んだ人のことも、ろくに考えなくなった。

――兄に続いて母親も亡くなった後には、ちょこちょことすぐ外へ呼び出して、細かいことをおしえてくれたけど。

――それはなまじ、辛気臭いことを知っているものだから。

――四十九日のうちから連れ出して、あれこれ、食べさせてくれましたよ。

――喰うよりほかに、助かりようがないんだ。

――痩せたなあ、と驚いて見ていたわ。胸ばかり大きくなって、と。

——女のほうが、大事な人の亡くなったのを、からだで受けるものらしいな。

——今度こそ痩せましたよ。

顔ばかりが暮れ残る部屋の中で、女は姿勢も崩さず、裸体を見られる声になった。二七日にもならないうちにと女の恨んだあの宵には、出がけにお灯明の始末をつけてきたかしらと女は気にかけて、男にまかせはしても、肌は見せなかった。その夜半から男はひとり暮らしの部屋で得体の知れぬ熱を出して寝こむことになった。熱にうなされるたびに、女と別れて帰る道になり、長い坂をのぼっているらしく、ひと足ごとに膝が重くなる、やがて一歩も先に行けなくなり、道端にしゃがみこむ。通り過ぎる人の足音がそれぞれ、一体、何をしてきたんだ、と眉をひそめる声に聞こえる。うるさくて目をあければ寝床にいて、蒲団の左右に一人ずつ、枕もとに一人、足もとのほうにも一人、白っぽいものをまとった女が端然と坐っていて、どれも宵の口に犯かすようにしてきた女と目鼻立ちは通じていたが、やはり見覚えのない顔が互いに目くばせを交わすとその視線をこちらへ集め、頭をまるめているようにも見えたので、俺はどうなったんだとたずねようとすると、そろって唇に細い指を立てて、その唇が妙に紅く、何の答えだかコックリとうなずいたのが、因果でもふくめるようだった。

——表はしとしとと降りに落着いたようですね。一日中、雨が駆けまわって騒々しかったこと。

――電灯をつけないか。

――こうしていたほうが、おたがいに顔が見えなくて、楽でしょう。

――暗がりの中で男と女がいつまでも向かいあっているのは、どうこうということでなくて、変なものに魅入られそうでいけない。

――魔が差さないように、じっと動かずにいるのではありませんか。立ちあがったところを、あなたに見られたら、つらくて。

姉の通夜の部屋に男がついと入ってきた。兄の時にも母親の時にも人目を憚って現われなかったので、まさか来るまいと思っていた女はつい腰を浮かしかけて、半端になった姿勢の始末に困った。ようやく伏せた目で見ていると、男は左右に一礼して霊前ににじり寄り、焼香して長いこと手を合わせ、ゆっくりと祭壇から引く、その物腰に揺るぎもない。怪しむ人の視線のつけこむ隙もない。つぎの間にささやかに設けた浄めの席に居残った客たちにも涼しく挨拶して廊下へ立った。姿の消えた後も客たちは妙な顔をしたきり何も言わなかった。女はひとまず息をついて、客の足も絶えたようなので、浄めの席のほうへまわって陰口をふさがなくてはと思いながら、いましがた祭壇に向かって威儀を正した男の腰の、息を詰めて寄ってくる時と変わらない太さに、膝の慄えかかるのをおさえるのがやっとになった。

――俺はいつだって抱くつもりだ。

——わたしだって、いつでも抱かれるつもりよ。

言葉とはうらはらに拒む声音になったのに女は驚いて、膝に慄えの走るのをまた覚えた。この前の晩にも、男と別れて家に帰り、姉の霊前に向かううちに、しおらしくした膝におなじ慄えが走って、男とはとうに馴れた肌なのに、見も知らぬ男に押し入られて我にもあらず乱れてきたような、暗い気持にひきこまれ、三年前に男と初めての事があった晩には家に帰って姉と、あどけないような顔で話していたことが、そらおそろしく思われた。身内に不幸のあるたびに、暮れ方に表で合図らしい音がして、女が何かにかこつけて家を出ると、路をだいぶ行って、空耳だったかと思われる頃に、物陰を離れて男が並びかけてくる。足音も立てず、まるで弔いの出た家のまわりをうろついて、ひとりで出てくる女を待っている怪しい者のようで、手を握られると、ひやりとしたものだ。それでいて、人目のない暗いところに立ちどまって、濃いにおいがかぶさってきて抱き寄せられるのかと思うと、こちらの顔を喰い入るように見つめたきり、唇にも触れない。もどかしげに光る目で、物はきちんと食べているか、などとたずねる。

——煮炊きのにおいが流れてきましたね。よその家のことと思えば、わびしい。餓鬼道に迷う人をひきよせるおそれがあるので、用心なさい、と母親に言われたものよ。

——女に飢えた男もおなじようなものだ。それでも、こんな暗いところでふたりきり、何もせずに向かいあっていられるようにまでなったんだな。かえって業が深いか。

――あなたの顔が妙にくっきりと見えるわ。目が馴れたせいかしら。

――向かいの窓にさっき灯《あかり》がついたところだ。人が帰ってきたんだろう。

――顔がひとりでに内から光っているみたいだわ。

――すんでのところで堰き止められれば、むくつけき男だってやるせなくて光るというものだ。闇夜の水たまりさね。

――大昔にあなたと心中したとか、その人の話をしましょう。

――いくら大昔にしても、俺が人と心中する柄か。

――それでは、わたしと初めて会った時に、わたしに似ていた人のことを。

――他人の空似というけれど、その他人が誰なのか、一向に見当もつかないのだから、とりとめもない話だ。

――それもわたしです、と言ったら、怖いでしょう。

無理にでも抱きしめるよりほかになくなるな、と男は答えかけて、それでは前世だか何だか知らないけれど深みにはまった女のいたことを認めることになりそうで口をつぐみ、それにしても、あの見知らぬ顔はどこから来て、半月も記憶を苦しめた末に、どこへ行ったのか、と怪しんだ。女と出会ったすぐ後から、こちらをふっと見る目がしきりに浮かんで、あの女の一瞬の目つきがなぜだかまつわりつくらしいと思っていたが、日を追うにつれ、そんなものはたいてい薄れるはずなのに、顔までだんだんに見えてきて、それが見覚えもない。先日会った女とも、これまで知った女たちとも、死んだ母親とも似ていない。穏やかな瓜実に目鼻立ちのすっきりとおさまった顔で、怨みやら何やらの翳も差さず、こちらの恋情のなごりらしいものも映さず、半端な宙にかかりながら、日が暮れてまた明けて、人が往ってまた来て、と悠長な溜息をつくようにしている。これだけ縁もなさそうなのは、どこぞで行きずりに見かけた顔が、すぐにすっかり忘れたばかりに、その時のままにぽっかりと浮かんで、記憶をしばらく苦しめて行くのか、これも他生の縁のうちか、と考えた。年のほども見るたびに変わって、まだ若い女のようにも、子供の頃に物を言いかけられた小母さんのようにも思われるのは、大勢の顔がひとつに、とどのつまりのような面相に合わさって宙へ浮いたのかもしれない、と片づけかけた。ところがある日、暮れ方に暗くしたままの部屋に居ると、廊下からふっと足を停めて部屋の内へ目をやり、人の居るのを認めたともなく、膝を屈めて入って来かかる、女人の姿が軒の薄明かりに見えた。一瞬の幻に過ぎない。若い匂いをひろげながら、髪に寒く、白いものがまじっていた。やはり知らぬ顔だった。不思議な気迷いを外に見るものだ、と呆れてその夜は早目に床に就いて、正体もなく眠って目を覚ますと、この女の顔が離れなくなった。これこそまだ見も知らずも同然の女なのにその肌を、ひたすらもとめていた。

──会う前から、お前のことを知っていた気がしてな。どうしてか、こちらが聞きたいぐらいのものだ。

——男の人は、今の女に、遠い人を抱くものですか。

——お前はどこまでもお前だよ。

——大昔の女とひとつのからだになって、どこまでもわたしひとりで。

——祟りでもありそうな話になるな、おたがいに。

——この前の晩には、後で祟りはありませんでしたか。

——三日寝こんだ。

——もう金輪際離すまいとするように、まるで死物狂いでしたよ。あとで骨と皮ばかりの気持になったわ。

——済ますとまたお灯明の始末のことを言い出して、駆けて帰ったじゃないか。

——霊前にへたりこんでしまいましたよ。

——姉さんは何と言ってた。

——死んだ人が口をきくわけもないでしょう。

——そうではなくて……。

部屋の内に急に濃い翳が降りてきたように男は感じた。向かいの窓に点ったばかりの灯がまた消されたせいのようだが、女の顔がかえってくっきりと、暗がりに浮き立った。頬も削げたようで、頤が細く尖がり、目はこちらへ向きながら光が内にこもり、唇をうっすらとあけている。線香のにおいが漂って、この前の晩に抱きあう肌の間から立ったように、濃くなりかかった。

――人は呑気に仕合わせなどと言っているけれど、ほんとうの相性ほどおそろしいものはないんですよ、よく覚えておきなさい、とそう言われた。

――かえって差し合いになるということか。

――知れば知るほど、おたがいが知れなくなって、どこまで行ってしまうか、わからなくなるので、と。

――それでは悪縁みたいなものではないか。

――そこまで行かないと、男女の業はわからない、と言ってました。

――いつ聞いたんだ。

――母親の、二人きりの夜伽の時に。

――で、聞いてどう思ったんだ。

――今から思えば莫迦みたい。ただ嬉しかった。

母親まで亡くして涙に暮れながら姉と二人きりで終日ほの明るいさびしさの中ですごしたひと月ばかりのことを、女は思い返した。冬の初めにかかり、あの年内は曇りがちの日が続いて、木枯らしいものも吹かず、静かな午後に黄ばんだ葉のいつまでも残る枝の差す軒前《のきさき》から目を返すと、部屋の内では線香の煙がまっすぐに立って、姉がいた。姉はたいてい箪笥や押入れの前に坐りこんで、母親の遺品やら、先に兄の遺したままになっていた物やらを整理するついでに、自分の物も追い追い始末するらしい、その背つきが穏やかにくつろいでいた。世帯はいずれ細くしたほうが生きやすいですよと言った。取り出した着物をひろげて、わたしもこれで、ずいぶん欲の盛んだった時があるのね、と笑っていた。その姉が妹のまだ少女の頃に、お稽古事など嫌っていたのに、どこかで覚えてきた踊りを、戯れて踊ってみせたことがあり、見よう見まねよと照れながら、少女の見とれるほどにしなやかだった腰つきが、今でも膝を崩さずに細い背をやわらかに伸ばして押入れの奥をのぞくその姿に思い出された。食事は御精進と固苦しく決めたわけでもないのに、姉妹のどちらが仕度をしても、三度とも変わりもないようなごく質素な献立になってしまって、こんな粗末なものを食べても生きていられるんだわね、と顔を見合わせたこともたびたびだった。

男に呼び出されて並びかけられるとようやく、自分は弔いの出た家の女なのだと感じられた。姉も自分も働きに出るようになってからも、晩には一緒に食膳につくようにしていた。夕飯の仕度が姉に当たる日には暮れ方に男と逢ってもすこし閑があり、そそくさと物を食べあって別れ、その時には帰って姉の前でうしろめたい気もしたが、質素な献立にはひとりでに箸が動いた。母親の四十九日も過ぎて男にまただんだんに触れられるようになっても、早目に逢える日にだけにして宵の口には帰ってくると、姉は待っていて、いつに変わらぬ二人きりの夕飯になった。姉は何もたずねなかった。知っているんだわ、とうにお見通しなんだ、とそのたびに思った。それでいて、男と一緒に物を食べて帰ってきた時ほどの心やましさも動かない。表がまだ明るくて人の足音もひっきりなしに聞こえるうちから男に抱かれていたことを思っても、姉を前にして淡い恥かしさが頬に差すのにまかせていた。まだ兄や母親のいた頃の、知られたら知られたまでよ、と構えていた図太さとも違った。姉に知られていることに、甘えていた。そんなことをくりかえすうちに、その姉が風邪を引いて寝こんだきり、十日ばかりの命になった。

肺炎と診断されて病院へ運ばれたその翌日の夜半に、今度はいつ逢えるのとつぶやいて、その夜明け頃に息を引き取った。平生にもどった顔を妹は眺めて、あれほどの面変わりは急に来るわけもないのに、どうして気がつかずにいたのだろう、とようやく我身を責めた。

――今度ばかりはひとりになりました。亡くなった人の肌に触れて世話をした手が、どんなだか、あなたも、男の人だけど、知っているはずね。

――身内を看取ったばかりの人間の顔は、表を歩いていても、見る者が見ればわかるとか聞いたな。俺には一向に、見えないけれど。

――あなたこそ、初めて会った時には、色白でもなさそうなのに、変に白っぽい顔をした人だと、見てしまいましたよ。

――そんな男にどうして。俺は俺で、自分がうっとうしくてならなかったのに。

——それよりも、この前、どうしてわたしを抱く気になれたの。足音も立たないみたいに歩いていた頃なのに。

——あさましい。

しかしひさしく女に触れていなかったせいではなかった、と男はいまになり思った。女を引き寄せるその間際まで、最後の身内を送ったばかりの女を今日はいたわるつもりでいた。それが顔をもう一度見かわしてそれを合図に腰をあげかけた時に、わずかに長く見つめすぎた。ほっとした顔の女の、つかのま心ここにない目に蒼いような光が差して、男の見も知らぬ、それでいて深い覚えのある面相へ変りかけ、男はその目を胸へ抱きすくめた。あとはせめて女を早く帰らせてやらなくてはと焦りながら執拗なようになった。

——あの晩のことは俺が負いこむ。

——いっそありがたかった、とそう言ったでしょう。

——お前のからだに悪いことの起こらなかったのはせめてよかった。

——風邪も引きませんでしたよ。

しかし家に帰り姉の霊前にへたりこんで、ようやく息もおさまって遺影の、帰ってきたのとさびしげに笑って迎える目を眺めるうちに、女はこれが初めて、姉も好きな人を、からだがとうに知っていたのだ、と自分の今までの鈍さに驚いた。今度はいつ逢えるの、と最後になった夜にたずねた声も、姉の目をひらいたのを見て顔を近寄せたところだったので、自分に向けられたものとばかり取って、わたしも遠くないうちに往くかしら、と姉の手を握りしめたものだけれど、ひさしく隔てられた人へ、根が尽きて呼びかける声に聞こえてきた。それからは何かにつけて、いなくなってしまったはずの人のからだを身近に感じるようになった。ひとりで暮らしていても、人に見られているような立居の節目はあるもので、部屋の内が急に静まって、いまがいつだか知れないようになり、思わず遺影へ目をやり、あの晩とおなじに、いま帰ったのとさびしく笑いかけられて、取り返しのつかぬことをしたような後悔に責められながら、それでも男をもとめる心が押し返してきて、こらえる心が一度に崩れそうになると、姉のにおいが膝のまわりに寄せ、箪笥や押入れの前にきちんと正坐したなり手を止めて考えこむ姿が見える。

——身内を亡くした後は、自分のからだが自分でないように感じられることがありますから。

——俺の若い頃の知り合いに、まだ二十代に、三つばかり年上の兄を亡くして一年ほど、道を歩いていて幾度も、見も知らぬ人から声をかけられて困った、と話していた男がいたよ。故人と間違えられたわけだが、自分は兄貴とすこしも似ていないのに、と首をかしげていた。

——女の人にも間違えられましたか。

——一度だけ、暗い道で、うしろから小走りにきた足音に並びかけられて、息もつかずに昔のことを話し出すので、まだ女にウブだった頃のことで、口をさしはさむこともできなくて、話をあらかた聞いてしまったとか。

――で、どう始末したのですか。

――女がつい涙に声を詰まらせたところで、その兄はこの春に亡くなりました、わたしは弟です、とぶっきら棒に言い捨てて、立ちつくした女を後にすたすたと、つぎの角で折れたそうだ。自分こそ幽霊になった心地がしたと言っていた。

――ほんとうに、亡くなった人よりもよっぽど、生きている人間のほうが薄くなりやすいのよ。

――ようやく我に返って、財布を抜かれはしなかったか、と懐に手をあてたそうな。

――そんなに寄り添われたの。抜かれたのは、魂でしょう。

――それでも、もっともらしい顔をして歩いていたことだろうな。

――往来は幽霊だらけだわね。

女は笑い出した。手放しの声が湧いて立つようで、いつまでもおさまらず、細いながらに高くなって胸の喘ぎもまじるので、宵の内から灯も点けずに静まっていた部屋の内にこんな声の立ったのを表から耳に留めたらさぞや面妖に聞こえるだろう、と男は困惑したつもりが気がついてみれば自分こそあやしげな、重たるく震える笑いを女の喘ぎにかぶせている。いつか身をすくめがちにして笑っている女を見て、これでは声の絶えたとたんに身の置きどころをなくして、引き寄せられるままになるよりほかになくなる、と男は蒼い股間を思いながら、ふたつの声が沈むにつれてよけいにからみあうようになると、このままでもあらわなまじわりに聞えてきて、いつでもそうだったのではないか、抱きあうのは宙に浮いてからみあったその跡をお互いにふさいでかばいあう、後《のち》のまじわりのようなものではなかったか、とだんだんに逃げる声を追って耳をやるうちに、女はふいに笑いを振り落とした。

――縁起でもないわね。こんな怖い話に、あけっぴろげに笑うなんて。

男の欲のつけこむ隙も見せなかった。言われて男は下心を見抜かれた顔で苦笑しながら、ひきつづき遠くへ耳をやっていた。表は雨もすっかりあがったらしく、通りを往く人の足音に空の高さが感じられた。母親が息を引き取った夜、遠くから吹きおろす風の合間に、聞こえるはずもない、男女の息がひそんでいた。こんな時でも自分の妄《みだ》りな心が表に聞かせるのだろう、と呆れて済ませたが、父親の夜伽の晩にも、風ひとつなく凍てついた空におなじけはいのくりかえしふくらむのを訝って、そばに坐っていた弟に、すんでのところで、何か聞こえはしないか、とたずねそうになった。見れば弟はいまさらひどく気落ちした様子でうなだれて、まだ三十の手前なのに、一度にふけこんで、亡くなった父親の面立ちをそっくりうつしていた。その頃にはもう病いに冒されていたようで、そのうちに兄の気がつくたびに細って、ある日、兄さん、俺、女を見ても腰のたくましさばかりが目につくよ、あれをやさしいと思っていたんだから、生きているということは、猛々《たけだけ》しいもんだね、ともらして返事も待たなかった。

弟の通夜から葬式を切りまわす間、それまではさすがに食も細くなっていたのに、むやみに腹がすいた。からだを持たせなくてはならないという用心からよりも、索漠とした気持から、腹のすくのにまかせていた。朝のうちに飯を炊いておいて、空腹を覚えればちょっとの閑を盗んで、台所に立ったきりで、漬物だけで冷飯を掻きこんだ。急いでいる時には茶漬けも面倒で、水で流しこんだ。弟と二人きりになれば、霊前は憚ったが、台所のほうから茶碗に箸を鳴らすのも忌まずにいた。物に感じやすかった弟にくらべれば、こうやって立ちながら飯をそそくさと喰っているのが自分の正体なのだろうと思った。

俺たちは早くから親のこともかまわず飛び出しておいて、世間をほっつきまわったあげくに、兄さんもそうだろう、落ちたところに足を取られる頃になり、どうして家にもどってきたのだろう、まるで親たちの骨を拾いにきたようなものではないか、と弟がつぶやいた。父親の後の事を済ませたばかりの頃の、冬の風の渡る晩のことになる。それにしてもこんな狭い家に四人も、先のなくなったような顔ばかりが、よくも暮らしていたものだ、夜になると何人も内にいるけはいのしてくる空き屋の話があったね、今では残されたほうが骨みたいに寒い、と言ってひとりで笑っていた。そんなに寒かったら、女と寝る算段でもしろ、と兄は返した。

その兄が亡くなった弟へ、あの男女のけはいは、俺ではなくてお前の耳にはっきりと聞こえていたのではないか、とある夜自分でも不意に話しかけていた。俺はそばでお前の静まりかえったのに染まって空耳程度に、怪しんだだけで、と。息を引き取った父親の前で、母親の時にはさほどの気落ちも見せなかったはずなのに、この年で一度に皺ばんでしおれていた弟の姿が目に浮かんだ。それがいまでは、女とどこまでも、あの世の境を見るところまで往って、精根も尽きはてた、男たちの影に見えた。うしろ暗げにうなだれていたのが、たしかに、ふっと全身で聞き耳を立てるようにした。こんな場で妄りなことを思うような男ではない。やはり弟の耳には表の空から聞こえていたらしい。どこかの女と心中に走りかねない深みにはまったという噂は耳にしていたが、兄よりもすこし遅れてふりと親の家にもどってきた弟の、何事にも淡白らしい様子を見ては、根も葉もないことと聞き流していた。もともと兄にとって心中などという物騒なことは想像もつかぬところだった。しかし話なかばとしても、女とぎりぎりのところまで往って別れてきたのだとしたら、女とこれを限りだったまじわりのなごりは、命が細るにつれて身を離れ、宙にかかるものなのか、と表の空へ耳を澄ませたが何も聞こえない。そう言えば、弟がいなくなってからは、それらしいけはいに感じることも絶えてなくなっていた。

あの頃からこの女に出会うまで、いや、この女と初めて会った後まで、耳の奥の詰まった感じにつきまとわれて暮らしていたように男には思われる。人に物を言いかけられ、ちょっとした混乱を来たしたようで聞き返すと、いましがた聞いたと思ったことと、聞き違えどころか、まるで別のことだと知れて、では、さっきの声は何処から来たのか、と首をかしげることもあった。それがあの暮れ方に、親兄弟のなごりも絶えた暗い部屋の中に、縁側の軒の薄明りの中から見も知らぬ女が、膝を屈めて敷居をまたぐのを見た後で、そんな幻覚を怪しむよりも、耳がひさしぶりにひらいたように、町の果てのさざめきまで聞き取れそうで、これでは身が持たない、と半端に坐りこんでいた。

しかし一瞬の幻覚にしてもいずれ心の内から出たことだろうから、部屋の内へ入ってくると見えたあの女がもしも、死んだ弟をたずねていたのだとしたら、あれを境に始まったとも言えるこの女と自分とのことは、どういう面倒になるのだろう、と男は暗がりに女の顔をさぐろうとすると、たちまち目が合って、女は最前から黙りこんでいた男を眺めていたようだった。

——あなたの顔はなんだか、遠くなったり近くなったりするわね。

——暗くしたままのせいだろう。長いこと目の利かないところにいれば、こんなもんだ。

——いつでもそうですよ。

——見も知らぬ顔になることもあるか。

——あなたという人のことを、ほんとうに知っているかどうだか、わかりませんから。

って。
――家に帰ってから、思うことはありますよ。誰なんだろって。熱心にされた時にかぎ

――それでいて、寝てきたんだ。
――皮肉かい。
――たいてい、熱心でしたね。
――後で誰だろうとは、男は莫迦みたいなものだ。
――わたしだって、ああもされる自分は、誰なんだろう、と不思議になるのよ。
――ありがたければ、いいんだ、おたがいに。
――あたしの顔は、どうですか。
――お前の顔は、それはお前だよ。いつだって。

抱かれている時の女の顔を浮かべかけていたところへまともにたずねられたので男はたじろいで、女の機嫌を取るような、言いのがれの声になったが、口に出して言えるかぎりは嘘ではないと思った。じつは息が深くなるにつれて、乱れるというほどのこともないのに、面相の変わる女だった。何をされているのかもわからないような、あどけない顔をひらいたかと思うと、こんな男にゆるすわけもない臈長けた面立ちがあらわれ、眉間に男を憫れむような淡い翳を寄せて、見も知らぬ面相になりかかり、つれて男こそ自分が誰とも知れなくなりそうでいっそうのめりこんで息も切れた頃に、硬くしていたわけでもない女

のからだがほぐれて、目を薄くつぶったまま、眉をほどいて笑うような、この女の顔がある。

——そのつもりで来ましたけれど、今夜はこのまま帰りますね。

——先夜のことがあったので、いましばらくつつしんだほうがいいだろうな。

——でないと、これきりになってしまいそうで。

あの夜、息のおさまった女を片腕にかかえて、ほんの短い間になるがどれだけ深く、地の底へ吸いこまれるように眠ったことか。女が腕をほどいて頭を起こすのに感じて男が目をひらくと、いましがたとおなじ顔がのぞきこんでいて、そろそろ行かなくては、とうながす。その顔こそ不思議で男がまた抱き寄せにかかると、されるままになりそうで、帰れなくなるわ、と恨む目になった。

——起きまいとすればいつまででも、そのままいられるようになったわけだ。

——ふっとそう思ったら、おそろしくなったわ。遠くから人が、息をひそめて見ているようで。

——莫迦に静かな夜だ。まだそんなにも更けてはいないのに。人が絶えたみたいに。

暗がりの中から二人はまともに目を見あわせて、そのままお互いに、表へ耳をやった。今になり男女のけはいが空にかかりそうで、目の前の女の顔が幾重にも面相の変わったその末の、たったひとりの笑みを浮かべ返しそうで、男は抱き寄せるつもりはもうなかったが、今夜も寝たんだよ、こうしているままに、また初めて、と女に気づかせたい情に押されて声をかけようとすると、女はついと窓のほうへ目を向けた。

──二人でとりあえずお腹をこしらえに急いだ道の、足音が聞こえてくるわ。

──そそくさと行って、そそくさと食べたものだ。

──角ごとにあなたが立ちどまって、わたしが追いついて。

──小走りになってついてきたな。

──ずんずん先へ行くものだから。

──足音が立たなくなったので振り返れば、物陰に寄って肩で息をついていた。

──これから抱かれる女の足音だわ、あれは。

どういうつもりで言うのだろうと男が窓の外へ目を瞠る女の横顔をうかがうと、表の通りを小股に急ぐ足音がくっきりとたどれて、細い喘ぎのまじるのも伝わりそうなまでになり、途切れては響いて遠ざかり、すっかり紛れたその後から、時雨が寄せるように、往来のさざめきが男の耳についてきた。人の絶えたように感じていたのは、何だったのか、と男は怪しんだ。静まりかえった親のそばから自分が空耳に聞いたのも、命の残りのすくなくなっていた弟があるいはほんとうにひきこまれて聞いていたのも、夜が更けていま一度空へあげてくる往来の人の足音ではなかったか、人の暮らしの、満ちあげて静まりともつかなくなったさざめきの宙にようやく、男女のまじわりのきわみの、なごりはかかるものなのか、とひそかに驚いていると、女は深い息をついた。

——まるで生前の、わたしたちの足音を耳にしている心持がしたわ。

——そのうちにまた、ああして一緒に歩くことになるさ。その時には、いまここでこうしている二人のほうが生前の……ああ、また雨が落ちてきたな。

——落葉の軒にあたる音ですよ。

——出がけに路地の奥にまで吹き溜まっていた。濡れたのを踏むたびに、熟れたにおいが立って。

——越しましょう。

——思いきってな。

——あたりが焼けてしまえばいい、などとつい思うよりは。

——俺たちの勝手であたりが火の海になったら大変だ。

——越しましょう、それぞれに。

——世間が一段と狭くなったようでも、いざ馴れたところから移るのは、さびしいものだ。

——もっとさびしくなったら、抱かれます。

年の舞い

年の瀬に風もなく静かに曇った空の、ときおり雲の薄れ目から淡く降りる冬の日にこたえて、雑木林の下生えの、散り残った紅葉がやわらかに照る。今年の落葉樹は長かった夏の酷暑のせいか、彼岸過ぎからの俄な冷えこみのせいか、葉の枯れるのが早くて、すっかり色づく前に落ちたように思われたが、年末に入って日和がそれなりに定まるにつれて、わずかに枝に留まった紅葉黄葉のあざやかさが冬枯れの林の中から目に染みるようになった。

晴れた日に散る葉には、風にうながされるものあれば、風のおさまったその合間に、一斉にはらはらとまっすぐに落ちるのもある。とうに盛りをまわって脆くなった紅葉がわずかな風に騒ぎ立って、紅い嵐とでもいうような烈しさをつかのま見せながら、一葉も散らさぬこともある。遅れて照り映える下生えの紅葉に、袖を口もとにあててうつむく女人の影を思ったのは、もう十何年も昔のことか。

冬至の日は午後から晴れて穏やかな暮れ方になった。冬至の陽の沈むのが惜まれてテラスに立って眺めていると、夕日に撫でられる桜の枯木の、樹皮がすでに紫を帯びて艶やかに照り、白木蓮の枝にまばらに残った枯葉が芽吹きのような淡い黄に透けて、一陽来復の光景を見せたが、陽がさらに沈むにつれて、夕映えが枝を伝ってのぼり、見る間に薄れて、梢に届く前に紛れた。それからでも、建物のうしろに日輪が沈みきるまで、息を詰めるようにして待っていると、だいぶの間に感じられた。射し返す残光に浮雲もたいして染まらず、すぐに黄昏となった。

大晦日も穏やかに晴れて、午前の散歩の途中、枯木の林の前に紅梅の咲いているのを見かけた。まだ目にも立たぬ若木だが近寄れば、控え目ながら甘い香を漂わせている。石垣の風蔭になる日向《ひなた》に植えられたので、毎年、早目に咲く。それにしても、厳しい冬になるだろうと伝えられているのに、例年よりは半月あまりも早い。遠ざかって振り返れば、人里のはずれにひともと咲く梅のように見える。

日の暮れには北風が吹いていたが夜に深く入るにつれておさまり、老年の眼と頭ではいつ読みはてるとも知れぬ古い叙事詩を一行ずつたどるうちに、「葡萄酒の色をした」という、不思議な形容詞が枕詞のように付く、大海原が頭のうちにひろがって、年が明けかけていた。辞書をのべつ引いては、記憶の出し入れがめっきり滞りがちになったので、いつの再読のためだか単語帳に付け、英語の本を勝手に読むようになった少年の頃と変わりもない。これも生涯か、しかし造作もなく明けたものだ、と机の前から立ちあがり、除夜の鐘ぐらいは聞くかとテラスに立ったが、めずらしく地平まで静まった夜半に、今年は鐘の音らしいものも一向に伝わって来ない。一年の内に耳がその分だけ遠くなったせいかもしれない。

冷えたからだで蒲団に入って、寝起きが年々億劫になっていくなと明日の朝のことをもう面倒がるうちに、なにやらしきりに物を数えるような気持になり、寝入りに物を数えるのは、子供が羊の群れを数えるのならともかく、あまりよいことではない、と年寄りに言われて、老年の執着のことか、それとも、死んだ者たちをつい数えることになるということか、と訝ったのはいつ、どこでのことだったか、と思い出そうとするうちに眠りこんだ。

元日の朝は、屠蘇と雑煮を祝う前に散歩に出て雑木林のところまで来ると、年が明けて俄にさびれたわけでもなく、風が吹きつけるでもないのに、薄い冬の日の射す枯木の林の眺めが昨日に変わって寒々と身に染みる。しかし冬枯れの林の、枝の張りこそ美しい。ここまで空しくなってしまえばその裏《うち》に、とうに過ぎた紅葉の盛りを点ずるのも、いずれ来るだろう芽吹きの始まりをほのめかすのも、見る者の自在か、と折り合った。

正午に近く、まずおびただしい海豹《あざらし》の群れが海からあがって波打際に横になる。やがて太陽が中天にかかると海の老神プロテウスが白髪を潮に振り乱して現われ、海豹の群れを見わたし、一頭ずつ指折り数えてまわり、数え了えると自身も洞窟に横になり、海豹たちに囲まれて、海辺の午睡となる。

初夢ではない。夢にまで見るには、海とは縁の薄い生涯だった。新年にも相変わらずの寝起きの億劫さを決めこんで、陽も高くなった頃の寝床に愚図ついているうちに頭に浮かんだ、例の叙事詩の、もうひと月ほども前に読んだ箇所《くだり》である。読んだものではあるが、しかし、どこかで見た光景にも思われた。

年寄りがひとりぽつんと立って、あたりを見渡し、何かを気長に指差し数えている。海辺ではない。正午でもない。冬の早朝の、近くの溝《どぶ》から立ち昇る靄が朝の光の中にうっすらと煙る。場末のまたはずれの、あちこちに廃品の投げ棄てられた空地と見える。海神ならいくら老いても強壮な体格をしているはずだが、こちらは吹けば飛びそうに痩せこけている。身ひとつ入れる塒《ねぐら》から這い出してきたばかりの、見るからに着のままの、垢の生温かさを身にまつわりつかせている。

数えて確めているのは、朝になり集まってくる野良犬たちの無事か、野良猫か、それとも別のものなのか、それは一向に見えて来ないが、とにかく一心に数えて、欲も得もなく、数えるにつれて自足のような色さえほのかに差す。ああ、これが年寄りの一日の始まりというものか、と寝床の中からたわいもなく感心して、海の老神の午睡に劣らず、うらやんだ。年寄りは朝に起き出してきて、おのずと数える。何を数えるかは人さまざまであり、たいていはその意識もない。朝っぱらから物を数えるもないものだ。これが野良の犬や猫のことなら、数え了えて昨日に変わりもないことがわかれば、なにがしかの安心は覚えるだろう。寄るべなき者たちの無事を案ずるばかりでない。今朝もとにかく無事に起き出してきた我身の安堵にもなる。犬猫たちの数が足りようと我身の命数には何のかかわりもないようなものの、虚心に数えるということはどこか、祈りへ通じるのかもしれない。

そんな意識はまるでなくても、朝の床から起き出してきた年寄りは周囲のあれやこれやが何時に変わりもないのを数えては、我身もさしあたり無事であることを確かめているらしい。それでいて、寝覚めの間違いからか腹の虫の居どころの悪い時には、また変わり映えのしない一日が始まりやがった、と毒づいたりする。ついでに長年の起きがけの習慣にも、なんでこんな煩わしい、意味もない手順をあきもせずに踏んでいるんだ、と邪慳にあたる。罰あたりなことだ。もしも日常のはずのものが変わって見えて、それにつれて長年の習慣が狂ってきたとしたら、それこそ大変である。深刻な告知と言えるほどのものだ。

しかし、日々に変わらぬということは、じつは日々にわずかずつ、ほんのわずかながら、改まるということなのではないか。完全な反復があるとすれば、永劫の既視感にひとしい。倦怠どころではない。時間も停まれば、風景も失われる。森羅万象は日々に改まると言われる。人間も森羅万象の内であるから、眠る間にも、年寄りでもぎりぎりのところ改まる。それでこそ現実は保たれる。となると、朝の宿無しの犬か猫かの無事を数える年寄りの姿は、今日の無事に安堵するという以上に、改まりへの感謝の儀を執り行なう、たった一人の祭司に見えて来ないでもない。数の足りない日はいずれあるのだが。

改まるのは朝とはかぎらない。日の暮れの改まりもあるのだろう。日没を一日の始まりとした国もあると聞く。磔柱《はたもの》の上に人の子の息の絶えた日の暮れに、安息日は始まったらしい。

老海神の正午は、朝から海豹たちを羊の群れのように追ってきた、海の牧夫の休息の時であり、磯にあがって横になった海豹を一頭ずつ数えてまわるのも、牧夫の習いにひとしい。数え了えて無事を確かめた時、中天に照り静まる太陽のもとで、そこにも、半日働いた者の、日中の改まりはあると思われる。午睡とは日中の改まりへ捧げる安息の儀でもあるのだろう。

その午睡の老海神を絡め取ろうと、生臭い海豹の皮をかぶり、海豹たちの群れにまじって待伏せている男たちがいる。絡め取り縋りついて預言を、自分らが漂流の難に苦しむその所以を聞こうとする。海の老神であるから、預言の能力を持つ。預言とは未来のことだけでなく過去のことにもかかわる。

老海神の眠りこんだところへ男たちは飛びかかり、ここを先途と抱き締める。襲いかかられてもそこは変身の神プロテウス、獅子となり大蛇となり、豹になり猪になり、溢れる水となり、葉を繁らす大木となる。この変身ぶりがなにか頓狂である。それに、これだけ大げさにしてもたかが人間の四、五人、いくら一心不乱にしがみついているからと言って、振り落とせないところが可笑しい。年寄りが若い者たちにつっこまれて、口から出まかせの言いたい放題、煙に巻こうとして巻きされないのに似ている。あげくには閉口して正体をあらわし、一体、誰が、メネラウスよ、神々のうちの誰がお前に智恵をつけたので、こんな待伏せの沙汰に及んだのか、何の用だ、とたずねる。男たちの首領の名は聞かずとも知っているくせに、一切の智恵をつけたのが自分自身の娘だということは知らない。

何もかも知っているというものではないらしい。それでもやがてあらたまって、神にたいするいかなる怠りがあったのでこのような目に遭うのか、漂流の難儀の因縁を説く。さらにまた、トロイヤ遠征の総大将アガメムノーンが折角無事に凱旋した故国でいかなる悲惨な最期を遂げるか、近未来のことも告げる。まさに預言者である。我身が待伏せされていることも予測しなかったような迂闊さもあるが、下端《したっぱ》の神としては相応のところか。神々が老いるとはどういうことか、考えれば訝しいことだが、神々にもいささかの老耄はあるのか。

耄碌しないようでは、尊いようにもならん、と美里の父親はつぶやいた。八十歳の手前で亡くなる、その二年ほど前のことになる。欲にかかったように前のめりに急ぐよその年寄りとすれ違った時のことだが、自分自身に向けられた、暗いような声だった。四十代のなかばにかかった息子の耳に、この言葉は留まった。すこしは惚けないようでは、とせめてそれぐらいの言葉であったなら、父親の言わんとする、ひとりでに放念して尊いような老人の姿を、ほのかにも浮かべられそうな年齢にはなっていた。老いた両親を北国の郷里においてたまにしか見舞わぬ次男のやましさが、聞き返すことをさまたげた。

たしかに父親は最後まで老耄らしいものも見せなかった。母親のほうが、息子の帰るたびに、言うことが取りとめもなくなっていくようだった。七十の坂を越えた頃に父親は一時急に老けこんだが、まもなく長年の家業が行き詰まり、よその都市で暮らす長男はとうに後を嗣ぐつもりもないので、とにかく無難な整理へ漕ぎつけるために苦心するうちに、顔つきも締まって壮年らしさがもどった。何年もかけて整理は成り、夫婦の「生涯計算」もどうにか整ったようで、母親には安堵の色が目立ったが、父親はそれまで張りつめた習いか、ほどほどに惚けるということも知らなくなったように息子には見えて、それはそれで気にかかっていた。

父親のほうもどうやら、息子のそばでそんな言葉を洩らしたことを忘れていなかったようで、たまに帰る息子と二人きりになると自身の父親の、老年の惚けぶりを話すようになった。孫にとってはやさしかった祖父の姿しか思い出せなかったが、達者な頃には頭がよけいにまわり、目聡《めざと》すぎて、とにかくやかましい人だったという。家業を嗣いだ長男が使いまわされるのはまだしもしかたないとしても、次男三男までが、とうに家を離れて妻子もあり、中年に深く入っても父親の前に出ると、何を言われるかとこわばっていたほどで、わしら兄弟はおかげで晩くまで息子のままでいた、と父親は意外なことを言う。女子供、お前や母さんは、それほどにも感じていないようだから妙なものだ、お前の兄はいくらか覚えていたので俺から遠ざかったか、と首をかしげていた。

その頑固親爺が七十を過ぎると俄に惚けてしまった、と話がそこに来るたびに父親は目を剝く。俄にとは誇張のようにも息子には思われたが、父親は目を剝いたきり、いまさら絶句している。聞けばそれほど奇態な振舞いがあったわけでなく、時間や方角のことがあやしくなり、よその人の顔がよくも見分けられないようにもなったが、扱いやすいと言えば扱いやすい年寄りだったという。おとなしい、どこまでも穏やかな祖父という孫の記憶にそこは適《かな》った。父親も年寄りの惚けぶりを微にわたって話すようなことはしなかった。話すのは年寄りならとかくありがちなことばかりだった。それでもときおりまた絶句するような目をする父親の顔から、不思議な振舞いに出た年寄りを家の大人たちがひっそりと見まもる、その息ひそめの気配が古畳を伝って寄せてくるようで、遠くしていてもやはり父子の血の交感か、と息子は思った。

大人たちの目からすれば、とにかくあまりにも急な、それまでにくらべて徹底した変わりようであったらしい。年寄りだという頭がわしらにはそれまでなかったのかもしれんな、と父親も言っていた。見馴れた人の思いがけぬ姿に、困惑がそのあまり、時には底知れぬ恐慌のようなものになることも、あるのだろうな、と息子は想像した。

あれほどに、因業なほどに気も強ければ頭もまわった人間が、あんなになってしまうのだから、年を取るということはしかたないもんだ、わしだって、親父にくらべれば意気地のない人間だが、あんばいよく往かないとなると、明日にでもどうなることやら、とそのようなことを言って父親はいったん話を切りあげる。聞いて息子は、どこの年寄りでも口にしそうなことなので、むしろほっとする。

しかし耄碌というものも不思議なものだ、と父親は話を継ぐ。めっきり遠くなったはずの耳が、ほかの者たちには聞こえない音を聞き取ることがあったという。たとえば夜が更けかかり、家の表の小路の人通りもすくなくなった頃に、とろとろしていた年寄りが目をあげて、誰かが来る、と言う。家の者が表へ耳をやっても、夜の小路は通る足音を響かせやすいものなのに、人の近づくような気配もない。それで相手にもせずにいるうちに、やがて戸口をそっと叩く音がする。そんなことがひと冬のうちに三度ばかり重なった。どれも、電話もかけずにわざわざ足を運んできたところからしても、思い迷った末の、あまり良い相談ではなかった。

ある夜は、菅山さんの家で人の泣く声がする、と口走る。その家は小路に沿ってあいだ四軒も隔っているので家の内の声がここまで伝わるはずもない。小路も誰かのひとり遠ざかっていく足音がするだけで静まり返っている。また寝惚言《ねぼけごと》かと家の者は取って咎めもせずいると、年寄りはよろよろと立ちあがり、出かける様子で土間へ降りかかる。家の者が呆れて連れもどせば、顔を出しておいてよかった、とまるで帰って来たようなことを言う。そこはつい一年ばかり前に不幸のあった家なので、惚けた頭にはその間の月日も、なにかのはずみで飛んでしまうのか、と家の者たちはそう取って、いましがたの振舞いの記憶もなさそうに穏やかな顔をしている年寄りを寝かせると、その翌朝になり、その家に新しい不幸のあったことを報らされた。

その時には家の者もさすがに奇異に感じて、あれだけ離れたところから家の内の声は伝わるものだろうか、と夜が更ければかわるがわる耳を澄ましたが、あまり耳を澄ませば聞こえぬものまで聞こえてくるようで苦しくて、それに隣近所にも夜の泣き声を聞いたという者もいないので、結局、気分次第で人の耳はいくらでも聡くなるものだと驚きあうに留めた。

置き忘れた物が入り用になって探す。つい昨日までそこにあったはずなのが、どうしても見つからない。たいていはなければないでさしあたり済ませるようなものなのだが、お互いに首をかしげあううちにこだわりが出て、皆でむきになって探しまわる。いまから考えれば、ときおりあんなふうに、何事でもないのに揃って神経質になるということがあったのは、その頃からもう、家業の傾きは萌していたのかもしれない。

ちょっとした物でも、それに掛かって探せば、かえって見つからないものだ。そうこうするうちに皆、莫迦らしくもなり、どうでもいい事という顔でもとの場にもどるが、口数はすくなくなる。よけいなことを言えば、またむしかえして、たずねあうことになりかねない。それにしても、何の間違いがあったので、失せたのか、というこだわりはやはり残る。それぞれ、はじめは自分のせいではないと思っていたが、一緒になって探しまわるうちに、最後にどこかへ片づけたのがこの自分であって、もうすこしで思い出せそうで思い出せないような、落着かぬ心持になっていると、まわりの騒ぎも眼中になさそうだった年寄りがふわりと立ちあがる。

立ちあがって二、三歩たどたどしい小足を運んだところで、膝から腰をわなわなとふるわせ、これは立居の際にいつものことだが、家の内のどこへ行こうとするともつかぬ半端な向きから、皺ばんだ笑いをくりかえし、いかにも楽しそうに、顔じゅうにひろげるうちに、思わず腹立たしく眺める家の者の間から、ああ、あそこだった、と頓狂な声をあげる者があり、跳ね起きて廊下へ駆け出し、例の失せ物を持ってもどり、まだ腰を屈めて立ったきりの年寄りを助けて坐らせる。よかった、と年寄りはそんなことを言ってまた睡そうな顔つきになる。

変なところへ放り出すので見つからなくなるんだ、と咎められて失せ物の張本人は、それが誰の目にもつきそうな、ほら一昨日、ああして、こうして、それから呼ばれて、置きそうなところに、きちんと置いてあった、どうしてさっきはよくよく見たはずなのに目に入らなかったのだろう、と不思議がる。見あたらないと気がつくのがもうすこし遅ければ、何も考えずに、まっすぐそこへ行っていたのに、とつぶやく。とんだ神隠しだ、と一同浮かれたが、それではなぜ、年寄りが立ち上がって笑い出したそのとたんに、思い出したのか、と誰もたずねなかった。

そんなことが度重なったわけでない。家中で探しまわるまでにならないうちに、年寄りが坐ったまま二言三言でそのありかを思い出させたことは、もう一度か二度ほど、あったか。お祖父ちゃんは見ていないようで何でも見ている、と家の者は言ったが、ほんとうに驚いているようでもなく、それきりのことになった。

しかしその祖父がああなってから三年ほどして亡くなり、それから十五年も経った頃、自身も六十の坂を越えた父親は夜更けに一人で部屋にいる時にふっと振り返って、半端なところに腰を屈めてわなわなと立っていた祖父の、影を探すようにしている自分に気がつくことがあった。祖父の生前と言ってもう老耄に入っていた頃に、まだ五十には間のあった父親がやはり夜遅くにそうしてひとりで考え事をしていると、寝覚めしたらしい祖父が部屋によたよたと入ってきてむかいに坐りこみ、普段は口数もすくないのに、勝手に喋り続けることがあった。声も聞き取りにくければ話すこともおよそ取りとめもなく、相手かまわずあちらへ飛びこちらへ逸れ、いつのことともつかず、暗いようになったかと思えば笑いにむせぶようになり、いましめるようになったかと思えばまるでけしかけるようには しゃぐ。父親は父親で自分の考え事の間から生返事をしながら、年寄りが睡たげになるまで、気長に相手をしていたが、その翌日かまた翌日、仕事の上のことだが、自分のやっている事の間違いに俄に眼がひらいて、後日になり、もしもあの時に間違いに気づかなかったなら大変な難儀にはまっていたところだったと冷や汗を掻く思いをさせられる。そんなことが、これは一、二度ならず重なった。そのつど、老父のことを思ったわけでもなく、せいぜいのところ、上の空ながら気長に話を聞いた少々の親孝行の、これも賜物か、と笑っただけだった。

夜半近くにひとりで喋る年寄りの相手を、腹も立てずにしていたその後に限って、それまではつゆ疑いもしなかった自分の間違いを悟ることになったのは、あれはどういうことだったのか、とおいおい不思議がるようになったのも、年寄りがいなくなってからよほど後のことになる。その時に限ってというのも後からの思いなしかもしれないが、お蔭で再三、危いところをすんでに助かったという、いまさらの安堵の念は年々まさった。年寄りは家業の話をすこしもしなかった。そんなことにはとうに頭もまわらなくなっていた。息子もまともに聞いていたわけでない。惚けた話にときおり女の影の差すようなのを訝りながら、ここまで来て心に残るのも男の仕合わせか、などと思ったりしていた。

あんなよれよれの声の、わけのわからぬ話にも、口調というものがあったのだろう、とでも考えるよりほかにないと父親は思った。話すことにかかわりなく、聞く者に後に戒めともなく自分の間違いを悟らせる、そんな口調はあるもののようだ。どんな口調であったか、今から聞き取ろうとするのも、とうに亡くなって落着いた人のことなので、憚られる気がした。しかし、時には振り返ってつくづくと不思議がるのも、自分もこれから年寄りになっていくことなので、いいことなのかもしれない、と思ってまた年を過ごした。

そのまま六十の坂を越えて、すぐそこに立った年寄りの影を探すようにした時には、これは、と父親は思った。何がこれはということもない。考えてみれば自身こそ、普段は若い頃とさすがに違うとは用心していても足腰の衰えをさほどにも感じていないが、凍てついた夜更けには厠からもどる廊下で足が我ながらもつれて、部屋に入ってもまっすぐに座に就こうともせず、まるで敷居をまたぐのも難儀であったかのように、半端なところに、どこへ向かうともつかぬ恰好でしばらく立ちつくしていることがある。帳簿をひろげて今日の始末にかかる前に、いましがたの自身の影をうっとうしいように感じて、そんなところで何をしてるんだ、と邪慳な目をやりそうになったこともあった。亡父の影を探すようにしたことはこれまでにない。そんな幻影に惹かれるような性分でもない。所詮、老いかかった自身の姿をいまさら見せつけられただけの話だ、と払いのけて仕事を続けた。これからはしかし、商売がきつくなるな、とひとりでつぶやいていた。

祖父はまだまだ壮んな頃に、中年から土地柄おそわっていた謡いの上、よせばいいのにと本人も言っていたが、仕舞いまで習うようになり、ほろ酔いの時などに広くもない座敷に家の者を集めて、ひとふし舞って見せることがあり、その神妙のきわまった顔と屁放腰《へっぴり》に家の者がたまらず笑い出すと、舞いの手を停めて、わしのは仕舞いは仕舞いでも獅子舞いだ、と皆そう言っている、と手を踊りのようにふりかぶって面白そうにしていた。お能のシテというものはな、あの世から呼び出されたか、そうでなくても幽明の境あたりに住む人物なんだから、と先輩が見かねて苦言を呈したこともあるな、とこれも愉快そうに話した。それにしては、何十年もしていましがた寝床から厠をまわってきたように部屋の半端なところに立った姿は、膝こそわなないて、それにつれて顔も皺々の笑いへ崩れかけるように見えたが、一歩踏み出せば屈まった腰なりにおごそかに舞いでもしそうで、これもすでに生前にして老耄のお蔭であったか、それとも長い年月のうちには故人も改まるものか、と息子は考えた。それまでに幾度か同じ影を、見たとは言わないが、思っていたようだった。しかし改まってしまえば、いくら舞いがおごそかになっても、取りとめのない話も聞かれなくなる。人はいなくなっても、つい何年か前までは声が聞こえていたようにも思われた。家業はどうにか成り立っているが、自分のやることが間違っているのかいないのか、ここまでまず無事に持っているのはあれこれ自分の算段のお蔭なのか、ただの偶然なのか、時代のせいもあるのだろう、今では皆目わからなくなっていた。

　まもなく七十の坂を越して、さすがに老いを感じさせられるようになった。惚けてはいなかったはずだ。難儀がうち続いて、惚けている閑もなかった。足腰の衰えを人には笑ってこぼしながら、立居振舞いには心がけてめりはりをつけていた。夕飯の後で一日の始末をつけることにも変わりがなかった。しかし夜が更けてその仕事をしまえると、腑の抜けたようにただ坐りこんでいる自分が、鏡を見るわけでないが、どこの惚け隠居かと思われた。とりわけ厠に立って廊下をもどってくるその途中、それほどふらつくようでもないのに足のもつれかかるのを不思議がりながら、爪先から踵へ、ことさらに重々しく床を踏みしめて行くと、あの廊下はもともと人の足音をひと息遅れて響き返す癖があり、亡父の影がすぐ後から、一段と重々しい足取りでついてくるような、妙な心地へ惹きこまれる。顔は見えないが、いまにも噴き出しそうな笑いをこらえているように思われた。

惚けはまず眠りから始まるようだ。寝覚めしきりのことではない。それは前々からのことだ。寝ているんだか覚めているんだかはっきりしない境がどこまでも続くのを苦にもしなくなる。寝入りばなにこれきり覚めなくなるかとおそれたり、朝には今日も無事に覚めたとありがたがったりするのも、老いの押し詰まらないうちのことだ。朝に目をひらいた時には、眠った覚えもないぐらいのものになる。夢もろくに、良し悪しにかかわらず、見なくなった。夢を見るのにももう飽いたと言わんばかりに、夢の中で頭《かぶり》を振っている。ときおり、何を見るでも思うでもなく、底無しに暗い気分へ寝ながら沈む。これも以前からあったことだが、しかしその底無しの暗さからいきなり、底抜けの陽気が湧きあがる。はしゃいでいる。謂《いわれ》もないことと眉をひそめるうちに、踊り出す。自分がではない。亡父が踊っている。夢には違いないが、昔、亡父のわなわなと立った、部屋の隅あたりが妙にくっきりと、畳の目まで数えられそうに見える。腰をうしろへ引いて手をふりかぶり、踊るにつれて、その頓狂さとうらはらの、寒いような慄えが肌身に伝わってくる。ヒョットコづらでもしているのではないかと思えば、はしゃぎまくりおどけまわりながら、顔は苦しげに、眉間に荒い竪皺を寄せている。

その踊りがふいに止む。膝がわなないて、力尽きて崩れこみはしないかと心配していると、眉がほぐれて、膝の揺らぎもおさまって腰がすっきりと立ち、足を摺るように踏み出して、とろとろと舞い出す。同じところをただ取りとめもなくまわっているのがそのまま、のびやかな弧をくるりくるりと描いているように見えてくる。しあわせな惚けようだ、人の気も知らないで、と息子は寝床の中から呆れて眺めている。ところが、たまたまこちらにまともに向いた顔を見れば、声こそ立てないが、たまらずおかしそうに笑っている。何を言いたいのやら、と覚めて首をかしげさせられた。

まだ寒の内ながら春先を思わせるなまぬるい風の渡る晴れたり曇ったりの午前に、今年中に七十を迎える美里が歯の治療を済ませて表へ出てくると、向かいから同じ年配に見える男が妙に慎重らしい、壊れ物でも運ぶような足取りでやって来たかと思うと、これは何だ、と叫んで両の腕に力瘤を入れて天へ衝きあげ、あまつさえエイエイヤアと気合いをつけ、片足をぐいと踏みこんで、いまにもぎくしゃくと踊り出しそうに見えたところで、眺める美里に気がついて照れて笑い、やんわりと会釈してすれ違った。呆気に取られて振り返ると、いましがた美里の出てきた歯科医へ小走りに駆けこんだ。

病院のもうすぐ目の先に見えるところまで来て歯の激痛におそわれたのだろうと美里は察した。十日ばかり前に、身にも覚えのあることだった。あいにくに土曜日の午後から歯の痛みが始まった。ふた晩どうにかこらえて、月曜日の朝に、神経でも何でも抜いてもらおうと家を出た時にはだいぶ切羽詰まっていて、病院まで歩いて十五分ほどのところをタクシーで飛ばそうとしたが、そんな時に限ってタクシーは通らない。バスの停留所にも立ったが、バスの来るのをじりじりと待つのもよけいに歯の疼きをつのらせそうで、ままよと歩き出すと、冬の陽ざしの中を行くうちに、血の滞りがほぐれたせいか気分が爽快なようになり、これなら急いで飛び出してくることもなかったのだと睡気を覚えながら、角を折れて病院の見えるところまで来て、取って置きの鋭痛に差しこまれた。

悲鳴を洩らしそうになって立ち停まり、竦みこみかけた背を反らして喘ぎこそしたが、腕に力瘤を入れたり足を踏みこんだりはしなかった。そんなことしたらいよいよ、痛みに火がつくのではないか、といまさら他人事ながら心配された。しかし、あの日の自分のよりもはるかに鋭い痛みにおそわれたのだとしたら、力を抜くゆとりもなく、かえって込めるのではないか。目を剝いて息を詰め、歯さえ喰いしばり、天を衝き地を踏みしめるだけでは足らず、人が見ていなかったなら、しばし踊りまわるようにしてしのぐ。じつに、圧倒的な苦痛に見舞われた人間の取り乱しは、上機嫌がきわまって一人はしゃぎまわるのに似てくる。さいわい病院には待つ客もなかったので、今頃は治療の椅子に仰向けに寝て口をひらき、取りあえず痛みを鎮める処置をされるはずだ。激痛の後の、無痛ほどの至福もない。死ぬのも惜しくないほどのものだ。しかし死んでしまえば、その至福も至福と知らなくなる。生きているうちが花とはせいぜいそんなところか、と美里はきりをつけ、角を折れて春めいた陽差しを浴び、さしあたり病院通いの済んだことを喜んだ。

時々の鬱気はしかたないとしても、それに取り憑かれるにまかせるのは禁物だ、と六十代なかばの頃から美里は戒めている。いったんまかせれば、日常のこまごまとした行為にまで及んで際限もなくなる。歯を磨くのも面倒になることがある。きぶっせい、たぶん気ふさぎということなのだろう、そんな古い言葉を、歯を磨くのにそれもないようなものだが、思い出したりする。どうでもよさそうな手順を毎日律儀にも踏んでいる。長年の習いにも時には間違いが紛れこんで、手順の狂うこともある。それはそれで、わざとやったようで、巫山戯《ふざけ》るなと癪の種になりかねない。この日常への鬱気は日々の心の更新がすくなくなったせいだ、と見ている。ただ、そこに忿怒のまじるようなのは頂けない。鬱気をおようにかこちながら、じつは相当の悪相を剝いているのかもしれないのだ。そうでなく転げながら、意外に遠いところまで走る。

それよりもしかし、近頃どうかすると理由《わけ》らしいものもなしに湧いてきかかる上機嫌にしても手もとからとかく、こちらの油断を見すまして、物が落ちる。ポトリと落ちて、笑い用心したほうがいいのではないか、と美里はひるがえって思う。年寄りは上機嫌にしているに越したことはなく、かりにはしゃぎすぎて少々埒を踏みはずし、まわりの顰蹙を買ったとしても、後で二重の鬱気で償えば済むことだが、上機嫌にほのぼのとした酔いのようなものがまじり、後で訝ることもなく、繰り返されるようになると、老耄へ傾いていくしるしではないか。そのまま目出度く惚けてしまえばいいようなものの、そうはいくまい。幼い頃からの美里の記憶には品よく舞い出しても不思議はない翁のように残った祖父も惚けてから、世話こそ焼けなかったが、そこにわななと立ちながら、父親にとって悪夢めいたものになったらしい。亡くなって二十年も経ってから、踊り出したり、舞ったりする。

上機嫌にも忿怒はまじる。踊る祖父の影から寒いような戦慄が父親の肌身に伝わってきたという。はしゃぎおどけながら、眉間に荒い皺を寄せていた。やがてあらたまって舞い出したその顔も、いまさら憮然とした父親の口振りからするに、穏やかにさびた笑みではなく、憫笑か哄笑の気配をふくんでいたらしい。祖父も父も同じほどの年になっていた。――親父はどうも、まだまだ気の強かった頃から、家業を順々に畳むことを、考えていたらしいな。それをわしに伝える前に、惚けてしまったか。しかし、息子がいずれそうせざるを得なくなることを、見通していたような気がしてな。

父親はそう振り返っていた。祖父は六十代のなかばの頃にある晩、お前もどうせ、わしの目が利かなくなったら、放蕩に走ることになるだろうから、とふっと口走って、怪訝そうにしている息子の前でひとりでおかしそうな笑いをふくんで後を継がなかった。四十の手前まで来ていた父親はもとよりそんな了見もなく、そう言う祖父自身が、先代の亡くなった後で、放蕩に走って家産を傾けかけた時期があったという話を思い出したが、それも祖父のまだ三十そこそこの頃のことであり、それにいまどき、よほどの身代でもないかぎり、放蕩などという言葉も死語に聞こえた。しかし亡父の影が、いなくなって十年も二十年もして、皺の中から浮かべかける笑いがあの時のふくみ笑いに似ているように思われて、生前から見通したとおりに、つまりは期待したとおりに、家業の整理に苦心する息子を見て笑うとは、いっそ期待に答えなおしてその放蕩とやらへ走ってやるか、と自分で苦笑させられたという。

七十を過ぎて俄に年の衰えを覚えた父親はさすがに、踊り狂ったその末に静かに舞いながら笑うような亡父の影が老いた息子を、そろそろ呼んでいるのではないか、と考えないでもなかったが、冬の間を弱々と暮らして春になり、気がついてみれば、家業はいよいよ破綻に瀕していた。そのつど緊急の手当てをしなくてはゆるやかな仕舞いにも持ちこめそうもないありさまが続いた。なんだか若返ったようだと人は言う。なかには顔をつくづくと見る者もいる。本人はこれでも以前にくらべれば足腰からしてよたよたしているのを歯がゆく思っているのに、そう人の見るのは、さては冬の間よっぽどの、もう長くはないというような衰えぶりだったのだろうと悟らされたが、亡父のようには、惚けそこねた、と残念なような気もした。

亡父の影も、踊ったり舞ったりも、さっぱり見えなくなった。そのかわりに、自分のやって来た、いまもやっていることはすべて亡父の、生前には口にしなかったが、惚けてから、死んでから、くりかえし無言の内に伝える指図に従っているだけのことだ、と思うようになった。ことさらに親を有難がるのでもない。よその家の内情を聞いてさもあらんと勝手にうなずくようなものだ。踊りや舞いを何もよそに見ることはない。あやしいのは自分のほうだ。あたふたと立ちまわる自分の足腰や手の振りこそ大まじめでも頓狂な踊りにひとりでに似てくる。ひと息ついて腰を伸ばし、この年で何を欲にかかってやっているんだ、と自分の熱心を袖にして、よろけかかる足をそろそろと踏み出して、腰が定まり背も伸び、身も心もしじまるような形《なり》になるその一方で、何もかもじつはとうに済んでいるのが可笑しくて、笑いをこらえながら憫れむ、とろとろとした舞いの、影が乗り移ってくる。

長男が五十にかかり、知らぬ土地への転勤を嫌らって、みずから望んで郷里の街へ赴任させてもらったそうで、成人した子供たちは都会のアパートに住まわせて夫婦ふたりで、親と同居するとは口の端にも出さなかったが、近頃この街にも建ちはじめたマンションとやらに移ってきてから、思いのほかまめなところを見せて、ちょくちょくと足を運んでくるようになった。商売の相談にも乗ってくれて、さすがに今の世の中で実務を積んだだけのことはあり、まず目端の利いた助言で、頭もまわれば思いきりもよく、この子はひょっとして俺よりも、死んだ親父の器《うつわ》を受けているのではないか、とあらためて顔を見ることもあったが、しかしよくよく聞けば、どれも家業をあらためて興こすという方向の助言になり、手前は後を嗣ぐつもりはないくせに、と首をかしげさせられた。それでも、諄々と説くような息子の話を聞くうちに、自分が親父の死んでから二十何年もかけて、いまもって孜々と進めることが、世間からすれば、同じ孜々でも、まるで逆のことになる、とそれなりの得心が行って、有難いと言えば有難かった。

お前のことは論外だが、とついでに次男に向かって言わんばかりの顔を父親はした。それでいて長男には、祖父のことはほとんど話さなかったらしい。惚けた祖父についての記憶が、わずかな年の差で兄には遺っていたので、その話にはかえって触れにくかったのだろう。

最期の最期まですこしも変わらない人だった、と母親は繰り返して言った。父親が倒れてからひと月あまりの入院の間、美里は急変を報らされるたびに四時間もかけて駆けつけては、そのたびに父親の面変わりに驚かされたものだが、後になり母親にそう言われれば、ずっと一緒に暮らす者の目にはそうなのだろうな、と思って黙ってうなずいていた。ある夜はまた駆けつけた美里が今日明日の心配は越したと言われて病院の消灯時刻まで母親と病室で過ごし、一緒に家に帰って遅い夕飯をしたため、床に就いてひと寝入りした頃、母親が枕もとに来て、着換えを済ましていて、お父さんが呼んでいるのでこれから病院に行くと言って、ひとりでも出かけそうにする。しかたなしに美里は母親について家を出て、大通りから車を拾って病院まで走り、救急口から深夜の病棟にあがって看護婦に事情を耳打ちすると、看護婦は母親のほうをちらりと見てすぐに呑みこんで、薄暗くした病室をのぞかせてくれた。細い枕灯の影の中に浮かんだ父親の顔は、美里にはもうこの世のものとも思われなかったが、母親は安堵の息をついて、いつもの寝顔とすこしも変わらない、と老女があどけないような顔で眺めていた。

しかし毎日のように仕事がひけると歩いてでも行けるので病院に通っていた兄までが、静かなものだった、声は掠れてよくも出なくなっていたが、おかしなことは一切口走らなかった、と後にまで言う。あんなふうにも死ねるものなのだ、と今になり亡父に一目も二目も置いた口振りになった。ひとりで病室に詰めている美里には、父親は目覚めかけるたびに、話しかけるようだった。声が細くこもってほとんど聞き取れなかったが、仔細らしい口調は伝わった。祖父の話をしているように聞こえることもあり、やつれはてた顔に苦笑らしいものが影ほどに浮かぶので、美里は達者な頃の父親の話相手のつもりで、あて推量にうなずいているうちに、知らぬ名前や苗字が出てきて、父親の顔も見知らぬようになり、これはもっと昔の人のことを話しているらしく思われた。声がかすかなので聞き取れなかったのではなくて、こちらの耳が塞がっていたのではないか、と父親の亡くなった後からうしろめたいようになることもあった。さらに後になり、ひょっとすると、まめに通う兄よりも、たまにしかあらわれぬ弟のほうが、父親の目には、昔の人に映ったのではないか、とふと思って自分で驚いた。

母親ひとりとなった家に兄夫婦が移ってきた。嫁姑の間のことを美里が心配すると、それが変に相性なんだ、と兄は浮かぬ顔をする。半日もふたりで話しこんでいることもある、どうせ家の男どもの棚おろしなのだろう、それなら話の種は尽きないわけだ、と笑っていた。都会で暮らす息子たちも夏の盆過ぎなど半端な時期にたずねてきて、住んだこともない古ぼけた家であんがい居心地よさそうにごろごろして行く。ある日は土間から玄関へ抜ける時に、家の中からフラットで外へ出られるんだな、とひとりで感心している。それを親は居間から耳にして、あの子も産まれ落ちてからマンション住まいだった、といまさら思った。

父親の一周忌から三回忌までの一年ばかりの間に、地元に居ついた父方の叔父がふたり、半年足らずの間を置いて相継いで亡くなった。どちらも高齢のことで、お前はいいだろうと美里は電話で兄に言われて、手紙と霊前で済ました。父親の三回忌のついでに両家の仏前に参って帰ってきたその美里に、別に不思議がることもないのだが、と言いながら兄が不思議そうに話したことがあった。あそこのことだ、と兄に道をたどり説明されて、どこのことだか美里にはすぐにわかった。家の前から続く小路がだいぶ先のほうで幾度か鉤の手に折れた末にまたさしかかる、三辻とも四辻ともつかぬ、昔の疎水の小橋の上でもあるような、小広い角のところになる。日曜日の昼飯の前に兄は散歩に出かけ、そのあたりまで来てそろそろ引き返そうかと思っていると、この土地のこの季節柄、朝から低く垂れていた空の、天頂あたりでわずかに割れた雲から陽が洩れて、その陽の脚のちょうど降りたような辻に、上の叔父が額に手を翳して、いかにも上機嫌そうに立っている。近寄って声をかけると、なまじちょっとの間だけ天井があくので後がつらいばかりだと若い頃には腹も立ったが、いやあ、ありがたいものだ、何もかもめでたくなった心地だ、と取りとめなく笑い出す。ほんのしばらく立ち話をするうちにも雲間が塞がって前よりも暗くなり、ぱちぱちと霰《あられ》が路上に弾け出した時にも、それ、おいでなすった、と手放しにいつまでも笑っていた。ひと月ほどして急な報らせを受けた時、辻の陽差しの中に立ってはしゃぐようにしていたその姿が思わず浮かんだ。これはこれだけのことだった。

ところが北国の遅い春の萌す頃に、穏やかな高曇りの日だったが、おなじ辻のおなじような時刻に下の叔父が立っていて、いきなり小手を振っていまにも踊り出しそうに、兄の目には映った。驚いて寄ってたずねれば、こちらを見もせずに、失せ物だと唸って、外套から上着からズボンまで、ポケットというポケットをやっきになって探りまくる。年寄りの腕の動きは滑らかならず、手先を使っていても肘が張って、振りが大げさのようになり、振られて腰も揺らぐので、一瞬頓狂な動作に映ったのか、と兄はそれなりに合点が行き安心もしたが、しかしこの切羽詰まった顔が、どうして踊り出すように見えたのか、とまた我が目を疑った。何が失せたのか、財布か印鑑か、物によっては自分がひとっ走りしなくてはならない、と兄は気がかりでも年寄りのあまりにも真剣な様子にたずねそびれるうちに、叔父は足もとに置いた小さな手提鞄の上へ屈んで、たいして物も入っていない鞄の中を、捏ねまわすようにして探す。やがてあきらめて腰を伸ばし、前のすっかり開いてしまった外套の両のポケットにぐったりと手を突っこんで、途方に暮れた、涙でも浮かべそうな顔をしていたかと思うと、あったと叫んで、つかみ出したのが使い捨てのライターだった。

いまさっきそこの角で吸ったばかりだ、どこに失せる閑もない、莫迦な話だ、と言い放って苦笑も見せない。しかし百年も昔の辻のことだったようにも、思われるな、とそれから妙なことをひとりでつぶやいて鞄を拾いあげ、ついとそばを離れて、兄の来た方へ歩き出し、行くにつれて足取りがまっすぐになり、あぶなっかしかった腰も定まり、なにか静々と遠ざかった。

兄がひとまわりして家に帰ると、いましがた叔父さんが、兄さんいるか、とたずねてきた、と嫂が伝える。兄さんとは、兄は若い頃から叔父たちにもそう呼ばれていた。いま散歩に出ていると答えると、そうか、それなら近いうちにまた寄る、と言って大通りのほうへ行った。相変わらず達者な様子だったという。亡くなるふた月ほど前のことになる。後からの思いなしもあるのだろうが、年寄りの振舞いは、ことさら目についた時にはすべて、予兆なのかもしれんな、と兄は話を切りあげた。

親の家の納戸《なんど》の、雑多に物の押しこまれたその隅の壁に、美里の喪服が吊りさがっている。初めて父親の急を報された時に、その用意もして来たほうがいいな、まさか親父のを借りるわけにいかんだろうから、と電話で兄にささやかれて、二着あるうちの古ぼったいほうを手に提げて運んで来たものだが、そのつど持ち帰るのも面倒で、ずるずると預け放しにするうちに、母親の時にも間に合うことになった。その母親の一周忌の法要の後で兄が親の家を畳む腹づもりでいることを打明けて、おふくろがいなくなってみると、この家も辛気臭くてな、と美里にはこれはこれでいまさらまた意外なことを言い出すので、さすがにこの機に喪服を持って帰ることになり、車中扱いにくい荷物に、何年ぶりの御帰館だ、預かったままにした兄も兄で、お互いに自身が年寄りになっていくのを知らぬみたいではないか、としきりに呆れながら、家に着くとどこぞへ押しこんだきり、その後も幾人か、知人が亡くなっているがそちらを着こんで行くこともなく、そんなもののあることすら忘れかけていた。

しかし近頃、親の家はとうに取り壊されてそこだけ歯の抜けたような駐車場になり、昔のままに軒をつらねるその界隈では重宝がられているそうだが、小路に沿って雨の音の走るように聞こえる夜には、暗い納戸の隅にまだ吊りさがっている喪服を、あれも放っておけばひとりでにはしゃいで、やがて神妙らしく舞い出しはしないか、と美里は寝床の中から思うことがある。

枯木の林

二月も末にかかり、また一段と寒い日はありながら、追って春めいてきた。夜の明け放たれる頃に寝覚めしてテラスに立つと、まだ晴れとも曇りともつかず、鴉ばかりの叫ぶ薄明りに、あちこちから順々に、細い瀬の音のような、鳥のしきりに囀る声が聞こえて、たわいもなく眠ったはずなのに、また長い夜をしのいだ心地にさせられる。やがて朝日の差すにつれて、つい十日ほど前には降りしきる雪の中で竦んだなりに天を衝いていた枯木が今になり、苦悶のなごりの恍惚のように、幹から大枝までなまなましく身をくねらせる。昼間は何をしていてもうっすらと睡気につきまとわれ、日の暮れに落日を背にして歩いていると、足もとから影がまっすぐに、暖いように伸びる。日の沈むにつれてどこまでも伸び、思わぬところに立ちあがった古屋敷の内へ、後姿となって入っていく。置かれた心であたりを見まわせば、淡い残照が空を渡り、物陰から黄昏が始まっている。

風の音を聞きながら眠る。風の吹く夜にだけは死にたくない、と言った人がある。さも嫌そうな顔をしておきながら、いや、風の夜のほうが、いっそ往きやすいか、とまた言う。肉親が息をひきとった後で、気がついたら、表は風になっていた、と振り返る人もすくなくはない。夜明けの潮時と言われるが、低気圧の通る時にもとかく人は亡くなるようだ。とうに風が吹いているのに、看取る者の耳には聞こえない。

風の走る夜には寝床で神妙なような仰臥をまもって眠りを待つ。昔の木造家屋なら、風の刻々と吹きつのる夜には更け方から、人の口数はすくなくなった。風は天井裏にまで吹きこむ。床下を吹き抜ける。ときおり、家全体をつつみこんで、あおりあげ、運びそうになる。梁が軋む。その中で物を言いかけても、言ったところから徒労に感じられ、半端に口をつぐむ。半端ながらおのずと何かをいましめる口調になったのを、お互いに気がつかぬふりをしている。そのうちに、夜っぴいて顔を合わせていたそうにしていたのがひとりひとり背をまるめて立ちあがり、いやに風の走る夜だなどといまさらつぶやきながら、まだ踏んぎりのつかぬ様子で、のろのろと寝床へひきあげていく。

あれにくらべれば表からよほど閉ざされた今の住居では、宵の内から風が出ていても、寝床に入って灯も消して眠りを待つばかりになってようやく、風の音が耳についてくる。夜は表の物音から更けていくものなのに、人工の音は更けることを知らないので、人の心身のうちでも夜が更けにくい。人の話す声にも夜が更けない。心身の更けぬままに、時間が来れば、寝床に入る。

風の吹く日には気持が落着く男がいる、という話をどこかで聞いて、どんな感性の、どんな来歴の人物かと訝った。おそらく現在の居所にたどりつくまでかなりの曲折のあった人ではあろうなと見た。なまじ静かな日には、自分がいまここにいるということが悪い夢のように感じられることはあっても、風の騒いで走りまわる中では、藪も林もなどと言われるが、どこもかしこもひとしなみになり、いま居るところにこだわる所謂《いわれ》も失せて、居ながらに時が八方へ散り、あとは野となれ山となれの、放擲の寒さは自足へ通じるか。

子供の頃には雨戸を揺すって過ぎる風の音へ耳をやっていると、吹かれるにつれて表が見も知らぬ所へ変わっていくように思われることがあった。わずか十年ばかり前に昔の在所に造成された新開地に生まれた子の、生まれる前のことは何も知らないながらに、感じるところはあたっていたことになるか。風の中で土地は昔に還るようだ。風の走るところ淀むところ、唸るところざわめくところで、音からして地形の、均らされたはずの起伏があらわれる。昔の人の畏れて祀った所も、風がゆるい渦を巻いて地へ吸いこまれるような、細い笛の音色の立つあたりに、聞き取れそうな気がする。

風の合間に家の外を通り抜ける足音が聞こえる。風に折れて浮いた小枝がわずかな吹き返しを追って落ちる音だったのだろう。耳をそば立てるうち、また風が寄せて、すべての気配を呑みこんでしまう。その吹き際に、思いあまってつぶやく声を子供は耳にした。

その翌日、風もおさまって穏やかな春の陽ざしの中で、昨夜表で人の足音がしていたと子供が話すと、それは、風の吹く夜には見知らぬ人が表を歩きまわるものさ、と大人はからかっておいて、子供の怯えかけた顔を見て、だけど、怖がってはいけないのだ、あわれと思ってやらなくては、とたしなめる。まわりまわって我身の為なんだから、とそんなことを言った。

遠い雲から雨が吹き流れてきてぱらぱらと走ったのだろう、とやがて取りなした。

ぬるみかけた天気が立春を過ぎてからまた寒くなり、その日もどんよりと冷えて、日の暮れから北の風が吹き出し、夜半には雨の音を窓に聞いた。霙のような硬い音ながら、年末からひさしぶりの降りなので、地面の濡れていくにおいが春先を思わせる。その雨の落ち出すだいぶ前から、女は窓の表を行きつ戻りつするような足音を耳にしていた。

半端な三階建ての、マンションと名はつくけれど、細長い地所へ縦にはめこまれた、アパートと女は娘が独立して家を出て行ったのでひとり暮らしになってからは自分でそう呼んで気楽に思っている。その二階の角部屋になり、東と西のほかに北側にもあいた窓の下を、駅前へ抜ける路が通る。夜が更けても表の足音は絶えきりならず、寝仕度にかかる頃には間遠になるその分だけ耳につきやすい。ことに冷えこむ夜には往く人の背恰好が浮びそうなまでになるが、駅からもどる人もあれば駅のほうへ急ぐ人もあり、同じ足音の行きつ戻りつであるわけはない。どういう耳の加減かと不思議がるうちに、雨が降り出した。雨脚はすぐに繁くなって路の遠くまでがさざめきにつつまれ、お天気の変わり目には人の足音はどれも同じようになるものかしら、と女は重くなりかけた腰をあげて寝床に入ったが、眠るばかりになってもひとりでに耳を澄ましていて、ふっとまた足音が窓の下へかかって立ちどまったように聞いたそのはずみに九年前の、夫と別れて中学生の娘とここに移ってきたばかりの頃に、夜な夜なこうして、寝床から窓の下の人の足音へ耳をやっていたことを思い出した。

窓の下を往き来する見も知らぬ人の足音に睡気の中を通り抜けられながら眠ったものだった。昼間は外で仕事に追われて今日も明日もないように暮らしていても、夜にはこうして、日が一日ずつ積まれていく、と眠り際には満足を覚えていた。四十を過ぎていた。別れると決まった頃に、三年ほど前にだいぶ手間取った末に離婚に漕ぎつけた女友達が、顔を見ればいい加減なことではないわね、でも、どんなに嫌で別れても、別れてどんなにほっとしても、半年ばかりは、からだがきつくてしかたないものよとおしえておいて、誤解はないと思うけれど、肌さびしいなんてこととはまるで違うんだから、手洗いにしょっちゅう通ったりして、色気も何もありやしない、と追っつけた。聞いて女はそうなんだろうなと思った。妊娠したとわかって仕事をやめて同棲に踏みきってから十五年、生活の習慣はなまじ考えるところよりも深く、からだの奥にまで染みこむものなのだろう。二年前に娘が中学生になったのを潮に、ちょうど世間がいよいよ不況に落ちこんで夫が自分もいつ整理されるかわからないと不安がりながらうわずったふうになり、希望退職に応じてしまいかねないところが見えたので、昔の縁をたよってまた仕事に出るようになるまで、すっかり家の内の女だった。

夫によそに女ができて、じつは妊娠していると助けでも求める目で打明けられたのが始まりで、それまでに自分から別れることを思ったことはなかった。それなのに、別れることに心を固めるまでに、娘のことはあれこれ考えさせられたが、自身にはそれほどの動揺もなかった。ときおり、ひとりで冴々と静まり返っていることがあった。何を恨んでいるともつかずにいるうちに、自分にとって今では立場が逆になってしまったけれど、十五年前の同棲の始まりを思っていた。聞くほどにそっくりな経緯を、夫はいま別の女とたどっていた。あちらの女にどう接しているか、その顔つきから物言いと物腰まで、ほかにありようもなく、目に浮かんだ。あまりのことに嫉妬にもならない。嫉妬の底も抜けてしまって、二度あることは三度と笑いもしたけれど、前の女性も今の女性も我身の内にふくめて、同じことの反復そのものへ、やはり恨みだった。その間の年月はどうなってしまうのだろう、と恨みがふくらみかけては、娘のことを思って押し留めた。

二人の女の間の板挟みに悩むようなことを訴える夫は、十五年昔には子供もある以前の女性のことをろくに考えていなかったように、目の前にいる女をすでに以前の女と見ているようだった。そのどこか浮いた顔が十も若返ったようでいて、どうかすると一度に老けこんで、五十にはまだ間があるのに、たわいもなくはしゃぐ年寄りにも見えた。女は鏡をまともにはのぞきこまなくなった。老けこんでいるだろうことにはすこしもかまわなかったが、空白となった年月が悪い面相となってあらわれていはしないかとおそれた。そのうちに、感情をあらわさずにいた娘が自分なりに先のことも考えたらしく、別れてしまいなさいよ、あれは駄目よ、と見かねたように言ってのけた。離婚と決まると、それまではこれを機に会社も辞めて生き方を一新するようなことを口にしていた夫は、これで辞められなくなった、と平気で言った。

女友達の忠告はあたっていると言えばあたっていた。なるほど、からだはつらかった。ただ、想像したのとは違っていた。子供の頃に向脛《むこうずね》を物に打ちつけた後で、息も詰まる痛さがゆっくりと引いていく時の、かえってやるせない感覚に似ていた。そのつらさが一日中、仕事をしている間もうっすらとつきまとい、しゃがみこんでしまいたくなりそうな時もあり、家にもどって夜が更けるにつれて、ようやくほのぼのと、血のめぐる感覚に落着く。寝床に就くばかりになって、手から腕のほうを眺めると、実際に血の気がほんのり差している。

窓の下の人の足音に睡気の中を通り抜けられる間にも、血のさわさわとめぐるのを感じていて、これは自分の内で年月が淀みなく流れはじめたしるしかしら、それなら年を取っていくのはすこしも苦しくない、と思ったりした。隣の部屋では自分から方針を定めて受験の準備にかかった娘が、起きているのか寝ているのか、ひっそりともしない。要求がましいことは言わないかわりに、家の内で日々に存在感を増していく。朝起きて来て母親の顔を見て、元気になったようねと言うので、そんなに落ちこんでいたとたずねると、いえ、ぜんぜん、と答える。あの子が生まれるまで、自分はどんなつもりで暮らしていたのだろう、と女は寝床の中から振り返って驚くことがあった。人よりは重い性格のつもりでも、何も考えていなかった。まだ三十まで何年かある若さだったということもあるけれど、物をまともに考えるには足もとが、底の抜けたような時代に入っていた。世間は未曾有の景気と言われ、余った金が土地などの投機に走り、その余沢からはずれたところにいたはずの自身も、後から思えば信じられないような額の賞与を手にすることがあった。まして有卦《うけ》に入った会社に勤めて三十代のなかばにかかっていた夫は、当時の自分から見ても、罰あたりの年収を取っていた。

罰あたりという感覚はまだ身についてのこっていたのだ。世の中の豊かになっていくその谷間にはまったような家に育って、両親には早くに死に別れ、兄姉たちも散り散りになった境遇だけに、二十代のなかばにかかるまでは、周囲で浮き立つような人間を、上目づかいはしなかったけれど、額へ髪の垂れかかる感じからすると、物陰からのぞくようにしていた。その眼のなごりか、景気にあおられて仕事にも遊びにも忙しがる周囲の言動の端々から洩れる、投げやりのけだるさも見えていた。嫌悪さえ覚えていた。それなのに、その雰囲気の中からあらわれた、浮き立ったことでも、けだるさのまつわりつくことでも、その見本のような男を、どうして受け容れることになったのか。男女のことは盲目など言われるけれど、そんな色恋のことでもなく、人のからだはいつか時代の雰囲気に染まってすっかり変わってしまうものらしい。自分の生い立ちのことも思わなくなった。

　陣痛の寄せきりになった時に、罰という言葉が頭を横切った。産みの苦しみの中では女はそれまでにどんな経緯があっても、罪悪感だけは覚えないものだわ、と年長の知人がよほどの事のあった末の出産であったらしく振り返っていた。その声が耳もとに暗く迫った。夫が初めて赤子を見た時にたじろいだ顔をしたのは目に留まった。子の母親の手前もはばからないあらわさだった。また女か、とつぶやいたのも聞こえた。それでも聞き流して、あまりむずかしい気持にもならなかったところを見れば、子を産むまでのどこかで、夫への感情はよほどさめていたものらしい。

　それからまた勤めに出るまででも十三年、殊勝らしく言えば、子を育てることに専念した。子が年々育って行くことよりほかに、年月の経ちようもなかった。子のずんずんと成長する姿に、驚歎を覚えることがあり、毎日あきるほど見て暮らしているのに、と首をかしげさせられた。時にはまた、すこしでも早く成長してほしいというような、親のもどかしさを越して、あせりへ通じそうなものが動いて、それでは親が早く年を取るばかりじゃないの、と自分で呆れた。夫は幼い子をむやみに可愛がりはするけれど、見ていれば型どおりで、子にまつわりつかれるにつれて苦しそうな様子になった。休日に父子二人だけで散歩に行かせると、父親は疲れた顔をしてもどる。子も聞かれれば、楽しかったと答えて、どこか浮かぬ顔をしている。父親がひとりで先にはしゃいで、子が遅れてとまどいながらそれに答えるという場面を、幾度も目にしていた。小学校の高学年にかかる頃には、娘は父親の傍にあまり寄らなくなった。露骨に避けているかたちにならないようにしているのも見えた。

その頃には世の中の景気もとうに崩れて、夫の収入もだいぶしぼんで、先々のことを考えてきりつめた家計になっていた。どんな先のことを考えていたのだろうか、と後になって思ったものだ。会社を辞めることにした、と夫は年に一度は言い出す。娘の三つ四つの頃から幾度くりかえされたことか。なにか先のひらけた商売を思いつくらしく、このまま停年まで勤めても手にするものはたかが知れているなどと言って、一緒に乗り出す仲間もいるようで、明日にでも準備にかかるような仔細らしい顔をしていたのが、やがて仲間のことをあれこれのしるようになり、そのうちにいっさい口にしなくなる。その黙んまりの時期に、家に居ればどこか半端な、貧乏ゆすりでもしそうな恰好で坐りこんでいたのが、夜中にもう眠っている妻の寝床にくる。声もかけずに呻くような息をもらして押し入ってくるので、外で人にひややかにされるそのかわりに家で求めるのだろう、とされるにまかせていると、よけいにせかせかと抱くからだから、妙なにおいが滴るようになる。自分も女のことだから、よそのなごりかと疑ったことはある。しかし同棲に入る前からの、覚えがだんだんに返って、怯えのにおいだったと気がついた。なにかむずかしいことに追いつめられるたびに、そうなった。世間への怯えを女の内へそそごうとしている。娘の中学生となったのを機にまた勤めに出ることになったのは、先々の家計が心配になってきたためと思っていたけれど、そうだったのだろうか。買い物の往き復りに、娘の手を引いていた頃のことをもう遠くなったなと思っていると、公園のベンチに真っ昼間から、停年までにはまだまだ間のありそうな男たちが、所在なさそうに坐りこんだり、寝そべってしまったりする姿を、目にとめることが年々多くなった。それでも、夫は口では自棄《やけ》みたいなことを言うけれど大樹の蔭を離れられない人だとは、見抜いていたようだ。どうでも生きられるようなことを口走る夫がまた黙んまりに沈みこむ時の、いよいよ濃くなるような、例のにおいをからだに受けることに堪えられなくなっていた。女性のことを打明けられた時には、会社もきっぱりと辞めて生き方をすっかり改めるつもりだと言う夫の妙に若やいだ顔を見て、とっさに逃げたいという思いがついたものだ。

こうして窓の下の人の足音に通り抜けられるにまかせて睡気につつまれているところでは、夫婦別れをして居も移して、とりわけ喜びもないけれど、血のめぐりとともに、気はのびているらしい。年月もここに来て、まだ硬くても、ようやくのびはじめているようだった。

窓の下を通り過ぎる足音を耳で追っていることもあった。ずいぶん遠くまでたどれて、それからふっと消える時に、その静まりの中に大勢の人の往きかうような、さざめきが湧く。足音はある境から遠ざかると、歩く人からも離れて、死者たちのひそかな往来を伝えてよこすのではないか、とそんなことも考えた。死んだ親たちの影は、二十歳をよほど過ぎるまで、心身にまつわりついていた。女と男の違いは、亡くなった身内の影が、からだにのこりやすいかどうかにあるのだ、とその頃には思うこともあった。男とどうこうなるなどということは考えられもしなかった。それなのにどういう縁だか初めて深い関係になった相手の男は近い身内を亡くしたこともない青年で、それだけにか、それでもか、こちらのからだの暗さを感じ取って、ぎりぎりまでいとおしんでくれたけれど、一年ほどもするとじわじわとやつれが目について、それでも踏ん切れずにいるのを受けるほうも堪えられなくなり、別れるように女のほうからしむけることになった。その痛手をどうにかしのいだ頃に、これだけ苦しめば親たちの跡には十分につくしたと割り切った。それを境に、すべてが楽になったとまでは言えないけれど、たよりないほどに軽くなった。年月に後へ引かれなくなると、事は繁くても、前へすすまなくなるものらしい。それにくらべて、窓の下を往く見も知らない人の足音は、寝ながら聞いていても、年月を先へ引いていくようだった。

遠くから風の渡るような、かすかな潮騒にも似た、低いうちにも甲高さをふくむ音の寄せてくることがあり、そのおとずれに深い覚えのある気がして耳をやるうちに、地震らしく、背中をあおって走り抜ける。あれは地鳴りだったのかしら、ここのところ毎夜のように来るようだけれど、と怪しみながら、全身にまたさわさわと、血行のほぐれるのを感じた。気がつけば故人たちのことを、何のこわばりもなしに思っている。地震のことは朝になって娘に聞いても知らない。地震のあったようなことを言う人もない。ああして、睡気の中を物に通られて、夜々、安堵があった。

あれからまた九年も経って、隣の部屋に娘もいなくなり、寝しなに窓の外へ耳をやることもまれになったけれど、年が過ぎていくことには、それにつれて自分がふけていくことは鏡を見なくても隠れようもないのに、やすらぎらしいものをひきつづき覚えている。母親の亡くなった年に早くなってしまえばよい、ともどかしいようになることさえある。自分が年を取っていくということが亡くなった人へ供養になるというような感じ方は、あるものかしら、などと考えたりした。死者たちとようやくなごんで、閉じきりだった仏壇の扉を開くようになったという話を聞いたが、ここは仏壇もなく位牌もなく、写真を飾ることもやめにした。かわりに、何もないところに野の花と水を供えた。手を合わせもしなかったが、その前に坐っていると、お互いに無縁の心がした。年々遠くなり、つれてこわばりのこりのほぐれていくことが、かえって供養のように思われた。それなりにどこかで近づいているようでもある。

あなたは年がわからない、と男たちは言う。近づこうとする時の決まり文句だった。別れた夫もまだ二十代の自分にそう言ったものだ。年にしては人よりもふけた、ふけたなりに人よりもおさないところがあの頃にはあったようだ。今ではいよいよふけていくことを気楽に思いながら、どこかでまだ病後の年月をひっそり数えるような、そのためにかえってふけきらないところがあるようで、人の眼には醜く映るはずなのに、男たちの気迷いをいっとき惹くらしい。返答に困った顔をして、今でも夜の寝しなに、なにか遠くの音に感じては、すっかりふけた寝顔を思いながら眠ることのあるようなのを、自足の近づいているしるしなのかしらと思ううちに、そんな皺ばんだ顔がおのずとあらわれるものか、相手はひきさがる。

夜道ではずす間合いを失ったばかりに寄り添われたこともあって、このままされるにまかせたらどんな時間の中へ入ってしまうのだろう、と思ったそのとたんに、覚えのある、怯えのにおいが男のからだから滴ってきて、ついと一歩横へそれるだけで済んだ。赤味をふくんだ雲の垂れるむしあつい夜に、あの時も、遠くに地鳴りのような音を聞いた。家にもどり水を丁寧に使って寝床にやすんで、音のなごりを追って耳をやるうちに、思い出すことがあった。四十もなかばになってようやくまともに思い出した。それからも、地鳴りのけはいの寄せてくるたびに、思うようになった。老女の顔を鏡の内に見たことがあったのだ。二十五の年のことだった。

夜の白みはじめる頃に手洗いに立ったついでに、あかりもつけずにふっとのぞきこんだ鏡の内から、頬は削げ、鼻も頤も尖って、目の光も失せかけた顔が、いまにも口をわなわなとふるわせそうにして、こちらを見ていた。それでいてほのかな笑みを浮かべそうなその顔の底から、こちらが見つめるにつれ、暗い額の翳から上目づかいにのぞく少女の顔が押し分けてあらわれ、その目の、自分の命も惜しまない、人にも容赦しない強さに腰もひけそうになりながら、これは、この面相はどちらも、いましがたまで男に抱かれていた間、自分で宙へ交互に浮かべていたのと同じだと知った。

初めての男との関係がだいぶ苦しくなりながらまだ続いていた。その夜も男は女の部屋に来ていて、夜明けのほうへ近い時刻にどちらからともなく寝覚めてやがて抱きあううちに、あの時も遠くから地鳴りのけはいが寄せて背中を揺すって抜けたように女が感じて身をすくめたそのとたんに、男のからだが変わった。それにこたえて女のからだも変わって、お互いに見知らぬ者になった。今から思っても、あれは若い男女のまじわりではもうなかった。二人とも年の境にまもられず底知れぬようなところまで行っていた。

鏡の内の顔の落着くのを待って部屋にもどると、明けてきた部屋の中でぐったりと寝ている男の、髪が一度に白く見えた。光のせいにしても、柔らかだった髪が粗くそそけだっている。床に入る女を迎えて、もう逃げない、と精根尽きた声で言う。女はそばに片肘をついて、もう片腕で男の頭を巻いて、いいから、これっきり逃げて、もうこの先はないのよ、と初めて別れを切り出すと涙がこぼれて、始発電車の音が聞こえてくるまで、男の髪を濡らしていた。あの姿も若い娘のただ可憐さとも見えない。今の自分よりも、年上のようにさえ思われた。

五十を過ぎて振り返れば、人はどうあれ、自分みたいな女は初めての男との関係の中で、もしかするとあの一夜の、夜明けに近かったまじわりの内に、すべてが煮詰まって、若いながらに男女の年月を尽してしまったらしい。そうつぶやいて睡気の差してくるのにまかせかけると、窓の下へ引き返すような足音が耳について、あの男が思いあまって後をつけてきたのではないかと身がまえてから、あれこそ昔のことになると呆れた。そのついでのように、あの人は無事に暮らしているかしら、と初めての男のことをたずねた。今までひそかに思うのもはばかっていたらしい。あの夜のことで妊娠していないことを確めてから、きっぱりと別れて後は消息もたずねなかった。月のしるしを見た時に、安堵すると同時に、無念に似た心でしばらく静まり返ったものだ。娘を妊娠した時には、父親というものがあるのに、どこか凄いように腹の据わった自分を、自分でまたそらおそろしいように見ることがあった。

娘はまっすぐに育った。まっすぐにというのはほかのことでもなく、首をすっきりと立ててまともに前を見るその姿勢のことだった。母親も子供の頃から姿勢のよい子だとまわりから言われたが、それがけっしてほめるのでなくて、かわいげもないという眉ひそめのまじるのを、早くから感じ取っていた。背は負けまいとまっすぐに伸ばしていても、額の翳からのぞくような目つきは、人にも見えたらしい。どんなふうに育ってもよいから、そこだけは母親に似ないでほしいと娘のまだ幼い頃から見まもるようにして、成長するにつれてもそれらしいもののあらわれないことに、胸をなでおろしていた。父親は娘の幼い頃には自分に似ていると喜んでいたが、娘の長ずるにつれて、あの子はどうも自分に懐つかないとこぼすようになった。年々俺の子とも見えなくなってくる、とそんなことまで口にした。男親の顔立ちが出ていないわけはない。父親似、とも言えた。それでも夫が無神経なことを口走るそのたびに、娘の表情のちょっとした変わり目に男親の顔があらわれてもよさそうなものなのに見えないのは、親子の似ているいないは顔立ちよりも表情のことかしら、とかねがね不思議がっていたことをまた怪しんで、出生のことではやましいところもないのに、心の鬼というような引け目を、夫よりも娘にたいして覚えた。娘にかかる心の負担のことを思わされたが、いずれ年が積もれば男親の表情もあらわれてくることだろうから、このまままっすぐに行けば、それに折り合ってくれるだろう、とそれも年月にまかせることにした。

別れることへ踏み切る間際にはさすがに、娘の顔つきをついうかがいそうになる自分をいましめなくてはならなかった。母子の家の娘にしてしまうことへの迷いはどうにか過ぎていた。別れてしまいなさいよ、と娘もとうに言っていた。あっさりと突き放すように言いながら、母親の手をちょっと取って行った。そのことよりも、母親の因果が娘にあらわれていはしないかというような、おそれからだった。しかし娘は母親にも似ていなかった。自分の気持を言い立てず、親のことには踏みこまず、自分のことは自分でさっさと始末するのは母親の娘の頃と一緒でも、頭《かしら》はまっすぐに立って、からだからして、拒絶のこわばりは見えない。食事もゆったりと取っている。娘の頃の母親は食事の時にも窮屈な姿勢を崩さず、どこに居ようと、周囲にすこしでも触れられまいと張りつめた態度を取っていたそのかわりにときおり、手足もちぎってしまいたくなるようなだるさに取りつかれて、人目から隠れた小部屋にこもって、臥《ふ》すともつかない半端な恰好でいつまでもぐったりしていたものだ。娘の立居からはそんなけだるさも伝わって来ない。女になりかけているのはわかった。からだの成長は人並みでも、女になっていく意識の早いことは、同じだった母親の少女の頃に照らして見えた。ただ、母親にとってはその意識が自分のからだにたいする嫌悪か、ときには憎悪にまでなったのにひきかえて、娘はその意識をうっとうしがる様子もなく、頭をすっきりと立てたまま、物腰につきまとわせている。

娘と二人きりの暮らしになってからも、娘の成長していくにつれて、母娘の間でも女どうしの張りあいになりはしないかと初めのうちはおそれてもいたがそれらしいこともなくて、母親の気持は年を追って楽になった。娘は父親のことを口にしなかった。その徹底した沈黙はすべてにおよぶはずだった。口数はすくなかった。表の人とも、感情がからむまでにならないように、距離を置いている様子だった。それでいて、表情のとぼしいということもない。まわりとのつきあいは、自身のゆとりを見ながら、こなしているらしい。困った友だちの世話をあれこれ見ることもあった。身上の相談を受けることもあり、答えようがなくても、相手の気の済むまで聞いていると言って、自分ならすぐに冷くなるのにと母親を感心させるその一方で、これは自分の娘の頃よりもはるかに深い拒絶なのではないか、としばらく考えこまされた。進学も費用のかからないほうを自分で選んで、欲求の水準をひとつずつさげて無事に済ませた。職に就いてそれにも落着いた頃になり、母子依存になるといけないから、と笑って切り出された時には、母親はまもなくそんなことになるかと思っていたので驚きもしなかったが、言い出した娘の声音のやわらかさに、好きな人ができたように感じた。自分の少女の頃の声とまるで違う。初めての男に出会った頃の自分の声がこんなに年月を隔て、いましがた娘の声にかさなって、聞こえたものらしい。それからでも半年ほどゆとりをもたせて、母親もすっかりそのつもりになった頃に、娘は出て行った。その後もたびたびやってきて、母親の家でくつろいでいる様子は、母親の目にはもうはっきりと、男を知っているからだに見えた。どうするつもり、と母親が一年もしてから、仔細を聞かず、何のことども言わず、ぽつりとたずねると、考えている、と涼しく答えた。

すっかりひとりの家となり五十も過ぎて、いまさらさっぱりもしなかったかわりに、さびしくもならないことを、やっぱり冷いんだわ、と自分で笑ったりした。家に居る間は、娘と一緒だった頃よりもまた一段と暮らしが簡素になったばかりか、気がついてみれば、よけいなことに動きまわらなくなっている。面倒臭がるわけでもないのに、これがやはり年を取っていくしるしか、とそう思う一方で、昔、事情があって家の内に何日か一人で置かれた少女の、誰に見られているわけでもないのに人の目を拒むような、痩せ細った立居を、五十女のからだの内に感じることもある。ときどき泊っていく娘のためにそのままにした部屋の戸を掃除のためにあけると、何年経っても、若い女の、男も知ったからだのにおいがあふれて、住まいじゅうをたちまち満たしてしまうようで、暮らしている自分はどこへ押しやられてしまったのか、と呆れもするけれど、本人には自分のにおいがわかるわけもない。

一緒に暮らしていた時には母娘ともに口数はすくなくても無駄話に時を費していたようで、ひとりになると休日には閑がすこしずつ余ってきて、午前中か日の傾きかける頃に、散歩に出るようになった。買い物や勤めの往き復りに通る道の外へ出ると、知ったつもりがまるで知らない土地に見えた。ついでに、所帯をもって子を育てた所がどんな土地であったかも、思い出せなくなる。その前に暮らしていたアパートでは土地とも意識していなかった。まして生まれ育った土地とは似ても似つかない。寺のそばを通り抜けて、こんなところにも墓地はあるんだ、と驚いたこともある。それほどに縁もない土地なのに、来るべきところへ来たような、懐かしさのようなものへつながる心が、辻の跡らしい角にさしかかった時などに、かすかに動く。

年寄りの姿が目につくようになった。高齢の人のふえたせいでもあるのだろう。狭い道ですれ違うこともあり、ちょっと譲って通り過ぎてから、自分のほうも背中から一度に老いた気がして、それでもまださっさと前へ出る足がなにかたけだけしいものに見えて、この足でいろいろなことをしてきたのだと眺めた。少女の頃には足もとに目を落として歩く癖があって、自分の歩き方さえうとましく感じていたようだけれど、誰にでもどんな境遇にでも自愛というものはあるはずで、どんなに追いつめられた自愛の気持で足もとを見ていたのだろう、楽になってしまった今の自分はどうなのだろうと思った。

新開地の間に伐りのこされて公園として保存された雑木林が家からそうも遠くない所にあり、その中を通り抜けるのがお定まりの散歩の路となった。なまじ気を変えようとしてあれこれ路を取るとかえってあきやすい、と幾度か憂鬱の目を見た末に知らされた。仕事の上では来る日も来る日も同じようなことがくりかえされてもたいして苦にもならないのに、休日の散歩にはあきることをおそれる。閑な時こそ倦怠は禁物のようだった。樹木なら同じところを毎週見ていてもあきない。新緑から黄葉から落葉まで、季節のうつりかわりにそのつどひさしぶりに目をひらかされた気がして、また幾年かがめぐるその間、感嘆する心がじつは林の光景からわずかずつ置かれて、振り向く間合いもはずれてから思うようにしているのを、やはりそのつど感じさせられた。これも季節のうつりかわりさえ見ようとしなかった少女の頃のなごりかと思った。しかしあの少女はときおり頭をあげて、目をいっぱいに瞠ることがあった。

この年に入ってから、落葉の風情もすっかり剝がれた枯木の林を、どうかすると、ことさら感慨らしいものも動いていないようなのに、つくづくと見るようになった。離れたところから眺めて、枯枝を神経のように張りひろげて天を刺す樹々を、美しいとは結局こういう、細って寒いことなのだろうかなどと思うのはまだしも何かの感慨のうちらしい。林に入ると足がひとりでにひっそりとしてくる。幹のくねりかたへ一本ずつ目をやっている。遠くから眺めるようにまっすぐに立っている樹などはほとんどない。冬の荒い風の通り路が、枝や幹の傾きから、おおよそたどれた。枝を風にまかせて吹き取らせて身をまもる。その枝をもがれた後の釣り合いだか不釣り合いだかを踏んでさらに伸びる。同じ風の通り路でも、樹によってそれぞれくねりかたが違う。お互いにわずかな隔たりでも、たまたま根をおろした所に生涯左右される。ほぼまっすぐに太く伸びながら、根もとに近いところでまがりくねっている樹もあって、若木の時に嵐に耐えた痕跡なのか、それとも、まっすぐに伸びるにつれて重みが何かの病いののこる根もとにかかって、そこがだんだんにひずんだものか、この樹は高く枝を張って風を受けながら、この根もとのひずみをどう感じているのだろうか、と目を惹かれる。林を抜ける時に、背後で枯木が一斉に、風も吹かないのに身をよじらせて、生涯の呻きをもらすように感じられる。実際に、風のひと吹き通り過ぎた後に、樹から樹へ、かすかな軋みの渡ることもあるようだ。

ある日、枯木の林にかかる道でふいに立ちどまって、何かを見つめる顔になり、少女の頃の自分が通い馴れた道でしばしば、顔をあげて目を瞠ったのは、何を見ていたのか、思い出した。冬枯れの榛《はん》の木のようだった。荒れた畑のはずれに一株だけ伐りのこされて風に吹かれている。切り詰められた幹の瘤になったところから、まがりくねった枝々をちりちりと、痛みのように、張りひろげている。あれほど荒涼とした眺めもないものだ。それをよりもよって、目の内へ吸いこむように見つめていた。見たものが足もとから根をおろしていく。今の自分はひょっとしたら、あの少女の墓場みたいなものなのではないか、と思った。

寝しなに寄せてくるかすかな地鳴りのような音は、近頃ではめったに耳にしなくなり、九年前にはこの界隈に雑木林のあることも知らずにいたが、あの林の木末に風の渡る音ではないか、と考えた。音の届くにはだいぶの距離はあるようでも方角は合っている。林を抜ける時に背後で枯木がてんでに身をくねらせて呻くように感じられるのが週ごとのちょっとしたこだわりになり、地鳴りの底から細いけれどどこか甲高い、声にならない叫びのようなものを耳にした夜のあることも思いあわされ、自分はまだ、晩年の母親のように、死者たちの呼ぶ声を聞くほどのところまで年は詰まっていないのだからとふりはらって、散歩の路を変えることも思ったが、そうなるとまた、行き場がなくなるとでも言うような、たかが休日の散歩のことなのに、追いつめられた気持になり、つとめて物を思わず林を抜けるということをくりかえしている。

立春も過ぎてから、いったんぬるみかけた天気がまた冷えこんで、二月の中旬には幾度か雪が降った。薄く積もることもあった。夜にはよく風が走った。ときおり突風のようなものが吹きつけた。春先のなまぬるい風ではなく、刺々しい寒さがある。ある朝、起きあがって物を取ろうとすると、肩から腕へ痛みが走った。三日ほどは腕を満足にはあげられなかった。腕のあげさげに不自由はなくなっても、痛みはすっかりは引かない。指先が鈍くなっているようにも過敏になっているようにも感じられる。不調はおもに朝の内のことで、出かける時にはおおよそほぐれているので、これは血の滞りのせいで、眠っている時に手足をこわばらせているのではないか、と疑うこともあった。

窓に吹きつける風を耳にしながら眠ることが多くなった。それで寝つかれないということもない。地鳴りのような音も寄せて来ない。風を送る木末の音が伝わってくるには、雑木林はやはり遠すぎる。かすかに渡って来ているにしても、五十を過ぎてこちらの感覚がよほど鈍くなっている。今の自分のからだは感性の鋭すぎた少女の、墓場みたいなものか、と思った時にはそれこそ足から白い根の降りたような気持にひきこまれたものだけれど、かりにも墓地だとしたら、こうして鈍くなって落着いていくのも、悪いことではないと思われた。

風のひとしきり走った後の静まりには何かがあるようだった。また吹き出すまでのわずかな間ながら刻々と、はてしもなく静まり返って、その底へ物の音がすべて吸いこまれていくように感じられる。以前にはこれを寄せてくるように聞いていたのは、やはり年月の差なのか。しかし、その静まりも静まった頃に、とでも言おうか、風のまた吹き出すその間際に、人の足音が聞こえてくる。やっとのことで吸いこむ力からのがれてきたというような、腑も抜かれた足取りで近づく。すぐに風に追いつかれて、足音は紛れる。しばらく風が吹きつのっておさまり、たしかに地鳴りか海鳴りのけはいに似た静まりの、その静まり返った果てを背にして、また近づいてくる。行きつ戻りつためらって、風に吹きつけられて窓の下に立ちつくしているようにも聞こえるが、風の合間に耳に立つ、そのつど別の通りがかりの人の足音らしい。ここのところ、風の吹く夜ごとに、耳についているようだった。

まだまだ早いけれど、そろそろお迎えが来ているのか、と思うこともある。戯れだった。お迎えの人がそんな、行きつ戻りつ、優柔不断なわけはない。しかし、夜明けにもう近い時刻だろうか、眠っていたのかいきなり目を大きく見ひらく。髪の根が締まって、手足を竦める。それでいて苦しそうな寝息を立てている。これも朝に起きて鏡をのぞいた時に、そんなことがあったような気のするだけだった。

三月に入っても寒い日は続いた。見た目には春めいた陽の射す日でも暮れ方から北の風が吹いて夜には冷えこむ。肩から腕の痛みはなにかのはずみにかすかに疼く程度におさまっていたが、足腰が硬くて、関節が軋みでもするようで、表を歩いている時に気がついてみれば、よろけまいとするような、そろそろとした足取りになっている。その日も朝から霙のような雨がまた雪になり、いっときは降りしきるまでになったが、正午《ひる》前にはやんで、あとは雨が降ったりやんだり、ときおり白いものもまじって夜になり、家にもどって冷たさが染みるので風呂に入って温まろうかと思っているところへ、ひさしく音信もなかった古い友達から電話があって、春先の変な寒さがからだにこたえる年になったのね、と言ってここのところの体調の悪さをあれこれこぼすうちに、別れた夫の噂話をはじめた。

友達が近頃耳にしたところによると、一時期はよそに女ができて、なにもかも投げ出して生きなおすようなことを言い出すまでになったけれど、むこうの女にも背を向けられることになり、宙に浮いてしまったのをなしくずしに元の家にもどって、やめるやめると言っていた勤めもやめずに停年も近くなり、自由の身になったら大きなことをやる、と相変らず呑気なことを口走っているという。

それから声をひそめて、夜更けに家を飛び出したはいいけれど行きどころがなくて、思いあまって、扉の前に立ったそうよ、あなたの家の、とささやく。いつのこと、それは、と聞くと、もう何年も昔のことよ、と答えた。

あとはたずねもせずに電話を切って、その足で浴室にまわり電灯をつけようとすると、自分で自分の裸体を見るのがいやになり、暗いままにして熱いシャワーを浴びた。いつまでも湯に打たれて、歯を喰いしばるようにまでしているうちに、あの子の男親ではないの、といまさら思うと我身かわいさがあさましくて、いっそ冷い水に打たせたい気持になったが、ゆっくりと湯をとめた。

物も思わずにすぐに眠ったつもりが、夜明け近くに、老女が枕もとに坐っていた。ようようのことでここまでたどりついたと涙をこぼして、いつのまにか初めの人の消息を話しているようで、こちらをあわれむようにうなずいて、知らなかったんだねえ、あの人はとうに亡くなりました、とおしえてまたうなずいた。いつのことと聞き返すと、あの子がお腹にできた頃でした、と答えて夢は途切れた。

さすがに起き出して、窓をあけて風に吹かれ、冷えきった夜に白木蓮がいっぱいに咲き静まって、その花からだんだんに明けていくようなのを眺めながら、どんな境遇でもいいから、どうか穏やかに、年を取っていてほしいと願った。

子供の行方

今日はようやく定まったと見える日和の、暖かな陽を背中に浴びて、午前《ひるまえ》から睡気のやわらかに差すのにまかせていると、林の中で鶯が鳴いた。春先のように立ち停まって耳を澄ますまでもなく、ひっきりなしに、いつまでも鳴く。ときおり谷渡りのようなけたたましい囀りもまじえて、すっかり初夏の声だった。

この春は三月の中旬に入りたての東北の大震災の頃から妙に冷えこんで、とかく嫌な風は走る。押し寄せる大津波の映像をくりかえし見せつけられるせいか、血のめぐりは滞りがちで、心身ともにふさいでこわばる。余震はひきもきらず続く。三月の末になっても春らしい日和にならず、この分では今年は花も蕾のままかじけてしまうのではないかとまで思われる頃になり、四月に入り何日かしてちらほらと咲き出すと後が迅速で、三分がたちまち七分になり満開になり、咲き盛るのを見あげては、寒い爛漫だと呆れているだけなのに、まるで世の凶兆をさらに憂えるような顔つきにひとりでになっているのを自分で笑ううちにも、三日と待たずに落花の乱れとなり、散るのを惜しむ閑もなく葉桜となった。あたりはいつのまにか新緑の候になっている。しかし四月のなかばを過ぎても寒さは切れない。余震も絶えない。気のせいかと首をかしげていると、実際に揺れている。三月の本震にははるかにおよばないが、それと似た長い横揺れだった。

五月に入ってもひきつづき天候は不順で、朝の内は晴れていてもとかく午後から雲がひろがり、暮れ方には風が出て、夜の更けるにつれてこの季節にしては冷えこむ。感冒がいまになりはやりだしたとも聞く。今日もほんとうに陽気が定まったかどうかはあやしく、空気の芯に冷たさがあり、さわやかに吹く風にもどこか棘がひそむ。それだけに、陽に炙られる背中がよけいに心地良い。乳母のふところなどと言う、日向《ひなた》の土地のことらしいが、そんな言葉も浮かぶ。七十を過ぎた年寄りの、欲も得もない快楽には違いない。しかしぬくもった背からじかに、生涯をさかのぼって、いまにも、すぐそこにあるように思い出せそうなことがあった。

まだ火炎のなごりがゆらゆらと、陽炎となって立ちそうな、家の焼跡にしゃがみこんで、灰と瓦礫の間を焦げた棒の先で掻きまわしている子供の痩せた背中を、ようやく晴れた初夏の陽が包うように炙っている。満で数えて八歳にもならない。あの五月も冷えこんで、雨もよいの日が続き、いきなり雨の走ることもしばしばで、いつまでもぐずついていた。これも三月十日の、無数の犠牲者を出した下町大空襲の祟りか、と天を仰ぐ人もあった。うっとうしい天気ではあったが、おかげで夜の空襲はしばらく絶えていた。

その夜も日中の雨が宵に残り、空襲の心配もせずに寝たようだった。未明に警戒の警報に起こされた時にもお義理のように庭に降りて防空壕に入り、後で母親の悔んでいたことに、荷物もろくに運び出さずにいたところが、まもなく空襲警報のサイレンが鳴ったかと思うと上空に敵機の爆音が響きわたり、やがて頭上へ低く幾波にも通りかかり、そのたびに爆弾だか焼夷弾だか、落下音が空気を摩して迫った。長いこと防空壕の底で息を凝らして待つうちに青い閃光が射しこんで、庭へ飛び出した時には、家は二階の屋根の瓦に鬼火のような炎をゆらめかせて、内にはすでに火が入ったようで、白煙が閉じた戸の隙間から吐き出され、軒を伝って昇っていた。

女子供三人して一面煙の中、坂道を駆けおりる時には、逃げる人影もまばらで、道の両側に立ち静まった家も煙をゆっくりと吐いて、内に火をはらんでいるようだった。道の片側で一箇所、燃える板塀の倒れかかる、そのそばをすりぬけて大通りへのがれ、強制疎開の家屋取壊しのおかげで当時としては野っ原ほどの広さになった道幅いっぱいにぞろぞろと続く避難者の群れに付いて、煙が目に染みたが、ようやく息をついた頃には、上空の爆音は引いて、かわりに高台のほうで家が一斉に、火を噴きあげていた。そうこうするうち、晴れとも曇りとも、東からともつかず、夜が白んできた。

子供の頃の、切迫した記憶は、それぞれの場面で、時間の長短がはっきりしない。追い詰められれば、時間は伸びも縮みもする。後年になって記録を見たところでは、警戒警報の発令が午前一時五分、空襲警報が一時三五分、すぐに爆撃は始まって、敵の全機離脱が三時三〇分、警戒警報の解除が三時五〇分という。大通りまで駆け抜けて避難者の群れにまじった頃には空が静まって、ほどなく警報は解除されたらしいというささやきが避難者の口から口へ伝わってきた。いまさら啜り泣く女たちの声も聞こえた。その経緯からすると、私たちの住まう界隈の被弾は、その周辺からも遅れて、敵の全機の去る間際、三時を回った頃と思われる。坂道を走る人影もすでにすくなかったところを見れば、界隈の中でも私たちの近隣は被弾がもうひとつ遅れたようだ。内に火の入った家屋はある境から一瞬にして、爆発的に炎を噴くと聞く。逃げ道を絶たれるところだったか。

空襲の警報が鳴ってやがて敵機の編隊がすぐ頭上へしきりにかかるようになってから、被弾の閃光を見るまでに、勘《かんが》え合わせてみれば一時間あまりも、近域のあちこちで火の手のあがるその間、防空壕の底にうずくまっていたことになる。急に凝《こご》ったようになる空気を裂いて迫る敵弾はそのたびに、こちらをめがけてまっすぐに来る。その落下音に刻々と、その刻々もさらに刻まれて、耳をやる。堪えるに切迫の限界はある。目をつぶって顔を地に押しつける。甲斐もない。爆弾なら無論、焼夷弾でも直撃を受けては助からない。と、落下音がどこかへ吸いこまれたように消える。遠くへそれたらしい。ほっと息をつく。それもつかのま、また爆音が寄せてくる。幾度、繰り返されたことか。あの一時間ばかりの内に、七歳にして生涯の力を尽してしまったように、後年になって思われる折りもあった。

まだ余熱の立つ家の焼跡にしゃがみこんで棒の先で灰と瓦礫の間を掻きまわす子供の顔は、端からは無心にも見えたことだろう。大通りの明けるにつれて避難者たちのひきあげて行く中で、女子供三人、高台の火のおさまるのを待って、やがて煤煙と塵灰の立ちこめる空にぽっかりと、冬の暮れ方のような赤い大きな太陽が掛かり、灰色の靄を抜けて輝き出す頃に、おそるおそる坂をのぼってもどってきたところだった。すっかり焼き払われてしまったので、もう空襲を怖がることもない。解放感ではあった。境もなくしてひらたくひろがるあたり一帯を見わたして、いっときは睡さも疲れも忘れて、飛びまわった。向こう三軒と両隣りのうち、西のはずれの二軒だけ、あたりでもまれに被弾も類焼もまぬがれて、黒く煤けて立っているのを、これからそこだけが空襲を招く、まがまがしいもののように眺めた。しかし解放感は明るいものとはかぎらない。我家の無惨な残骸を目にしては、屈辱感も動いた。未明に煙に巻かれて走った時にも、恐怖に屈辱がまじった。屈辱が一点滴《したた》ると、恐怖は溢れ出す。天災ではなく戦争であり、小児であっても男だったということか。それはともかく、焼跡にしゃがみこんだ子供の背中を、ひさしぶりに晴れた初夏の陽が炙っていた。

そのうちに防空壕に入って眠った。壕の中には土の湿気を避けて、使いふるしの簀子《すのこ》が敷いてあった。その上に莚《むしろ》を伸べたか。冷えこんだ夜の空襲も再々あったので、毛布の一枚ぐらいは用意していたのだろう。眠る前に何を食べたのか。晩に多目に炊いた飯の残りを櫃《ひつ》に入れて、空襲の時に壕の中へ持ちこむ習慣はついていた。三月十日の本所深川の大空襲以来そうなったか。茶碗も箸も笊の中にひととおり揃えていた。夜の白みがけに大通りで道端に腰を落としていると、よっぽどあわれっぽい様子に見えたようで、通りかかった女性が握飯をひとつ恵んでくれた。今夜はあぶないと勘がはたらいて宵の内からこしらえておいたものらしい。両手をさしのべんばかりにして受けた。昔の西洋の詩人の言った、涙ながらにパンを食べるとはあのことだ。

昏々と眠った。どんな眠りであったか、何十年も隔ててふとたずねたくなることがある。現在の眠りの内容も本人にはわからないのだから、知れるわけもない。それでもこの高齢になり、遠隔の大震災と大津波に揺すられてから、真昼の防空壕の中の子供の眠りを、思い出せるはずもないのに、今にもすぐそばに感じ取れそうな時がある。いつまでもぐっすりと眠る子の顔を、ときおり来てはのぞく親の心か。

目を覚まして壕から這い出すと焼跡は赤く染まっていた。傾いた太陽がまた朝方と同じ真っ赤な、気味の悪いほど大きな球となり、赤く凝るばかりで輝きもなく、からりとひらけた地平に立ちこめる塵煙の中へ沈みかかるところだった。その赤光を背にして、焼け爛れた樹木があちこちから、葉ももがれた枝をくねらせている。夕映えの射し返す頃に、炊出しが届いた。赤茶けた三角むすびのひらたいのが、一人一箇ずつだった。あの日に、あたり一帯焼き払われた中で、どこで誰たちが、どうやって米を集めたのだろう。焼跡で炊いて握ったしるしに、口にすると煤煙の臭いがした。

あの暮れ方に、父親はもどって来ていただろうか。都下の八王子にあった航空機会社に勤める身で、この春からしばしば、夜も工場に詰めていた。大きな空襲の夜に限って家にいない。考えてみれば、そろそろまた敵機が大挙して押し寄せて来そうな頃あいの、晴れあがった日の夜には、工場の警備を一段と固めなくてはならなかったわけだ。後に父親の話したところでは、渋谷まではどうにか電車で来たものの、駅頭からあたりの変わり果てた光景を見わたして、あまりのことに立ちつくしたという。そこから、南に寄った私鉄の沿線の遠くまで、歩くよりほかにない。西南部の山手から郊外へかけてひろく焼かれたとはラジオで聞いていても、家族の安否を確めるに連絡の取りようもない。心配した人があれこれ持たせてくれた物の詰まったリュックサックを背負って、「万が一」の場合を気づかってくれた人もあったのか、一升瓶を提げ、瓦礫の原の間を分けてくねる道をたどり、ようやく家の近くの角まで来て、焼跡にぼんやり立つ妻の姿を見た。しかし、未明の大空襲の後で、電車は途中までも通っていたものだろうか。その翌日のことではなかったか。

となるとまる一日一夜、妻子の安否も知れぬまま、動きが取れなかったことになる。

その夜の防空壕の中の眠りには一場の夢の記憶がある。夢の中でも目の前から瓦礫の原がひろがって、大通りまで見通せた。その大通りを一頭の赤牛が駆けまわっている。実際に空襲の明け方、赤い日輪が灰色の宙に掛かる頃に、人もまばらになった大通りで目にした光景だった。どこで飼われていたものか、人に引かれて避難してきていたらしい牛が、その頃になって我慢がならなくなったようで、綱を振りほどいて、道幅いっぱいに走りまわった。それほど猛《たけ》ったのでもなくすぐに取り押さえられたが、夢の中では燃えるように赤い背をくねらせて踊りまくり、野太い声をしぼって、吠えるというよりは、唄っていた。

あくる日は塵煙の降りたせいか一段と高く晴れあがった。前日の暮れ方の眺めと打って変わって、あちこちで火をまぬがれた木立ちが青々と繁って陽の光を照り返していた。朝の内に、焼け残った隣りの家の主人が雀の入った鳥籠をもってきて子供にくれた。窓から部屋に迷いこんできたのを追い詰めて押さえたのだという。子供は喜んで雀と遊んでいたが、やがて親にうながされて放してやった。餌がないので死なせるばかりだと言われれば聞き分けるよりほかにない。

その夜もまた大きな空襲があった。警報が鳴って空が騒がしくなったので、眠っている子供を、もう寝かせたままにしてもよさそうなものの揺すったら、日頃の習いで起きあがったものか。いざ空襲となればそれまでは防空壕へ駆けこんだのが、今では逆に壕の中からうつらうつらと這い出すことになった。空はすでに北のほうから赤く焼けていた。その夜は味方も盛んに迎え討って出たようで、幾筋も射し昇る探照灯の光の柱が左右に振れては交わり、敵の機影を捉える。高射砲の弾が炸裂する。その合間には爆撃機の唸りにまじって、戦闘機の軽い爆音が走る。ときおり、炎上した機の、火の玉が空を滑って墜ちる。その戦闘を焼跡に腰をおろして見あげていた。そして父親がいた。

酔って木に登っていた。焼跡の端に残った高くもない木の、枝の股に取りついて、空に火の玉の滑るたびに歓声をあげていた。敵のか、味方のか、わかりやしないのに、と母親はつぶやいた。あんなところに登っても、変わりもしないのに、と女学生になる姉も眉をひそめた。人聞きも悪くって、と母親はまたこぼした。しかし子供はあちこちの焼跡から同じような男たちの声のあがるのを耳にしていた。あれは三月十日の未明の、本所深川大空襲の時だったか、遠く隔たったこの西南の郊外の空にも敵機の爆音が満ちて、都心のほうへ行くらしく、いつまでも続いた。人は防空壕の底で息をひそめ、あたりは静まり返り、わずかな物音すら感じ取れそうなその中から、爆音の唸る空へ向かって、犬の遠吠えがあがる。それにあちこちからかわるがわる、さらに長く吠える声が応えた。そしてその合間に男たちの叫びが交互に立った。やはり長く引く、感極まったような、野太い声だった。照明弾の傘がひらいたか、焼夷弾の親弾が小弾を枝垂れのようにひろげたか、北東の方角の空にすでに火炎が押しあがり始めたか、壕の底にうずくまる子供の知る由もなかったが、わざわざ災いをこちらへ招き寄せる叫びに聞こえたものだ。今ではいくら叫んでも喚いても、敵は焼野原などに目も呉れない。

危急の時にとかく無用の叫びをあげるのは、男たちのほうだった。何かにつけてすぐに騒ぐと言われる女たちのほうが、危機の降りかぶさってくる中では、口数がすくなかった。煙に巻かれて走った未明にも、子供の名を呼ぶのと、警報の解除されたのを知らされて一度に緊張がほどけて泣き出すのと、そのほかに取り乱したような声を耳にした覚えもない。男たちの叫ぶのは緊張の限界から出たものなのだろうが、圧倒的な力にたいする、どこか驚嘆の声音がまじる。女たちが思いきり甲高い叫びをあげるのは、追い詰められた時だ、と子供はふた月ばかり後によその土地で知らされることになった。

焼けトタンをかぶせたバラックの屋根を叩く雨の音に目を覚ましたのは、後年になって先人たちの日記に照らしたところでは、六月二日の朝のことらしい。五月二十四日の未明に焼け出されてからそれまでにも、十日ほど焼跡に留まっていたことになる。いつバラックが建ったのか、いつまで防空壕暮らしをしていたのか、覚えはない。焼け残った門扉の、二枚合わせれば一間ばかりになるのを床にして、四隅に同じく焼け爛れた材木を柱に立て、四方と天井を焼けトタンで囲った、掘立小屋だった。父親がひとりでこしらえた。晴天が続いていた。昼間に家の焼跡からあけひろげの瓦礫の原を通して南の方角の烈しい爆撃を手に取るような近さに眺めて、空襲とはこんなにもけたたましいものか、と驚いたのはたしか曇りの日だったが、あの時にはもうバラック暮らしであったかどうかはっきりしない。とにかく、バラックの中で朝方に寝覚めて聞いたのは、焼け出されてから初めての本格の雨の音だった。天井からしきりに垂れる雨水を洗面器や、焼跡から曲がりなりにも掘り出されたものか、ぼろぼろの金盥《かなだらい》のようなもので受ける、その滴が跳ねていた。ところが、さぞやせつなかっただろうと後になり思っても、その覚えがどうしても出て来ない。あの雨の日をどうしのいだのか。とても居られなくなったバラックから早々に防空壕の中へ逃げこんだものと思われる。

バラックだろうと防空壕だろうと、あの焼跡暮らしの間の、子供の苦が一向に記憶に上って来ないのは、どういうわけだろう。さっぱりと焼かれて、それほどまでに安堵したものか。三月十日の下町の大空襲以来、子供の心身に影のように添っていた恐怖がようやくほぐれて、それにくらべれば現在の苦をさほど苦とも感じなかったのか。その前後でもっとも安穏な時期ではあった。それとも、背後で日常が一夜のうちに断たれて、これからどうなるか子供には考える力もないので今が先へつながることもなく、ただその日その日の、その時その時の、無事に自足して暮らしていたのか。いずれにしても、無心のような顔をしていたかもしれない。塀もすっかりなくなった家の焼跡のはずれで子供が遊んでいると、路でもなくなった路を通りかかった人が、おっ、元気でいいぞ、と声をかけて行ったことがある。子供は立ちあがり、変なことを言われたと怪しんだわけではなかったが、こんな瓦礫の原でよその人の言葉の通じたことを不思議がって、その後姿を見送った。

しかし焼け出されてしまえば、空襲よりもおそろしいのは雨である。あの雨の日を境にして梅雨時に入って、雨漏りを避けて防空壕へ逃げこんだ日も多かったようで、また一週間もしてからだっただろうか、とうとう焼跡を捨てて、父親の勤め先のある都下の八王子に移ることになった。晴れた日だった。母親は後の始末に残って、子供二人がトラックの荷台にのせられた。どこかへ物を納めたその帰りの車だったか。引っ越しと言っても、焼跡から運びこむものもなく、ほとんど空荷のまま走り出した。生まれた所を去る時の気持も、焼き払われた区街をどう通り抜けたかも、覚えがない。記憶にあるのはひとすじの道路の両側にひろがる畑である。甲州街道だったのだろう。畑の間をトラックは埃を立ててガタピシと走る。荷台には二人、ゲートルに地下足袋の、戦争にはもう取られない年配の男たちが乗っていて、お八ツの時刻になり、姉が親に持たされた茶の罐から煎り豆を配ると、楽しそうに掌で受けてぽつりぽつりと嚙っていた。

また空襲を怖がらなくてはいけない所へ行く道だった。もしも敵の戦闘機が急降下して機銃掃射をかけてきたら、とにかく荷台に伏せるよう、教えられていた。気がついて逃げる時には敵機はもう頭上を通り越しているということを子供は知っていた。それでも降りそそぐ陽のもとで、両側に飛ぶ畑を眺めて、気も晴れる旅だった。自動車などにはよほどのことでないと乗れない時世だった。

やがて八王子から中央線で名古屋へ、焼野原を車窓に見て過ぎて岐阜へ、岐阜から大垣にたどり着いて、そこで再三怖い目を見た末に、また焼け出されっ子になったことを思えば、いまさら不憫になる。

なぜ、満で八歳にもならぬ子供の身に、いくら戦災下のこととは言っても、いつまでもこだわるのか。年甲斐もない、と突き放したのは、まだ二十歳にもならぬ頃だったか。大体、命にかかわる難をわずかな差でのがれた人間は、後になってそのことを話したがらぬようだ。焼け出されて逃げた先の土地でも、まだ平穏無事な地元の人間たちが空襲のことを好んで話題にするのを被災者たちは、居候の遠慮もあったか、災いを運んできた者のように見られるのをおそれたか、まわりの話がとかく大げさになるのにもさからわず、黙って聞いていた。敗戦後に東京にもどってからも、疎開に出ていた子もあるが、留まって煙と炎の間を走った子もざらにあったはずなのに、空襲の話はあまり出なかった。

それどころか、空襲下を再三にわたり手をつなぎあって走った母親と姉とも後年に至るまで、あの時この時のことを思い返しあうこともないままに、二人とも亡くなった。八王子の工場はおくれて焼かれたが身に迫った危険を見なかったらしい父親と、早くから母親の里へあずけられていた二人の兄とはもとより、話が通じそうにもなかった。空襲の恐怖を知る三人と知らぬ三人とが長年同じ屋根の下で暮らしていたことになる。

あれは四十代のなかばになるか、同じ歳の人の口からようやく、あの未明のことを聞くことになった。その人の話すには、降りかかる火の粉に逃げ惑う人の群れに揉まれるうちに母親にはぐれて、前々からそんな場合のことを言い聞かされていたとおりに一人で走りに走り、ひろい公園のはずれにあった共同の横穴式の防空壕へ駆けこんだところが、まもなくその壕の前に着弾して、硝煙の押し入ってくる中、先を争って外へ逃げる人の間を小さなからだで掻いくぐって抜け出せば、入口の土留めの材木は火を噴く、外には人が倒れている。また夢中になって駆けた。息が切れて立ち停まった頃には空は静かになっていた。あちこちでまだ火の手のあがる焼野原の、道も瓦礫にふさがれた中を家の方角へ見当をつけて、子供の足で走ってだいぶ遠くまで来ていたようで、歩くうちに夜が明けて、家の焼跡で母親に出会ったという。

カウンターだけの小さな酒場のことで、隣りに坐り合わせたどうしの間に、まわりの歓談の切れ目にふっと湧いた話だった。最近の事で言うなら、あの地震の時にはどこにいて、どこからどうたどって家まで帰ったかと話すほどの口調で、言葉もあっさりしたものだったが、声はややひそめられていた。話したほうは、かりそめに思い出したことを口にしたまでで、話が通じたとも、思っていなかったのだろう。しかし、通じた話はそれだけのことで、通じようのないところこそ押し入ってくる、と聞いたほうは思った。酒場のすぐ外から一面に焼跡がひろがって、夜のようやく更けかかる頃なのに、しらじらと明けていく。

おそろしい体験の記憶ほど、あてにならないとまでは言わないが、その底にひそむものからすれば、およそ限られたものであるらしい。とりわけ耳の、聴覚の記憶がふさがれる。煙の中を走った間、道の両側の、炎上寸前の家々のたてる音はなかったはずもないのに、子の名を呼ぶ母親の声と、附近の女学校の敷地に造られた高射砲の陣地のあたりからあがる男たちの、徒労の遠吠えのような声しか覚えがない。後の記憶の中では家々はゆっくりと煙を吐きながら静まっている。防空壕の底にうずくまっていた間は、頭上にたいして、耳ばかりになっていた。聴覚ばかりになるということほどおそろしいこともない。敵弾の落下音の切迫が限界を超えるたびに、幾度か、死んでいた。しかし、ついに家に着弾した音を聞いた覚えはない。壕の中から飛び出して見あげた、大屋根にいくつも鬼火のような炎をゆらめかす家のありさまも、後の記憶では無音の光景になっている。日常の極まった姿で、家は立っていた。

大通りへ走り出た時には、群れをなして西のほうへ落ちて行く避難者たちの足音がたしかに切迫して聞こえた。しかしほんのしばらく行って、私鉄の踏切りの手前まで来るとその傍で、なぜだかたった一軒強制疎開の取壊しをまぬかれた二階家が燃えていた。人が懸命に消火にあたっている。避難者たちは立ち停まって、不思議そうに見あげていた。火の粉が吹きつけるわけでもないのに、踏切りを「突破」しようともせず、やがててんでに路上に腰を降ろしはじめた。高台の住宅地が今を盛りと燃えていた。あちこちから順々に火柱が高く立って、棟の崩れ落ちる、大勢の歓声に似たどよめきが湧き上がり、火の粉が乱舞する。そのどよめきのほかは、全体が無音の光景に、すでにあの時、子供の眼には映った。おそろしく、いや、そらおそろしいほどに、非現実の眺めに感じていた。

視覚はまだしも、目に迫るものを対象化する。これにもすぐに限界のあることだが、ぎりぎりまでは内へなだれこもうとするものを押し留める。支えきれなくなれば目をそむける。つぶる。それにひきかえ、耳はそむけることもならず、両手でふさいだところで目をつぶるようなわけにいかず、迫る音に押し入られるのをふせぎようもない。その助けにか、切迫が感受の限界を超えかかる時、轟音の只中にあっても、あたりが静まる。危急がひどく緩慢に感じられる。睡気のようなものさえ差す。どこかで風にそよぐ草花を思ったりする。狂ったような閑静さである。一つ二つ三つと数える間もないことだったのだろう。しかしその場をのがれた後まで、聞こえながらの聾唖感は持ち越される。耳はむしろ冴える。ささいな音でもひとつひとつくっきりと伝わる。それでいながら、さほど隔たってもいない炎上の叫喚が、これも狂ったように、長閑《のどか》に感じられる。

記憶はまして後からの対象化であり、あるいは遮断ではないのか。当時にあっては、内へ押し入ってくるものをふせぐ。後日にあっては、それでもふせぎきれずに内に押し入ってしまったものが、機に触れて押しあがろうとするのを封じこむ。人は記憶なしには生きられない。往くに道ひとつ選べない。ただの土地勘ですら、自分のこれまで生きて来た、その連続感の保証の上に成り立っている。ところが、その連続感がじつはどこかで決定的に、取り返しのつきようもなく断たれているのを、記憶と思われるものでつないでいるとしたら、どういうことになるか。記憶下にひそむものを引き出して本人に「再体験」させることによって病いをほどくという療法は、個人のことか、家族親族の間か、せいぜい階層の内にかかわることなら、まだしも有効なのだろうが、あたり一帯を壊滅させた圧倒的な力をわずかな差でのがれ、それまでの日常を一度に断ち切られた人間の、記憶の底に触れるのは剣呑に過ぎる。

背後を見れば、ついさっきまで有ったはずのものがことごとく無くなっている。そればかりか、うかつに振り向けば、のがれてきたばかりのものに呑みこまれそうな恐怖に、追いつかれかねない。そして目の前には、劣らず不可解にも、日常がある。変わり果てた境遇でも、日常は日常である。目の前に、手もとに、何かがある。これすら、なんでこんなものがまだあるのか、と不思議に眺めてしまいそうになるが、手もとにあれば手に取って、甲斐があろうとなかろうと、何かを始める。すでに日常である。何にもならないと思いながらやっているうちにも、時刻は移る。近年の世間で濫用される「前向き」とはおよそ心は違うが、さしあたり先は見えなくても、前を向いて暮らすよりほかにない。しかし前方にも背後がひそんでいて、いつ陰惨な顔をこちらへのぞかせるかしれない。

とりわけ、言葉には用心しなくてはならない。はじめのうちは、人がいまさら仔細らしく話せるのが、奇妙でならない。話のとにかく通じるのが、かえって徒労に聞こえる。そのうちに自分も話に加わるようになると、言葉とは何と気楽に走るものか。まるで何事があっても平気な叔父さんか叔母さんが見舞に来てくれて、相変らず呑気な調子で喋っているのを聞いて、こちらも楽になったような、そんな気がしてくる。しかしときおり、ちょっとした言葉にひっかかって、口ごもる。おかしな沈黙に押し入られまいとすぐに言葉を継いでも、あたりさわりもない話題なのに、人にはめったに聞かせられぬことを洩らすように、声はひそめられている。あぶない言葉は至るところに待伏せていて、その場の意味を裏返しにしかかる。「たすかる」だの、「いつものように」だの、「しかたがないので」だの。「あの花盛りの綺麗だったこと、目に焼きついて」とか……。

追いつめられて身動きはおろか、顔を伏せることもそむけることもならず、目ばかりに、視覚ばかりになるという窮地もあるのだろう。これはもう対象化にならない。見る主体も失われる。恐怖の光景だけが細部までひとしくくっきりと見えて、なにやら明るいようになり、そしてこの時こそ、天地は底知れず静まり返る。犠牲者の多くが目を見ひらいたままでいたという地獄図はなかったか。しかし生きながらえた人間の、生きながらえるための業とも言える記憶にも、目ばかりになった静まりへ、かすかに通じるものが、ありはしないか。

年月を経るにつれて、恐怖の記憶から音声はさらに薄れていく。敗戦の直後には鉄道のガードの下をくぐるのを怖がって電車の接近する気配もないのに駆けて通り抜けた少年が、青年になっても中年に入ってもまだ、夢の中で戦争がまた始まったと知らされると同時に敵の爆撃機の大編隊が、夜なのにそれぞれその太い腹を光らせて、頭上へ寄せるのを、くりかえし見たものだが、苦しくてだんだん目覚めながら、頭上に満ちた爆音を、聞いていたのではなくて、見ていたようだったと訝った。空のすでに赤く焼けるのも見たが、叫喚はいっさい立たない。人の逃げ惑うのを、自分はもう逃げ遅れたと観念して見ているが、足音は伝わって来ない。よくしたものだ、聞こえたら気が振れかねない、と覚めては思った。それとは逆に、夢でもなくて、街中にいて四方から一斉に騒音に吹きつけられる時に、そむけもならぬ耳をそむけながら、騒音の奥に何かを聞き取ろうとしている様子の自分に気がついて、また悪い癖の出た現場を押さえたように、振り払ったこともある。頭上に爆音の寄せてくるのを思い出しかけたのだろうと見当はつけたが、聾されるにまかせた耳の奥に、深くざわめきながらの、妙な静まりがあるようだった。

上の子が七つになった頃に、この歳で煙の中を走ったわけだ、とつくづく見ることがあり、あの頃の俺よりも、女の子ながらよっぽど脚も丈夫に育って、走ればはるかに速そうだと眺めるうちに、いきなりあの時の音か臭いに感じてか、身の毛がよだちかけ、あの時俺が死んでいれば、この子は生まれなかったのに、とそらおそろしいようなことを思った。そんなことを悔んでも、下の娘もとうに生まれて来ているんだから、しかたがない、と笑ってしばらくして、もしも一緒に逃げる道でこの自分が、父親がまっさきに瀕死の重傷を負って倒れこんで、子供は足をばたばたとさせて泣き叫ぶ、母親はなだめかねておろおろする、としたらどうする、と考えた。思案しても間に合わないこと、と払いのけた頃になり、自身の声ともなく、いいから、置いて逃げろ、と呻く声を聞いた。どうでもこうでも、それよりほかに、言葉はない、ありようもない、と思った。

戦災の記憶について見れば、親の立場になるのがいかにも遅れたと言うべきか。当時の母親の、まだ四十にもならなかった歳を数えていまさら驚かされた。六十二歳で亡くなっていた。これまでは自分のために戦災の恐怖をじかに思い出すことを避けてきたが、何も話さずに逝った故人のためにも、むやみな想起は慎しむべきところか、と考えた。その頃から、空襲を受けた夜のことよりも、その前のひと月あまりの、平穏だった時期のことを思い出すようになった。四月のなかばに大きな空襲があり、遠くもない町から知り合いの女性が子供の手を引いて我家の防空壕へ駆けこんできて、ここもあぶないと女たちは眦《まなじり》を決したようになり、暗闇の中で茶碗に箸を鳴らして腹ごしらえをするうちに、空から爆音が引いた。それからは晴れた日の暮れるたびに、今夜こそやられると身構えたが、なしくずしのように、平穏が続いた。思い出すのはある日のことでもなく、出来事でもなく、けだるさ、ことに晴れた日の午後の、身の置きどころもないような、けだるい体感だった。すでに栄養不良になっていたせいもあるだろう。学校は四月のなかばに空襲が近くまで迫ってから自然休校のようになっていた。近所の子供たちはあらかた疎開でいなくなった。

夜にはどうせ警報で起こされるのだからと言って肌着のまま寝ることを許された。日常がゆるんでいた。大人たちの物腰にも、せわしなく動きまわりながら、節々にけだるさが見えた。何かの用事で立ち寄った客が、せかせかと庭のほうへ入って来て、立ち話しで済ましそうにしながら、いつか縁側に腰を据えて話しこむ。やがて声をひそめて、不吉な噂を受け売りしている。あまりのことに言葉もなくなったような、沈黙がはさまる。かと思うと、いきなり笑い出す。はしゃいだようになって、またせかせかと帰っていく。跡に重たるい臭いが縁側にのこる。垢と空腹と、そして恐怖の臭いだった。

災いの近づくのを感じていながら、意識には受け止められずにいると、怯えはけだるさとなって身体にわたる。けだるさにときおり妙な明視がともなって、あたりの日常の風景が一度限りのように映る。すでに静まりがあったか。火の入った家を見あげた時にも、煙に巻かれて走る道でも、とうに見たものをあらためて見たような、既視感に近いものが、それどころでない境でたしかに起こった。それがまた、恐怖を増幅させる。

父親の実家のある小さな城下町へ逃げた後は、子供はましてけだるさに苦しめられた。水の豊かな町の、その水が合わなかったせいか、腕やら脚やらにあちこちかわるがわるデキモノをこしらえて微熱につきまとわれ、格子の窓から表の小路をのぞく小部屋にのべつひきこもり、膝をかかえてすごしていた。物言わぬ予見者だった。予見と言っても何のことはない。地元の人間は夜にしばしば警報が鳴って敵の爆音が上空を、あるいは名古屋の方面へ、あるいは阪神の方面へ向かって横切って行くのに、こんな町まで敵は手を出すまいと信じている様子でいるのにひきかえ、子供はそれまでの体験から、ここもかならずやられると感じていて、しかも楽観の理屈へのがれるすべを知らない。それだけの差だった。しかし決定的な差である。

およそ空襲には縁もなさそうな、古い閑静な城下町だった。小路に家が暗い軒を並べていた。家々の前には細い溝に綺麗な水が流れていて、ところどころ葦簀《よしず》のようなもので仕切って小魚を泳がせている。夜が静まれば台所の土間の水槽へ落ちる掘抜き井戸の水の音が家の内にさざめく。それらすべてが子供の眼には、後年からの言葉をあてれば、書割りのように映ることがあった。平らたくて薄い、ということではない。むしろ分厚くて重たるい。ただ、輪郭があまりにもくっきりと際立って見える。そして、路を行く人もあり、家を出入りする姿もあるのに、なにやら人気《ひとけ》が、遠のいている。火がまわったらここは逃げ場もなくなる、と子供は思った。

この静かな町に、ある朝、警報の鳴るか鳴らぬかのうちに、敵の爆撃機が単機飛来して、市街の中心からいくらか離れていたが、一トン爆弾を落として行った。熱を出して寝ていた子供の上へ、簞笥がまともに倒れかかるのを、枕元で針仕事をしていた母親が間一髪の差で避けて子供を抱き取った。建具という建具は破れて、床にはガラスの破片などの一面に散らばる中を女たちばかりが足袋跣《たびはだし》で、名を呼びかわしながら土間へ走るのを、子供は母親の腕の中から見ていたが、命をもろに脅やかしたはずの大型爆弾の音も爆風の衝撃も、後の記憶から落ちている。庭に出て見あげれば梅雨時の空の、塵埃に濁ったその中を、木っ端ほどに見えて、吹きあげられた物の破片が無数にゆっくりと舞っていた。そのうちに表の路が騒がしくなったのは重傷者がつぎつぎに運ばれていくところだと見てきた人が伝えた。

それから半月もした頃だったか、頭上から敵の爆音にのしかかられて、城の濠端を走っていた。死物狂いに駆けていたのが、背後の落下音に驚いて振り返った。振り返ったばかりに、道に焼夷弾が炸裂するのを目にした。立ちすくんだようでもう一発、もうひとつ手前に着弾するのを見た。近づいてくる。追いつめられた女たちが、疎水の排水孔だったのか、小さな水場のまわりにうずくまりこんだ。濡らした毛布のようなものをひろげて一緒にかぶった。直撃を受けたら、この子を中に入れて、もろともに死にましょう、と一人が叫ぶと、うずくまりこむ輪がじわじわと締まった。母親はそこにいなかった。母親は姑を子供と一緒に逃がして夫の実家に踏み留まった。

空は静まって細い雨の降る中、あちこちで棟が炎をあげるその間を、いまさっきまで逃げ惑っていた避難者たちがおとなしい群れとなって、あわてるでもなく、夜の市の仕舞いのようにひきかえしていく。恐怖にも飽和があり疲れがある。道端でモンペの尻をまくって用を足している女たちも見えた。もどって来てみれば、小路を隔てて向かいは焼かれたのに、父親の実家は無事だった。庭に立っていた母親のそばに祖母が駆け寄って、姑と嫁が手を取り合った。玄関の前に焼夷弾が落ちて火を噴いたのを、駆けつけた男衆と手を合わせて、バケツで水をかけまくって消しとめたという。跡に大きな穴があいて泥水がいっぱいに溜まっている。その水がふいに青い炎をゆらめかす。水の燃えるのを初めて見た。バケツの水をかけてすぐにおさまったが、同じ発火が幾度かくりかえされた。黄燐焼夷弾と判定された。弾はすぐに処理されたようだったが、炸裂の時に跳ねた黄燐の飛沫が門や塀や家の羽目板の至るところにこびりついて、夜になると青く光る。上空から敵の目標にされる、と警告された。焼け残った家にたいして周囲の眼はひややかだった。住んでいるほうにしても、梅雨時の夜の闇にこの家だけが青く浮かんでいるかと思えば気味がよくない。男手を頼んであちこちタワシで洗ってもらったが飛沫の跡は取りきれるものでなく、屋根の瓦にも飛び散っているかもしれず、そのうちにいよいよ本格の空襲が迫っているという噂が流れたので、家を閉めて西の在所のほうへ逃げることになった。

暮れなずむ道をたったひとり、リヤカーのうしろにのせられてひかれて行く子供の姿が見える。昼間の引っ越しは機銃掃射をおそれて避けたのだろうが、それにしてもこんな時刻に、なぜひとりきり先へやられたのか、どう言い聞かされてきたのか、覚えはない。梶棒を取る見知らぬ男の背が物も言わず、地下足袋の脚をひたひたと運ぶにつれて、道は暗くなる。子供も物を言わない。何を考えていたのか。これで安穏なところへ越せると思っていたのか。何処へ行くのか、知っていたのだろうか。

西の在所の農家に身を寄せてほどなく、ある夜、城下町が全体に炎上するのを、畑の間から眺めた。赤く焼けた空へ、白熱した火炎がつぎからつぎに押しあがる。吸いこまれるように眺める人の顔も赤く照っていた。また家をなくして美濃の奥の母親の実家にようやく落着くことになり、長かった梅雨が急に明けて猛暑に変わり、広島に特殊爆弾が落とされてたった一発で街が壊滅したと伝えられ、まもなく敗戦となった。それからは子供ながら心身が弱りはてて、炎天の午後をすごすのも苦しく、夕方の涼風が立つと年寄りのように息をついていた。その体感は後年まで、夏の盛りにはいまだに過ぎ去らずに思い出された。しかし、暗い道をリヤカーにのせられて運ばれて行った子供の姿を見送ったのが、最後であったような、そんな哀しみをときおり覚える。

現在ではいちばん年上の孫がすでに敗戦の時の私の年齢になっている。子供の頃の私に似ず、活発な子である。その孫が生まれて半年あまりの頃だったか、母子で私のところに来ていたのが、母親が寝かしつけて近所に買物に出かけるとすぐに目を覚まして泣きやまず、しかたなしに私が抱きあげて、眠りそうになってはまた泣き出すのを揺すり揺すり、母親のもどってくるまで、家の中をうろついていたということがあった。泣く子をあやしかねていると、やがて不憫なような気持になるものだ。何がということもない。ただ生まれてきたことが、この先何が起ってどんな怖い目を見るかしれないと思えば、小さなからだの温みとともに、あわれと感じられる。

いずれまた出会うことになるだろう、とその頃から、暮れ時にリヤカーにひかれて行った子のことを、今では暗い土をひたひたと踏む足の気配しか伝わって来ないが、振り返るようになった。とにかく無事だった子供の身にいつまでこだわっているのか、何の悔いのあることか、と訝りながら年を取ってきたけれど、この年になれば、ひとりきりになって行った子を、それこそいつまでも、放っておけるものではない、というような気もしてきた。記憶はいよいよ声や音を消されて、いたずらに鮮明なようになって遠ざかるそのかわりに、静かな夜明けの、ふっと耳について静まりをさらに深める木の葉の、一葉ずつのさやぎの内から、これを限りの切迫が兆しかけるように、聞こえることがある。それが天地に満ちて、身の内にも満ちきる時、そばに子供がいるか。

黙って手を引いてやらなくてはならない。手を引いて、そこから先はもう一本道になり、その涯までつれて行く。

著者から読者へ

大震災の前後

古井由吉

東日本大震災から六年あまりも過ぎた。その前の年の初夏から、私の長年住まうマンションは修復の全体工事に入った。それまでに築四十二年、これが三度目の修復にあたり、回を重ねるごとに、建物も年老いていくので、「手術」は大がかりになる。私自身も七十の坂を越しきったところだった。

建物の全体が繭《まゆ》のような幕につつまれ、足場を組まれ、外壁を削る音、穿《うが》つ音、悲鳴のように軋《きし》む機械の声が朝の九時からまともに降りかかり、そのまま真夏に及んで、戸窓を閉ざされて冷房も禁じられる日もあり、その暑さと騒音の中、習慣は変えられないもので、午後から日の暮れかかるまで、机の前で絞《しぼ》り出していたのが、この短篇集の表題作となった「蜩の声」だった。

改修もまた建設のうちのことなのだろうが、どうかすると解体中のように聞こえてくることがあり、我が耳を怪んだ。こうして繕《つくろ》い繕いしても、早晩、もはや手がつけられなくなり、同じように幕に覆われ、解体されることになるのだろう、と自身の老いと思いあわせもした。しかし私には若い頃から、建設に解体を同時に思う癖があったようだ。敗戦後から経済成長に入った頃のこと、街のそこかしこで建築中のビルの下を、頭上からけたたましく降る音を浴びて通り抜ける時に、一夜の内にあたり一帯、瓦礫の原と化した眺めを思ったりした。

それから三十年も経って、世はスクラップ・エンド・ビルド、壊して建てかえる時代に入った頃、五十歳も過ぎて、たまたま入院中の窓から表を見渡して、これは老病死のための街ではない、いよいよ老と病と死には堪えられぬ街になっていくな、と溜息をついた。

あの大震災の前年の夏はたしか七月中が猛暑で、八月の立秋を過ぎた頃から、日盛りはともかく、工事の音もやすんだ日の暮れからそこはかとなく秋風が立ち、近間の雑木林から蜩の声が耳につくようになり、それにつけて敗戦の前年の晩夏の、強制疎開の惨景が思い出された。道路端の家屋を、あちこちの隣組が動員されて、取り壊しにかかる。家の内部をすっかり空洞にして、大黒柱の根もとに深く鋸《のこ》を入れたようで、その柱に結びつけた大綱を、外から「善男善女」がエイヤエイヤと引くうちに、微動だにしなかった家がゆさゆさと身ゆするぎしたかと思うと、瀕死の象が肢《あし》を折るようにして、ゆっくりと前へ崩れ落ちる。

凄惨な家屋の虐殺を見つめた子供の眼に、ひとりで家へ帰る坂道で、前方の木立から蜩が一声立ったような気のしたのと同時に、両側の家々が普段の、あまりにも日常の雰囲気を、異様に際立たせて静まり返った。

翌年の五月の末には、その家々がすでに内に火をふくんで軒から煙を吐くその間を、走った。

大震災の年は立春を過ぎてから天候がけわしいようになった。とかく冷たい風が吹いて、雨が霙《みぞれ》になり、やがて雪がちらつくということが、何日もあった。この春先は何かと体調がよくないとこぼす人たちもすくなくなかった。肩から腰がこわばってきついと言う。私も同じような不調に苦しみながら、二月の末からこの短篇集の七作目の「枯木の林」にかかった。

三月に入っても雪の降る日があり、午後から雨になったが、宵にはまた雨に雪がまじった。その夜、私は街で人と会食する約束があり、道路端の二階の店にあがると窓の正面に大通りを隔てて、妙にいかつく横に長いビルが立ちはだかっている。それを目にして、何やら既視感がしきりに起こる。もうここ何十年もこのあたりに来た覚えはないのだ。やがて、夢に見たことのある場面によく似ていることに気がついた。もう何年も前の夢である。私はこれとそっくりの建物の高い階に、何の用があってか来ている。そこへ足もとが揺れはじめた。かなりの地震だと様子をうかがっていると、表の窓ガラスが一斉に、粉々に砕けて路上に落ちる。しかし夢の中の場面が後《おく》れて目の前の初見の光景に重なるとは、奇妙である。それにまた、建物の内にいる目と、外から眺める目とが一緒になっているではないか。

いや、実際に来たところだった、とようやく思い出したのは食事が済んで立ちあがりかける頃だった。もう十年も前のことになるはずだ。夜にタクシーでこの道路を来たところが、ちょうどあの建物の前で渋滞に停められ、もしもいま大地震が起こって、壁が道路の上へ倒れかかってきたなら、とても助かるまいな、とよけいなことを思うと、車の流れの遅さと壁の長さに、じりじりとさせられたものだ。夢に見たのはその直後のことだったのだろう。それが今夜、実際の建物を目にしたとたんに、既視感となって動いたか。それにしても、何とまわりくどい想起であることか、年を取ると、何事もとりとめがなくなる、とひとりで呆れて、それきり捨て置いた。

それが月曜日の夜のことで、三月十一日は金曜日、午後から「枯木の林」を書き継ぎながら、今年も三月十日の大空襲の日は過ぎた、六十六年になるか、あれが子供にとって恐怖の始まりだった、などと数えるうちに、地がゆさゆさと揺れ出した。

感受の極みを映す

解説　蜂飼耳

短篇連作『蜩の声』は、古井由吉のさらなる円熟の境地を伝える作品だ。初出は「群像」二〇一〇年五、七、十、十二月号および二〇一一年二、四、六、八月号。「除夜」「明後日になれば」「蜩の声」「尋ね人」「時雨のように」「年の舞い」「枯木の林」「子供の行方」の八篇が並ぶ。

上質な布が織り出されるようにして進む文章の中で、現在、過去、未来の時間と空間が静かに揺らぐ。その揺らぎの只中で、男と女、老人と子どもといった別もまたときおり揺れて、未知の境に触れる瞬間がもたらされる。これまでの著者の作品においてもそれは為され、積み重ねられてきたことだった。

とはいえ、著者の現在（執筆時という意味での）から汲み上げられた視点が起点とされ、随所に織り込まれていることで、ここに収められた八篇は、これまでも書き続け、いまも書き続ける著者の、生きている命の滴りを感じさせる作品となっている。

五感という言葉がある。仮に、人の有する感覚を、言いならわされる言葉通りに五感と呼ぶとして、著者の書き方は、そのうちのある感覚を強めるようにして書かれるところに、一つの特徴がある。あるときは、いまここに見えないはずのものを見通すほどの視覚。またあるときは、聴覚を拡大するように文章が展開される。そこには、詩に通じる感触が濃く立ちこめる。

ほとんど感覚ばかりになって進む行も少なくない。ゆえに、なにを書いても官能そのものとなり、しかしどこかで弛むということもなく、冒頭から末尾の一行まで、まとめ上げられていく。

そのような文章を書き続けてきた書き手が、烈しい追求の果てに、無の境地と重なって言葉を失くしたり、言葉を削る方向を向いた末に詩とすっかり重なって小説的展開を手放したりすることもなく、小説として受け取られ読まれる作品を書き続けていることは、日本語表現の流れの中で考えてみても、一つの驚異といえるだろう。

ある感覚を強めるようにして、と先に述べたけれど、たとえば表題作「蜩の声」は、聴覚への傾斜を深める叙述が未知の感触をひろげる。

上から下まで、細い網の目の白い幕に覆われている、十一階建ての集合住宅。鉄筋コンクリートのその建物の、外壁修繕の工事がおこなわれる。金切り声にたとえられるほどの凄まじい音がする。一日二日で済む工事ではない。感覚に失調を来たすほどの騒音だ。表題作は、その音に悩まされる日々とそこから湧き上がる想念を綴る。「音こそ逃れがたい。においが肌に染つくとすれば、音は耳に押し入る。耳からさらに深く入り、身体の内が騒音の吹き溜まりになる。耳は無防禦なので、内からも負けずにざわめいて、外とつりあわせなくては、身が持たない」。やがて梅雨が明けて、暑さの増す時季へ移る。

夜間の読書についてのくだりがある。「年を取るにつれて現在の自分から懸け離れたものを読むようになった」。あきるようであきないその読書を、暑さが妨げる。読むことはやめて酒でも呑むほかない、と切り上げられないのは「汗の噴き出るのは、文章にも坂の上りと下りがあり、そのやや急な上りにかかる時と決まっている」からだ。

これは、いい場面だからもう少し読まないわけにはいかない、というのとは違う。この観察は、あくまでも「文章」が持つ姿についての観察であり、場面ではない。そのこと自体が古井由吉という書き手を語っている、と思う。

読書をめぐる言及はまだつづく。面白い箇所なので、少し長めに引きたい。「ついても行けない眼を先へ先へと上っ滑りにひきずられるうちに、ある夜、不思議に読めているような境に入った。頭の内はひきつづき痼《しこ》っているので、とても理解とは思えない。まして認識からはるかに遠いが、なにがなし得心の感じが伴なってくる。しかもその得心は、心の内のことのようでもない。心は心にしても蒸し暑さに堪えかねて内から抜け出し、おなじく痼った眼を通して頁から浮き出した文章と宙で出会って、互いに言葉は通じぬままに、うなずきあい、拍子を取りあっている」。

近代以降の人間は、古代の人間に比べれば「論理的になったその分、耳が悪くなっているのではないか、すぐれた音楽を産み出したのも、じつは耳の塞がれかけた苦しみからではなかったか、とそんなことまで思ったものだが、この夜、昼の工事の音と夜更けの蒸し返しのために鈍磨の極みに至ったこの耳に、ひょっとしたら、往古の声がようやく聞こえてきたのか、と感じられて耳を遠くへやると、窓のすぐ外からけたたましく、蜩の声が立った」。まだ蜩の鳴く時間帯ではないのに。直後、その違和感は「声に異臭を思った」と表現される。

声の印象はさらに、蜩の死骸をめぐる幼年期の記憶を引き出す。蜩の色と文様の妖しさに惹かれた心が喚起され、「土に埋めて手を洗ったが、異臭は指先にしばらく遺った」と表される。そして、蜩の声は「帰心」に結びつけられる。敗戦の年の晩夏、汽車をいっぱいにした、疎開先からの帰還者や復員軍人。空襲でなくなった家。帰りたくても帰る先のない人々。「帰心の渦はどこへ紛れたのか」という一文が、蜩の声そのものだ。

そこで記述は、時間的に少し戻って、敗戦の前年のことになる。この、少しの戻りは、なぜか自然な流れとして叙述されることが目を引く。空襲に備えて、ある家が取り壊されるのを見た後のこと。「生まれ育った界隈であるのに、初めて見るように、一戸ずつ隅々までくっきりと目に映った。そしてあたりが底まで静まり返った。いきなりの明視と、いきなりの森閑と、どちらが先だったか。この家々もいまにすっかりなくなってしまう、と子供がそこまで考えたかどうか」。翌年五月、その界隈は空襲で焼ける。

このように、表題作には、騒音に蝕まれる時間と無音の境という両極が切り取られている。まるで連歌の独吟のように移っていく叙述。先に触れた、少しの戻りの自然さも、その動きから生まれるもの、ということかもしれない。

沈黙と静寂をめぐっては、「尋ね人」という一篇に描きこまれている敗戦直後のラジオ番組「尋ね人」をめぐる箇所も心に残る。戦災ではぐれた人の行方を、依頼を受けて探す番組。「もとどこそこにお住まいの誰々さん、現在どこそこにお住まいの何々さんが探しておられます」といった放送だ。一件ごとの間が、長く感じられた、と回想される。「雨の降りしきる暗い朝には、尋ねる声の途切れたその跡の沈黙がそのまま問いかけのようになり、おもむろな心あたりのようなものを呼び覚ましながら、雨の間へひろがっていく。大勢がいまだにはぐれて、雨に降られている。見つけられたい、元へはもどれないにしても、いま何処にいるか、いまこの時だけでもよいから、せめて知られたい、と願っている」。日常の人と人のやりとりにも、いまよりは長めの沈黙がはさまったのではないか、と思い返される。

容易には言葉にならない、迷いと途惑いを含む沈黙を、目や耳で追うことすらしないで、ぼんやりと受け止める。無駄どころか心にとって必要なそうした沈黙や間はいま、社会の喧騒や空白を埋め尽くす感覚の増幅によって片隅へ追いやられているのかもしれない。著者の文章には、そのように指摘する視線もこめられているようだ。

歳月、ということを考える。流れ去っていくのではなく、一人の人の中に否応なく蓄積される時間。あるいは、まるで時間が伸び縮みするかのような感じ方。「枯木の林」という作品に出てくる女は、五十を過ぎ、ある男との関係を振り返る。「もしかするとあの一夜の、夜明けに近かったたまじわりの内に、すべてが煮詰まって、若いながらに男女の年月を尽してしまったらしい」。文章の坂の上りと下りを深く感知する著者は、時間のふくらみについても目を凝らす。

それはたとえば、本書最後の作品「子供の行方」に、空襲の恐ろしい記憶として次のように書かれる。「あの一時間ばかりの内に、七歳にして生涯の力を尽してしまったように、後年になって思われる折りもあった」。その恐怖についての、聴覚的な記憶には、先に触れた表題作とも重なる捉え方がされている。

「耳はそむけることもならず、両手でふさいだところで目をつぶるようなわけにいかず、迫る音に押し入られるのをふせぎようもない。その助けにか、切迫が感受の限界を超えかかる時、轟音の只中にあっても、あたりが静まる。危急がひどく緩慢に感じられる。睡気のようなものさえ差す」と。

これまでも著者は、空襲の体験を繰り返し作品に表してきた。それはいつも、七歳の子供としての個人が、避けがたくさらされた恐怖として描かれてきた。いくつになっても消すことのできない、深く刻印された恐怖は、やり場のない哀しみと地続きのものとして、「子供の行方」に表されている。

空襲を避けるため、東京からの疎開先でさらに他所へ逃げることになる。いろいろな事情があって、家族よりも先に、一人で行かされる七歳の子。「暮れなずむ道をたったひとり、リヤカーのうしろにのせられてひかれて行く子供の姿が見える」。記憶でもあり、回想でもあるような記述。移った先でほどなく、出てきた城下町が空襲で焼けるのを、子供は目にする。やがて迎えた敗戦。

リヤカーで移動した際の記憶は、ほとんどない。そのときの姿ばかりが、歳月が経っても思い起こされる。「暗い道をリヤカーにのせられて運ばれて行った子供の姿を見送ったのが、最後であったような、そんな哀しみをときおり覚える」。この「最後であったような」という言葉が、静かに刺さるのだ。

だからこそ、遠く離れた過去の自分とふたたび出会う境を描く結びの言葉からは、ひろやかさと感動がもたらされる。「黙って手を引いてやらなくてはならない。手を引いて、そこから先はもう一本道になり、その涯までつれて行く」。その先はない、というほどの境を捉える言葉だが、あくまでも淡々とした佇まい。それがかえって胸に迫る。

感覚を強調、あるいは拡大して進んでいく著者の文章は、どんな一行も、新たな感受の仕方を知らせる。それは、知っていたけれど言葉にしたことはなかった、という思いを連れてくることも多い。つまり、行を目で追うごとに、頁を繰るごとに、〈読む〉という行為の、確かな手応えがもたらされる。〈読む〉ことのできる言葉がここにある、まだある、と感じさせられる。古井由吉の文章は感受の極みを映す。『蜩の声』もまたそんな一冊だ。出会ったら、きっとまた、何度も出会いたくなる。

年譜

古井由吉

一九三七年（昭和一二年）
一一月一九日、父英吉、母鈴の三男として、東京都荏原区平塚七丁目（現、品川区旗の台六丁目）に生まれる。父母ともに岐阜県出身。本籍地は岐阜県不破郡垂井町。祖父由之は、明治末、地元の大垣共立銀行の経営立て直しにもかかわった岐阜県選出の代議士であった。

一九四四年（昭和一九年）　七歳
四月、第二延山国民学校に入学。

一九四五年（昭和二〇年）　八歳
五月二四日未明の山手大空襲により罹災、父の実家、岐阜県大垣市郭町に疎開。七月、同市も罹災し、母の郷里、岐阜県武儀郡美濃町（現、美濃市）に移り、そこで終戦を迎える。一〇月、東京都八王子市子安町二丁目に転居。八王子第四小学校に転入。

一九四八年（昭和二三年）　一一歳
二月、東京都港区白金台町二丁目に転居。

一九五〇年（昭和二五年）　一三歳
三月、東京都港区立白金小学校を卒業。四月、港区立高松中学校に入学。

一九五二年（昭和二七年）　一五歳
九月、東京都品川区北品川四丁目（御殿山）に転居。

一九五三年（昭和二八年）　一六歳

三月、虫垂炎をこじらせて腹膜炎で四〇日入院。同月、高松中学校を卒業。四月、独協高校に入学、ドイツ語を学ぶ。九月、都立日比谷高校に転校。同じ学年に福田章二（庄司薫）、塩野七生、二級上に坂上弘がいた。

一九五四年（昭和二九年）　一七歳
日比谷高校の文学同人誌『驚起』に加わり、小説一編を書く。この頃、倒産出版社のゾッキ本により、内外の小説を乱読する。

一九五六年（昭和三一年）　一九歳
三月、日比谷高校を卒業。四月、東京大学文科二類に入学。「歴史学研究会」に所属、明治維新研究グループに加わる。アルバイトにデパートの売り子などをした。七月、登山の初心者だったが、いきなり北アルプスの針ノ木雪渓に登らされた。

一九六〇年（昭和三五年）　二三歳
三月、東京大学文学部ドイツ文学科を卒業。卒業論文はカフカ、主に「日記」を題材とした。四月、同大学大学院修士課程に進む。

一九六二年（昭和三七年）　二五歳
三月、大学院修士課程を修了。修士論文はヘルマン・ブロッホ。四月、助手として金沢大学に赴任、金沢市材木町七丁目（現、橋場町五番）の中村印房に下宿。土地柄、酒に親しむようになった。『金沢大学法文学部論集』に「『死刑判決』に至るまでのカフカ」を載せる。岩手、秋田の国境の山を歩いた。

一九六三年（昭和三八年）　二六歳
一月、北陸大豪雪（三八豪雪）に遭う。半日屋根に上がって雪を降ろし、夜は酒を呑んで四膳飯を食うという生活が一週間ほど続いた。銭湯でしばしば学生に試験のことをたずねられて閉口した。ピアノの稽古を始めて、ふた月でやめる。夏、白山に登る。

一九六四年（昭和三九年）　二七歳
一一月、岡崎睿子と結婚、金沢市花園町に住む。ロベルト・ムージルについての小論文を学会誌に発表。

一九六五年（昭和四〇年）　二八歳

四月、立教大学に転任、教養課程でドイツ語を教える。ヘルマン・ブロッホ、ノヴァーリス、ニーチェについて、それぞれ小論文を立教大学紀要および論文集に発表。北多摩郡上保谷に住む。

一九六六年（昭和四一年）　二九歳

文学同人「白描の会」に参加。同人に、平岡篤頼・高橋たか子・近藤信行・米村晃多郎らがいた。一二月、エッセイ「実体のない影」を『白描』七号に発表。この年はもっぱら翻訳に励み、また一般向けの自然科学書をよく読んでいた。

一九六七年（昭和四二年）　三〇歳

四月、ヘルマン・ブロッホの長編小説「誘惑者」を翻訳して筑摩書房版『世界文学全集56 ブロッホ』に収めて刊行。／九月、長女麻子生まれる。ギリシャ語の入門文法をひと通りさらったが、後年続かず、この夏から手を染めた競馬のほうは続くことになった。

一九六八年（昭和四三年）　三一歳

一月、処女作「木曜日に」を『白描』八号、一一月「先導獣の話」を同誌九号に発表。／一〇月、ロベルト・ムージルの「愛の完成」「静かなヴェロニカの誘惑」を翻訳、筑摩書房版『世界文学全集49 リルケ ムージル』に収めて刊行。／九月、世田谷区用賀二丁目に転居。一二月、虫歯の治療をまとめておこない、初めて医者から、老化ということをほのめかされた。

一九六九年（昭和四四年）　三二歳

七月「菫色の空に」を『早稲田文学』、八月「円陣を組む女たち」を『海』創刊号、一一月「私のエッセイズム」を『新潮』、「子供たちの道」を『群像』、「雪の下の蟹」を『白描』一〇号に発表。『白描』への掲載はこの号でひとまず終了。／四月、八十岡英治の推輓で、学芸書林版『現代文学の発見』別巻『孤独のたたかい』に「先導獣の話」が収められる。／一〇月、次女有子が生まれる。この年、大学紛争盛ん。

一九七〇年（昭和四五年）三三歳

二月「不眠の祭り」を『海』、五月「男たちの円居」を『新潮』、八月「杳子」を『文芸』、一一月「妻隠」を『群像』に発表。／六月、第一作品集『円陣を組む女たち』（中央公論社）、七月『男たちの円居』（講談社）を刊行。／三月、立教大学を助教授で退職。八年続いた教師生活をやめる。この年、『文芸』などの仕事により阿部昭・黒井千次・後藤明生らを知る。作家たちと話した初めての体験であった。一一月、母親の急病の知らせに駆けつけると、ちょうど三島由紀夫死去のニュースが入った。

一九七一年（昭和四六年）三四歳

二月より『文芸』に「行隠れ」の連作を開始（一一月まで全五編で完結）。三月「影」を『文学界』に発表。／一月『杳子・妻隠』（河出書房新社）を刊行。一一月、「新鋭作家叢書」全一八巻の一冊として『古井由吉集』を河出書房新社より刊行。／一月「杳子」により第六四回芥川賞を受賞。二月、母鈴死去。六二歳。親類たちに悔やみと祝いを一緒に言われることになった。五月、平戸から長崎まで、小説の《現場検証》のため旅行。

一九七二年（昭和四七年）三五歳

二月「街道の際」を『新潮』、四月「水」を『季刊芸術』春季号、九月「狐」を『文学界』、一一月「衣」を『文芸』に発表。／三月『行隠れ』（河出書房新社）を刊行。一一月、講談社版『現代の文学36』に李恢成・丸山健二・高井有一とともに作品が収録される。／一月、山陰旅行。八月、金沢再訪。一二月、土佐高知に旅行、雪に降られる。

一九七三年（昭和四八年）三六歳

一月「弟」を『文芸』、「谷」を『新潮』、五月「畑の声」を『新潮』に発表。九月より「櫛の火」を『文芸』に連載（七四年九月完結）。／一一月『筑摩世界文学大系64 ムージル ブロッホ』に「愛の完成」「静かなヴェロニカの誘惑」「誘惑者」の翻訳を収録刊行。四月『水』（河出書房新社）、六月『雪の下の蟹・男たちの円居』（講談社文庫）を刊行。／三月、奈良へ旅行、東大寺二月堂の修二会のお水取りの行を外陣より見学する。八月、佐渡へ旅行。九月、新潟・秋田・盛岡をまわる。

一九七四年（昭和四九年）　三七歳

三月『円陣を組む女たち』（中公文庫）、一二月『櫛の火』（河出書房新社）を刊行。／二月、京都へ。神社仏閣よりも京都競馬場へ急行した。四月、関西のテレビに天皇賞番組のゲストとして登場する。七月、ダービー観戦記「橙色の帽子を追って」を日本中央競馬会発行の雑誌『優駿』に書く。八月、新潟まで競馬を見に行く。

一九七五年（昭和五〇年）　三八歳

一月「雫石」を『季刊芸術』冬季号、「駆ける女」を『新潮』に発表。同月より「聖」を『波』に連載（一二月完結）。／三月『櫛の火』が日活より神代辰巳監督で映画化される。六月『文芸』で、吉行淳之介と対談。

一九七六年（昭和五一年）　三九歳

一月「櫟馬」を『文芸』、三月「夜の香り」を『新潮』、四月「仁摩」を『季刊芸術』春季号に発表。六月「女たちの家」を『婦人公論』に連載（九月完結）。一〇月「哀原」を『文学界』、一一月「人形」を『太陽』に発表。／五月『聖』（新潮社）を刊行。／この頃から高井有一・後藤明生・坂上弘と寄り合う機会が多くなった。三月、『文芸』で武田泰淳と対談（一〇月武田泰淳死去）。一一月、九州からの帰りに奈良に寄り、東大寺の三月堂の観音と戒壇院の四天王をつくづく眺めた。
一九七七年（昭和五二年）四〇歳
一月「赤牛」を『文学界』、五月「女人」を『プレイボーイ』、六月「安堵」を『すばる』に発表。九月、後藤明生・坂上弘・高井有一と四人でかねて企画準備中だった同人雑誌『文体』を創刊、「栖」を創刊号に発表。一〇月「池沼」を『文学界』、一二月「肌」を『文体』二号に発表する。／二月『女たちの家』（中央公論社）、一一月『哀原』（文芸春秋）を刊行。／四月、京都東本願寺の職員組合に招かれ、若い僧侶たちと呑む。八月、金沢に旅行して金石・大野あたりの、室生犀星も遊んだはずの、渚と葦原が、埋め立てられて臨海石油基地になっているのを見て啞然とさせられる。帰路、新潟に寄る。
一九七八年（昭和五三年）四一歳
三月「湯」を『文体』三号、四月「椋鳥」を『海』、六月「背」を『文体』四号、七月「親坂」を『世界』、九月「首」を『文体』五号、一一月「子安」を『小説現代』、一二月「子」を『文体』六号に発表。／六月『筑摩現代文学大系96』に黒井千次・李恢成・後藤明生とともに作品が収録される。一〇月『夜の香り』（新潮社）を刊行。／四月、若狭の矢代という漁村に「手杵祭」という祭りを見に行く。一二月、大阪での仕事の帰りに京都・奈良に寄る。同月、美濃・近江・若狭をめぐる。さまざまな観音像に出会った。この旅により菊地信義を知る。
一九七九年（昭和五四年）四二歳
一月「咳花」を『文学界』、三月「道」を『文体』七号、六月「葛」を『文体』八号、七月「牛男」を『新潮』、九月「宿」を『文体』九号、一〇月「痩女」を『海』、一二月「雨」を『文体』一〇号に発表。／九月『女たちの家』（中公文庫）、一〇月『行隠れ』

「声」を『文体』一一号、四月「あなおもしろ」を『海』に発表。五月より「無言のうちは」を『青春と読書』に隔月連載（八二年二月完結）。六月「親」を『文体』一二号（終刊号）、一〇月「明けの赤馬」を『新潮』に発表。一一月「槿」を寺田博主幹の『作品』創刊号に連載開始。／二月『水』（集英社文庫）、四月〜六月『全エッセイ』全三巻（作品社）、四月『山に行く心』、五月『言葉の呪術』、六月『日常の〝変身〟』、八月『椋鳥』（中央公論社）、一二月『親』（平凡社）を刊行。／二月、比叡山に登り雪に降られる。帰ってきて山の祟りか高熱をだした。五月、近江の石塔寺、信楽、伊賀上野、室生寺、聖林寺まで旅行した。その四日後のダービーの翌日、一二年来の栖を移り、同じ棟の七階から二階へ下ってきた。半月後に、腰に鈴を付けて大峰山に登る。五月『栖』により第一二回日本文学大賞を受賞。鮎川信夫と対談。六月（集英社文庫）、一一月『栖』（平凡社）、一二月『杳子・妻隠』（新潮文庫）を刊行。／この頃から、芭蕉たちの連句、心敬・宗祇らの連歌、さらに八代集へと、逆繰り式に惹かれるようになった。三月、丹波・丹後へ車旅。六月、郡上八幡、九頭竜川、越前大野、白山、白川郷、礪波、金沢、福井まで車旅、大江山を越える。八月、久しぶりの登山、安達太良山に登ったが、小学生たちにずんずん先を行かれた。一〇月、北海道へ車旅、根釧湿原のほとりに立つ。一二月、新宿のさる酒場で文芸編集者たちの歌謡大会の審査員をつとめた。この頃から『文体』の編集責任の番が回ってきたので、自身も素人編集者として忙しく出歩いた。

一九八〇年（昭和五五年）　四三歳

一月「あなたのし」を『文学界』に発表。エッセイ「一九八〇年のつぶやき」を『日本経済新聞』に全二四回連載（六月まで）。三月

『文体』が一二号をもって終刊となる。一〇月、高野山から和歌浦、四国へ渡って讃岐の弥谷山まで旅行。

一九八一年（昭和五六年）　四四歳

一月「家のにおい」を『文学界』、二月「静かさや」を『文芸春秋』、四月「団欒」を『群像』、六月「冬至過ぎ」を『すばる』、一〇月「蛍の里」を『群像』、一一月「芋の月」を『すばる』に発表。同月『作品』の休刊により中断していた「槿」の連載を新雑誌『海燕』で再開（八三年四月完結）。一二月「知らぬおきなに」を『新潮』に発表。／六月『新潮現代文学80　聖・妻隠』（新潮社）、一二月『櫛の火』（新潮文庫）を刊行。／一月、成人の日に粟津則雄宅に、吉増剛造・菊地信義と集まり連句を始める。ずぶの初心者が発句を吟《よ》まされる。「越の梅初午近き円居かな」。二月、京都・伏見・鞍馬・小塩・水無瀬・石清水などをまわる。六月、福井から敦賀、色の浜、近江、大垣まで「奥の細道」の最後の道のりをたどる。また、雨の比叡山に時鳥の声を聞きに行き、ついで朽木から小浜まで足をのばし、また峠越えに叡山までもどる。同じく六月、東京のすぐ近辺で蛍の群れるところを見た。七月、父親が入院、病院通いが始まった。

一九八二年（昭和五七年）　四五歳

一月「囀りながら」を『海』、エッセイ「風雅和歌集」を『読売新聞』（一一～一四、一六日）に発表。二月『青春と読書』に隔月で連載した作品が第一二回「帰る小坂の」で完結（『山躁賦』としてまとめられる）。四月「陽気な夜まわり」を『群像』、七月「飯を喰らう男」を同じく『群像』に発表。同月『図書』に連載エッセイ「私の《東京物語》考」を始める（八三年八月まで）。／四月『山躁賦』（集英社）を刊行。九月、文芸春秋『芥川賞全集』第八巻に「杳子」を収録刊行。同月より『古井由吉 作品』全七巻を河出書房新社より毎月一巻刊行開始（八三年三月完結）。／六月、『優駿』の依頼で、北海道は浦河の奥、杵臼の斎藤牧場まで行き、天皇賞馬モンテプリンス号の育成の苦楽を斎藤氏一家にたずねるうちに、父英吉死去の知らせが入った。八〇歳。

一九八三年（昭和五八年）四六歳

一月より「一九八三年のぼやき」を共同通信配信の各紙において全一二回連載。四月二五日より八四年三月二七日まで、『朝日新聞』の「文芸時評」を全二四回連載。八月『図書』連載の「私の《東京物語》考」完結。一二月、菊地信義と対談「本が発信する物としての力」を『海』に載せる。／六月『槿』（福武書店）を刊行。／九月、仲間が作品集完結祝いをしてくれる。同月『槿』で第一九回谷崎潤一郎賞を受賞。

一九八四年（昭和五九年）四七歳

一月「裸々虫記」を『小説現代』に連載（八五年一二月完結）。九月「新開地より」を『海燕』、一〇月「客あり客あり」を『群像』に発表。一一月、吉本隆明と対談「現在における差異」を『海燕』に掲載。一二月「夜はいま――」を『潭』一号に発表。／三月『東京物語考』（岩波書店）、四月『グリム幻想』（PARCO出版局、東逸子と共著）、一一月、エッセイ集『招魂のささやき』（福武書店）を刊行。／六月、北海道の牧場をめぐる。九月『海燕』新人文学賞選考委員をつとめる（八九年まで）。一〇月、二週間の中国旅行、ウルムチ、トルファンまで行く。一二月、同人誌『潭』創刊。編集同人粟津則雄・入沢康夫・渋沢孝輔・中上健次・古井由吉、デザイナー菊地信義。

一九八五年（昭和六〇年）四八歳

一月「壁の顔」を『海燕』、二月「邯鄲の」を『すばる』、四月「叫女」を『潭』二号に発表。エッセイ「馬事公苑前便り」を『優駿』に連載（八六年三月まで）。五月「斧の子」を『三田文学』、六月「眉雨」を『海燕』、八月「道なりに」を『潭』三号、九月「踊り場参り」を『新潮』、一一月「秋の日」を『文学界』、一二月「沼のほとり」を『潭』四号に発表。／三月『明けの赤馬』（福武書店）刊行。／八月、日高牧場めぐり。

一九八六年（昭和六一年）四九歳

一月「中山坂」を『海燕』に発表。二月、『文芸』春季号に「厠の静まり」を連作『仮往生伝試文』の第一作として発表（八九年五月『文芸』春季号「また明後日ばかりまゐるべきよし」で完結）。四月「朝夕の春」を『潭』五号に発表。『優駿』の連載エッセイを「こんな日もある　折々の馬たち」のタイトルで再開。九月「卯の花朽たし」を『潭』六号、エッセイ「変身の宿」を『読売新聞』（一九日）、一二月「椎の風」を『潭』七号に発表。／一月『裸々虫記』（講談社）、二月『眉雨』（福武書店）、『聖・栖』（新潮文庫）、三月『「私」という白道』（トレヴィル）を刊行。／一月、芥川賞選考委員となる（二〇〇五年一月まで）。三月、一ヵ月にわたり粟津則雄・菊地信義・吉増剛造らとヨーロッパ旅行。吉増剛造運転の車により六〇〇〇キロほど走る。一〇月岐阜市、一一月船橋市にて、前記の三氏と公開連句を行う。

一九八七年（昭和六二年）五〇歳

一月「来る日も」を『文学界』、「年の道」を『海燕』、二月「正月の風」を『青春と読書』、「大きな家に」を『潭』八号、八月「露地の奥に」を『新潮』、九月「往来」を『潭』九号に発表。一〇月、エッセイ「二十年ぶりの対面」を『読売新聞』（三一日）に掲載。一一月「長い町の眠り」を『石川近代文学全集10』に書き下ろす。／三月『夜はいま』（福武書店）、四月『山躁賦』（集英社文庫）、八月『フェティッシュな時代』(トレヴィル、田中康夫と共著)、九月、吉田健一・福永武彦・丸谷才一・三浦哲郎とともに『昭和文学全集23』(小学館)、一一月『石川近代文学全集10　曽野綾子・五木寛之・古井由吉』(石川近代文学館)、『夜の香り』(福武文庫)、一二月、ムージルの旧訳を改訂した『愛の完成・静かなヴェロニカの誘惑』(岩波文庫)を刊行。／一月、備前、牛窓に旅行。二月、熊野の火祭に参加、ついで木津川、奈良、京都、近江湖北をめぐる。四月「中山坂」で第一四回川端康成文学賞受賞。八月、姉柳沢愛子死去。

一九八八年(昭和六三年)　五一歳

一月「庭の音」を『海燕』、随筆「道路」を『文学界』、四月「閑の頃」を『海燕』に発表。『すばる』臨時増刊《石川淳追悼記念号》に「石川淳の世界　五千年の涯」を載せる。五月「風邪の日」を『新潮』に、七月「畑の縁」を『海燕』に、一〇月「瀬田の先」を『文学界』に発表。／二月『雪の下の蟹・男たちの円居』(講談社文芸文庫)、四月、随想集『日や月や』(福武書店)、七月『ムージル　観念のエロス』(岩波書店)、『槿』(福武文庫)、一一月、古井由吉編『日本の名随筆73　火』(作品社)を刊行。／一〇月、カフカ生誕の地、チェコの首都プラハなどに旅行。

一九八九年(昭和六四年・平成元年)　五二歳

一月「息災」を『海燕』に、三月「髭の子」を『文学界』に発表。四月「旅のフィールド・ノート〈オーストラリア〉」を『中央公論』に連載(七月まで)。七月「わずか十九年」を『海燕』阿部昭追悼特集に、「昭和の記憶　安堵と不逞と」を『太陽』に発表。八月『毎日新聞』に掌編小説「おとなり」(二日)を載せる。一〇月まで「読書ノート」を『文学界』に連載。一一月「影くらべ」を

『群像』に発表。『すばる』に「インタビュー文芸時評　古井由吉と『仮往生伝試文』」（聞き手・富岡幸一郎）が載る。／五月『長い町の眠り』（福武書店）、九月『仮往生伝試文』（河出書房新社）、一〇月『眉雨』（福武文庫）を刊行。／二月、『中央公論』の連載のためオーストラリアに旅行。

一九九〇年（平成二年）五三歳

一月『新潮』に「楽天記」の連載を開始（九一年九月完結）。五月、随筆「つゆしらず」を『文学界』、八月「夏休みのたそがれ時」を『日本経済新聞』（一九日）、九月「読書日記」を『中央公論』に発表。／三月『東京物語考』を同時代ライブラリーとして岩波書店より刊行。／二月、第四一回読売文学賞小説賞（平成元年度）を『仮往生伝試文』によって受賞。九月末からヨーロッパ旅行。一〇月初め、フランクフルトで開かれた日本文学とヨーロッパに関する国際シンポジウムに大江健三郎、安部公房らと出席。折しも、東西両ドイツ統合の時にいあわせる。その後、ドイツ国内、ウィーン、プラハを訪れる。

一九九一年（平成三年）五四歳

一月「文明を歩く――統一の秋の風景」を『読売新聞』（二一～三〇日）に連載。二月「平成紀行」を『文芸春秋』に発表。『青春と読書』に「都市を旅する　プラハ」を連載（八月まで四回）。三月、エッセイ「男の文章」を『文学界』に発表。六月「天井を眺めて」を『日本経済新聞』（三〇日）に掲載。九月「楽天記」（『新潮』）完結。一一月より九二年二月まで『すばる』にエッセイを連載。／三月、新潮古典文学アルバム21『与謝蕪村・小林一茶』（新潮社、藤田真一と共著）を刊行。／二月、頸椎間板ヘルニアにより約五〇日間の入院手術を余儀なくされる。四月退院。一〇月、長兄死去。

一九九二年（平成四年）五五歳

一月『海燕』に連載を開始（第一回「寝床の上から」）。二月「蝙蝠ではないけれど」を『文学界』に発表。三月、養老孟司との対談「身体を言語化すると……」を『波』、四月、江藤淳と対談「病気について」を『海燕』、松浦寿輝と対談「『私』と『言語』の間で」を『ルプレザンタシオン』春号に載せる。『朝日新聞』（六～一〇日）に「出あいの風景」を執筆。五月、平出隆と対談「『楽天』を生きる」を『新潮』、六月、エッセイ「だから競馬は面白い」を『現代』、七月「昭和二十一年八月一日」を『中央公論』、九月、吉本隆明と対談「漱石的時間の生命力」を『新潮』に掲載。／一月『招魂としての表現』（福武文庫）、三月『楽天記』（新潮社）を刊行。

一九九三年（平成五年）五六歳

一月、大江健三郎と対談「小説・死と再生」を『群像』、随筆「この八年」を『新潮』、「無知は無垢」を『青春と読書』に載せる。『文芸春秋』に美術随想「聖なるものを訪ねて」を一二月まで連載。五月、「魂の日」（連載最終回）を『海燕』に発表。七月、創作「木犀の日」と評論「凝滞する時間」を『文学界』に発表。同月四日から一二月二六日までの各日曜日に『日本経済新聞』に「こころ」と題して随想を連載。八月「初めの言葉として《わたくし》」を『群像』に発表。九月、吉本隆明と対談「心の病いの時代」を『中央公論　文芸特集』、一一月「鏡を避けて」を『文芸』秋季号に載せる。／八月『魂の日』（福武書店）、一二月『小説家の帰還　古井由吉対談集』（講談社）を刊行。／夏、柏原兵三の遺児光太郎君とベルリンを歩く。

一九九四年（平成六年）五七歳

一月「鳥の眠り」を『群像』、江藤淳と対談「文学＝隠蔽から告白へ――『漱石とその時代　第三部』について」を『新潮』、二月

「追悼野口冨士男　四月一日晴れ」を『文芸』春季号、随筆「赤い門」を『文学界』、「ボケへの恐怖」を『新潮45』、三月「背中ばかりが暮れ残る」を『群像』、奥泉光と対談「超越への回路」を『文学界』に掲載。七月『新潮』に「白髪の唄」の連載を始める（九六年五月まで）。七月四日より一二月一九日まで『読売新聞』の「森の散策」にエッセイを寄稿。九月「陰気でもない十二年」を『本』に、一〇月『世界』に「日暮れて道草」の連載を開始（九六年一月まで）。／四月、随想集『半日寂寞』（講談社）、『水』（講談社文芸文庫）、八月『陽気な夜まわり』（講談社）、一二月、古井由吉編『馬の文化叢書9　文学　馬と近代文学』（馬事文化財団）を刊行。

一九九五年（平成七年）　五八歳

一月「地震のあとさき」を『すばる』、「新宿から山登り」を『青春と読書』、二月、柳瀬尚紀と対談「ポエジーの『形』がない時代の表現」を『海燕』、「震災で心に抱えこむいらだちと静まり」を『朝日新聞』（一六日）、四月、高橋源一郎と対談「表現の日本語」を『群像』、八月「『内向の世代』のひとたち」（講演記録）を『三田文学』に掲載。／五月『ムージル著作集』（松籟社刊）第七巻に「静かなヴェロニカの誘惑」「愛の完成」を収録。一〇月、競馬随想『折々の馬たち』（角川春樹事務所）、一一月『楽天記』（新潮文庫）を刊行。

一九九六年（平成八年）　五九歳

一月「日暮れて道草」（『世界』）の連載完結。五月「白髪の唄」（『新潮』）の連載完結。六月、福田和也と対談「言語欺瞞に満ちた時代に小説を書くということ」を『海燕』、同月「信仰の外から」を『東京新聞』（七日）、七月、大江健三郎と対談「百年の短編小説を読む」を『新潮』臨時増刊号、八月

『早稲田文学』に小島信夫・後藤明生・平岡篤頼らと座談会「われらの世紀の文学は」を掲載。一一月『群像』に連作「死者たちの言葉」の連載を開始。一二月、「クレーンクレーン」（連作　その二）を『群像』に、江藤淳との対談「小説記者夏目漱石――『漱石とその時代　第四部』をめぐって」を『新潮』に掲載。／六月『神秘の人びと』（岩波書店、「日暮れて道草」の改題）、八月『白髪の唄』（新潮社）、『山に彷徨う心』（アリアドネ企画）を刊行。

一九九七年（平成九年）　六〇歳

一月『群像』に、連作「島の日（死者たちの言葉　その三）」（以下、三月「火男」、四月「不軽」、五月「山の日」、七月「草原」、八月「百鬼」、九月「ホトトギス」、一一月「通夜坂」、一二月「夜明けの家」、九八年二月「死者のように」で完結）を発表。同月、中村真一郎との対談「日本語の連続と非連続」を『新潮』、随筆「姉の本棚　謎の書き込み」を『文学界』に掲載。二月「午の春に」（随筆）を『文芸』春季号に発表。六月「詩への小路」を『るしおる』（書肆山田）に連載開始（二〇〇五年三月まで）。七月「《追悼石和鷹》気をつけてお帰りください　石和鷹の声」を『すばる』に発表。一二月、西谷修と対談「全面内部状況からの出発」を『新潮』に掲載。／一月『白髪の唄』により第三七回毎日芸術賞受賞。

一九九八年（平成一〇年）　六一歳

二月「死者のように」を『群像』に掲載。八月、津島佑子と対談「生と死の往還」を『群像』に掲載。八月より、佐伯一麦との往復書簡を『波』に連載（翌年五月まで）。一〇月、藤沢周と対談「言葉を響かせる」を『文学界』に掲載。／四月、短篇集『夜明けの家』（講談社）を刊行。／三月五日から一七日、右眼の網膜円孔（網膜に微小の孔があく）の手術のため東大病院に入院。四月、河内長野の観心寺を再訪、如意輪観音の開帳に会う。同行、菊地信義。五月一四日から二五日、再入院再手術。七月、国東半島および臼杵《うすき》に、九月、韓国全羅南道の雲住寺に、石仏を訪ねる。一一月五日から一一日、右眼網膜円孔に伴う白内障の手術のため東大病院に入院。

一九九九年（平成一一年）　六二歳

一月、花村萬月と対談「宗教発生域」を『新潮』に掲載。二月より「夜明けまで」に始まる連作を『群像』に発表（以下、三月「晴れた眼」、五月「白い糸杉」、六月「犬の道」、八月「朝の客」、九月「日や月や」、一一月「苺」、二〇〇〇年二月「初時雨」、同三月「年末」、同四月「火の手」、同六月「知らぬ唄」、同七月「聖耳」で完結）。／一〇月、佐伯一麦との往復書簡集『遠くからの声』（新潮社）を刊行。／二月一五日から二三日、左眼に網膜円孔発症、前年の執刀医の転勤を追って、東京医科歯科大病院に入院。同じ手術を受ける。五月六日から一一日、左眼網膜治療に伴う白内障手術のため東大病院に入院。以後、右眼左眼ともに健全。八月五、六日、大阪に行き、後藤明生の通夜告別式に参列、弔辞を読む。一〇月一〇日から三〇日、野間国際文芸翻訳賞の授賞に選考委員として出席のためにフランクフルトに行き、ついでに南ドイツからコルマール、ストラスブールをまわる。

二〇〇〇年（平成一二年）　六三歳

九月、松浦寿輝と対談「いま文学の美は何処にあるか」を『文学界』に、一〇月、山城むつみと対談「静まりと煽動の言語」を『群像』に、一一月、島田雅彦、平野啓一郎と鼎談「三島由紀夫不在の三十年」を『新潮』臨時増刊に掲載。／九月、連作短篇集『聖耳』（講談社）を刊行。一〇月、『二〇世紀の定義

１　二〇世紀への問い』（岩波書店）のなかに、「二〇世紀の岬を回り」を書く。／一〇月、長女麻子結婚。一一月、新宿の酒場「風花」で朗読会。以後、三ヵ月ほどの間隔で定期的に、毎回ホスト役をつとめ、ゲストを一人ずつ招いて続ける（二〇一〇年四月終了）。

二〇〇一年（平成一三年）六四歳

一月より、「八人目の老人」に始まる連作を『新潮』に発表（以下、二月「槌の音」、三月「白湯」、四月「巫女さん」、五月「枯れし林に」、六月「春の日」、八月「或る朝」、九月「天躁」、一〇月「峯の嵐か」、一一月「この日警報を聞かず」、一二月「坂の子」、二〇〇二年一月「忿翁」で完結）。一〇月から『毎日新聞』で松浦寿輝と往復書簡「時代のあわいにて」を交互隔月に翌年一一月まで連載。／五月、『二〇世紀の定義７　生きることと死ぬこと』（岩波書店）に「『時』の沈黙」を書く。／三月三日、風花朗読会が旧知の河出書房新社編集者、飯田貴司の通夜にあたり、焼香の後風花に駆けつけ、ネクタイを換えて朗読に臨む。一一月、次女有子結婚。

二〇〇二年（平成一四年）六五歳

三月、齋藤孝と対談「声と身体に日本語が宿る」を『文学界』に、四月、養老孟司と対談「日本語と自我」を『群像』に、同月、奥山民枝と対談「怒れる翁とめでたい翁」を『波』に掲載。六月、連作「青い眼薬」を『群像』に連載開始（六月「１・埴輪の馬」、七月「２・石の地蔵さん」、八月「３・野川」、九月「４・背中から」、一〇月「５・忘れ水」、一一月「６・睡蓮」、一二月「７・彼岸」）。一〇月、中沢新一、平出隆と鼎談「正岡子規没後百年」を『新潮』に掲載。／三月、短篇集『忿翁』（新潮社）を刊行。／九月、長女麻子に長男生まれる。一一月四日から二〇日、朗読とシンポジウムのため、ナント、パリ、ウィーン、インスブルック、メラノに行く。二一日から二九日、ウィーンで休暇。

二〇〇三年（平成一五年）六六歳

一月、小田実、井上ひさし、小森陽一と座談会「戦後の日米関係と日本文学」を『すばる』に掲載。一月五日から日曜毎に、随筆「東京の声・東京の音」を『日本経済新聞』に連載（一二月まで）。三月、連作「青い眼薬」を『群像』に掲載（三月「8・旅のうち」、四月「9・紫の蔓」、五月「10・子守り」、六月「11・花見」、七月「12・徴《しるし》」、九月「13・森の中」、一〇月「14・蟬の道」、一二月「15・夜の髭」）。四月、高橋源一郎と対談「文学の成熟曲線」を『新潮』に掲載。／一月二三日から三〇日、NHK・BS「わが心の旅」の取材のため、リーメンシュナイダーの祭壇彫刻を求め、かたわら中世末の《聖女》マルガレータ・フォン・エブナーの跡をたずね、ヴュルツブルク、ローテンブルク、メディンゲンなどを歩く。九月、南フランスでシンポジウム。

二〇〇四年（平成一六年）六七歳

一月、『群像』に連作「青い眼薬」の完結篇「16・一滴の水」を発表。六月、高橋源一郎、島田雅彦と座談会「罰当たりな文士の懺悔」を『新潮』に掲載。七月、「辻」に始まる連作を『新潮』に発表（以下、八月「風」、九月「役」、一一月「割符」、一二月「受胎」）。八月、平出隆と対談「小説の深淵に流れるもの」を『群像』に掲載。／五月、連作短篇集『野川』（講談社）を刊行。一〇月、随筆集『ひととせの　東京の声と音』（日本経済新聞社）を刊行。一二月、新装新版『仮往生伝試文』（河出書房新社）を刊行。

二〇〇五年（平成一七年）六八歳

一月、連作「辻」を『新潮』に不定期連載（一月「草原」、三月「暖かい髭」、四月「林の声」、五月「雪明かり」、七月「半日の花」、八月「白い軒」、九月「始まり」で完結)。五月、寺田博と対談「「かろうじて」の文学」を『早稲田文学』に掲載。／一月、『聖なるものを訪ねて』(ホーム社・集英社発売)刊行。一二月、一九九七年六月から二〇〇五年三月まで『るしおる』に二五回にわたって連載した『詩への小路』(書肆山田)を刊行(ライナー・マリア・リルケ「ドゥイノの悲歌」の試訳をふくむ)。／一〇月、長女麻子に長女生まれる。

二〇〇六年(平成一八年)六九歳

一月、「休暇中」を『新潮』に発表。三月、蓮實重彦と対談「終わらない世界へ」を『新潮』に掲載。四月、連作「黙躁」を『群像』に連載開始(四月「1・白い男〈『白暗淵』収録にあたって「朝の男」と改題〉」、五月「2・地に伏す女」、六月「3・繰越坂」、八月「4・雨宿り」、九月「5・白暗淵」、一〇月「6・野晒し」、一二月「7・無音のおとずれ」)。七月、高橋源一郎、山田詠美との座談会「権威には生贄が必要」を『群像』に掲載。一二月、「年越し」を『日本経済新聞』(三一日)に掲載。／一月、連作短篇集『辻』(新潮社)を刊行。／四月、次女有子に長男生まれる。

二〇〇七年(平成一九年)七〇歳

一月、連作「黙躁」を『群像』に掲載(一月「8・餓鬼の道」、二月「9・撫子遊ぶ」、四月「10・潮の変わり目」、五月「11・糸遊」、六月「12・鳥の声」で一二篇完結)。三月、『群像』誌上で松浦寿輝と対談。／八月、松浦寿輝との往復書簡集『色と空のあわいで』を講談社より発刊。九月、エッセイ集『始まりの言葉』を岩波書店より刊行。一二月、短篇集『白暗淵』を講談社より刊行。／七月、関東中央病院に検査入院。八月六日、日赤医療センターに入院。八日、頸椎を手術、一六年前と同じ主治医による。二三日、退院。

二〇〇八年（平成二〇年）　七一歳

一月、福田和也との対談「平成の文学について」を『新潮』に掲載。二月、岩波書店の連続講演「漱石の漢詩を読む」を行う（週一回で計四回）。同月、『毎日新聞』に月一回のエッセイを連載開始。講演録「書く　生きる」を『すばる』に、三月「小説の言葉」を『言語文化』（同志社大学）に掲載。四月、『新潮』に連作を始める（四月「やすみしほどを」、六月「生垣の女たち」、八月「朝の虹」、一一月「涼風」）。／二月、講演録『ロベルト・ムージル』を岩波書店から刊行。六月、『不機嫌の椅子　ベスト・エッセイ2008』に「人は往来」を収録。九月『夜明けの家』を講談社文芸文庫から刊行。一二月『漱石の漢詩を読む』を岩波書店から刊行。／この年、七〇代に入ってから二度目の連作にかかり、終わるものだろうかと心細くもなったが、心身好調だった。

二〇〇九年（平成二一年）　七二歳

一月、前年からの連作を『新潮』に発表（一月「瓦礫の陰に」、四月「牛の眼」、六月「掌中の針」、八月「やすらい花」）。二月、随筆「招魂としての読書」を『すばる』に掲載。六月「ティベリウス帝『権力者の修辞』［タキトゥス『年代記』］」を『文芸春秋』に掲載。七月から『日本経済新聞』に週一度のエッセイ連載を始める。同月、島田雅彦と対談「恐慌と疫病下の文学」を『文学界』に掲載。／八月、坂本忠雄著『文学の器』（扶桑社）に福田和也との対談「川端康成『雪国』」を収録。一一月、口述をまとめた『人生の色気』を新潮社から刊行。／この年、新聞のエッセイ連載がふたつ重なり、忙しくなったが、小説のほうにはよい影響を及ぼしたようだった。

二〇一〇年（平成二二年）　七三歳

一月、大江健三郎との対談「詩を読む、時を眺める」を『新潮』に、二月、佐伯一麦との対談「変わりゆく時代の『私』」を『すばる』に、三月、「小説家52人の2009年日記リレー」の二〇〇九年一二月二四日〜三一日を担当し『新潮』に掲載する。同月、往年の『文芸』および『海燕』の編集長寺田博氏亡くなる。四月、一〇年ほども新宿の酒場で続けた朗読会を第二九回目で終了。五月より「除夜」に始まる連作を『群像』に発表（以下、七月「明後日になれば」、一〇月「蜩の声」、一二月「尋ね人」）。一二月、佐々木中との対談「ところがどっこい旺盛だ。」を『早稲田文学　増刊π』に掲載。／三月『やすらい花』を新潮社から刊行。この年、ビデオディスク『私の1冊　人と本の出会い』（アジア・コンテンツ・センター）に『山躁賦』を収録。／この年、初夏から秋にかけて長年の住まいの、築四二年目のマンションが三回目の改修工事に入り、騒音に苦しんで暮らすうちに、住まいというものの年齢を考えさせられた。

二〇一一年（平成二三年）　七四歳

一月、随筆「『が』地獄」を『新潮』に掲載。二月、前年からの連作を『群像』に掲載（二月「時雨のように」、四月「年の舞い」、六月「枯木の林」、八月「子供の行方」で完結）。三月「草食系と言うなかれ」を『文芸春秋』に掲載。四月から翌年三月まで、『読売新聞』「にほんご」欄に月一度、随筆（「時字随想」）を連載。六月「ここはひとつ腹を据えて」を『新潮45』に、一〇月、平野啓一郎との対談「震災後の文学の言葉」を『新潮』に、一二月、松浦寿輝との対談「小説家が老いるということ」を『群像』に掲載。／一〇月『蜩の声』を講談社から刊行。／三月一一日の大震災の時刻は、自宅で「枯木の林」を書いている最中だった。

二〇一二年（平成二四年）　七五歳

一月、随筆「埋もれた歳月」を『文学界』に、片山杜秀との対談「ペシミズムを力に」を『新潮45』に、又吉直樹との対談「災いの後に笑う」を『新潮』に掲載。三月、随筆「紙の子」を『群像』に掲載。五月、「窓の内」に始まる連作を『新潮』に掲載（以下、八月「地蔵丸」、一〇月「明日の空」、一二月「方違え」）。同月、「『古井由吉自撰作品』刊行記念連続インタヴュー『40年の試行と思考　古井由吉を、今読むということ』（聞き手　佐々木中）、『文学は「辻」で生まれる』（聞き手　堀江敏幸）」を『文芸』夏号に掲載。七月、神奈川県川崎市の桐光学園中学高等学校にて、「言葉について」の特別講座を行う（二〇一三年八月、水曜社より刊行の『問いかける教室　13歳からの大学授業』に収録）。八月、中村文則との対談「予兆を描く文学」を『新潮』に掲載。一二月、一〇月二〇日に東京大学ホームカミングデイの文学部企画講演「翻訳と創作と」を加筆・修正して『群像』に掲載。／三月『古井由吉自撰作品』刊行開始（一〇月、全八巻完結）。『戦時下の青春』（『コレクション　戦争×文学15』）に「赤牛」が収録、集英社から刊行。七月、前年四月一八日からこの年三月二〇日まで『朝日新聞』に連載した佐伯一麦との震災をめぐる往復書簡を『言葉の兆し』として朝日新聞出版から刊行。／思いがけず河出書房新社から作品集を出すことになった。

二〇一三年（平成二五年）　七六歳

三月、前年からの連作を『新潮』に掲載（三月「鐘の渡り」、五月「水こほる聲」、七月「八ツ山」、九月「机の四隅」で完結）。／一月、又吉直樹がパーソナリティーを務めるニッポン放送のラジオ番組「ピース又吉の活字の世界」に出演（一月一六、二三日放送）。

二〇一四年（平成二六年）　七七歳

一月より、「躁がしい徒然」に始まる連作を

『群像』に発表（以下、三月「死者の眠りに」、五月「踏切り」、七月「春の坂道」、九月「夜明けの枕」、一一月「雨の裾」）。一月、随筆「病みあがりのおさらい」を『新潮』に、五月、随筆「顎の形」を『文芸春秋』に掲載。六月、大江健三郎との対談「言葉の宙に迷い、カオスを渡る」を『新潮』に掲載。／二月、前々年からの連作をまとめた『鐘の渡り』を新潮社から刊行。三月、『古井由吉自撰作品』の月報の連載をまとめた『半自叙伝』を河出書房新社から刊行。

二〇一五年（平成二七年）　七八歳

前年からの連作を『群像』に掲載（一月「虫の音寒き」、三月「冬至まで」で完結）。一月、随筆「夜の楽しみ」を『新潮』に、随筆「達意ということ」を『文学界』に掲載。八月より、「後の花」に始まる連作を『新潮』に発表（以下、一〇月「道に鳴きつと」、一二月「人違い」）。／三月、大江健三郎との対談「文学の伝承」を『新潮』に、七月、堀江敏幸との対談「連れ連れに文学を思う」を『群像』に掲載。一〇月、六月二九日に紀伊國屋サザンシアターにて行われた大江健三郎とのトークイベントを「漱石100年後の小説家」のタイトルで『新潮』に掲載。一二月、九月二日に八重洲ブックセンターで行われた又吉直樹とのトークイベントを「小説も舞台も、破綻があるから面白い」のタイトルで『群像』に掲載。／三月、TOKYO MXの『西部邁ゼミナール』に富岡幸一郎と出演（三月一五、二二、二九日放送）。五月、「東京大学新図書館トークイベントEXTRA」（飯田橋文学会、東京大学大学院総合文化研究科附属共生のための国際哲学センター、東京大学附属図書館共催）における阿部公彦とのトークショーで、『辻』『白暗淵』『やすらい花』について語る。一一月、SMAPの稲垣吾郎がホストを務めるTBS

テレビ「ゴロウ・デラックス」に出演、「課題図書」は『雨の裾』（一一月一二日放送）。／四月、大江健三郎との対談集『文学の淵を渡る』を新潮社から刊行。六月、『群像』の連作をまとめた『雨の裾』を講談社から刊行。『現代小説クロニクル 1995〜1999』（日本文藝家協会編）に「不軽」が収録、講談社文芸文庫から刊行。七月、『仮往生伝試文』を講談社文芸文庫より初めて文庫本として刊行。

二〇一六年（平成二八年）　七九歳

前年からの連作を『新潮』に掲載（二月「時の刻み」、四月「年寄りの行方」、六月「ゆらぐ玉の緒」、八月「孤帆一片」、一〇月「その日暮らし」）。／一月、『「内向の世代」初期作品アンソロジー』（黒井千次選）に「円陣を組む女たち」が収録、講談社文芸文庫より刊行。

二〇一七年（平成二九年）　八〇歳

二月、前々年からの連作をまとめた『ゆらぐ玉の緒』を新潮社から刊行。

（著者編）

著書目録

古井由吉

【単行本】

円陣を組む女たち　昭45・6　中央公論社
男たちの円居　昭45・7　講談社
杏子・妻隠　昭46・1　河出書房新社
行隠れ　昭47・3　河出書房新社
水　昭48・4　河出書房新社
櫛の火　昭49・12　河出書房新社
聖　昭51・5　新潮社
女たちの家　昭52・2　中央公論社
哀原　昭52・11　文芸春秋
夜の香り　昭53・10　新潮社
栖　昭54・11　平凡社
椋鳥　昭55・8　中央公論社
親　昭55・12　平凡社
山躁賦　昭57・4　集英社
槿　昭58・6　福武書店
東京物語考　昭59・3　岩波書店
グリム幻想＊　昭59・4　ＰＡＲＣＯ出版局
招魂のささやき　昭59・11　福武書店
明けの赤馬　昭60・3　福武書店
裸々虫記　昭61・1　講談社
眉雨　昭61・2　福武書店
「私」という白道　昭61・3　トレヴィル
夜はいま　昭62・3　福武書店
フェティッシュな時代＊　昭62・8　トレヴィル

日や月や　昭63・4　福武書店
ムージル　観念のエロス　昭63・7　岩波書店
長い町の眠り　平元・5　福武書店
仮往生伝試文　平元・9　河出書房新社
与謝蕪村・小林一茶＊（新潮古典文学アルバム21）　平3・3　新潮社
楽天記　平4・3　新潮社
魂の日　平5・8　福武書店
小説家の帰還＊　平5・12　講談社
半日寂寞　平6・4　講談社
陽気な夜まわり　平6・8　講談社
折々の馬たち　平7・10　角川春樹事務所
神秘の人びと　平8・6　岩波書店
白髪の唄　平8・8　新潮社
山に彷徨う心　平8・8　アリアドネ企画
夜明けの家　平10・4　講談社
遠くからの声＊　平11・10　新潮社
聖耳　平12・9　講談社
忿翁　平14・3　新潮社
野川　平16・5　講談社
ひととせの　東京の声と音　平16・10　日本経済新聞社
聖なるものを訪ねて　平17・1　ホーム社
詩への小路　平17・12　書肆山田
辻　平18・1　新潮社
色と空のあわいで＊　平19・8　講談社
始まりの言葉　平19・9　岩波書店
白暗淵　平19・12　講談社
ロベルト・ムージル　平20・2　岩波書店
漱石の漢詩を読む　平20・12　岩波書店
人生の色気　平21・11　新潮社
やすらい花　平22・3　新潮社
蜩の声　平23・10　講談社
言葉の兆し＊　平24・7　朝日新聞出版
鐘の渡り　平26・2　新潮社
半自叙伝　平26・3　河出書房新社

文学の淵を渡る＊　平27・4　新潮社
雨の裾　平27・6　講談社
ゆらぐ玉の緒　平29・2　新潮社

【翻訳】
世界文学全集56　ブロッホ　昭42　筑摩書房
世界文学全集49　リルケ　ムージル　昭43　筑摩書房
筑摩世界文学大系64　ムージル　ブロッホ　昭48　筑摩書房
愛の完成・静かなヴェロニカの誘惑（ムージル）　昭62　岩波文庫
ムージル著作集7　平7　松籟社

【全集】
全エッセイ　全3巻　昭55・4〜6　作品社
古井由吉 作品　全7巻　昭57・9〜58・3　河出書房新社
古井由吉自撰作品　全8巻　平24・3〜10　河出書房新社
全集・現代文学の発見　別巻（孤独のたたかい）　昭44　学芸書林
新鋭作家叢書（古井由吉集）　昭46　河出書房新社
現代の文学36　昭47　講談社
筑摩現代文学大系96　昭53　筑摩書房
新潮現代文学80　昭56　新潮社
芥川賞全集8　昭57　文芸春秋
昭和文学全集23　昭62　小学館
石川近代文学全集10　昭62　石川近代文学館
日本の名随筆73　昭63　作品社
文芸春秋短篇小説館（「平成紀行」収録）　平3　文芸春秋
馬の文化叢書9　平6　馬事文化財団

川端康成文学賞全作品 Ⅱ　平11　新潮社
戦後短篇小説選5（「親坂」収録）　平12　岩波書店
山形県文学全集第Ⅱ期 4 昭和戦後編2（「秋雨の最上川」収録）　平17　郷土出版社
コレクション 戦争×文学15 戦時下の青春（「赤牛」収録）　平24・3　集英社

【文庫】

雪の下の蟹・男たちの円居（解＝上田三四二 年）　昭48　講談社文庫
円陣を組む女たち（解＝清水徹）　昭49　中公文庫
女たちの家（解＝後藤明生）　昭54　中公文庫
行隠れ（解＝高井有一）　昭54　集英社文庫
杏子・妻隠（解＝三木卓）　昭54　新潮文庫
水（解＝小川国夫）　昭55　集英社文庫
櫛の火（解＝平岡篤頼）　昭56　新潮文庫
椋鳥（解＝平出隆）　昭58　中公文庫
聖・栖（解＝前田愛）　昭61　新潮文庫
山躁賦（解＝渋沢孝輔）　昭62　集英社文庫
夜の香り（解＝川村湊）　昭62　福武文庫
雪の下の蟹・男たちの円居（解＝平出隆 案＝紅野謙介 著）　昭63　文芸文庫
槿（解＝吉本隆明）　昭63　福武文庫
眉雨（解＝三浦雅士）　平元　福武文庫
招魂としての表現（解＝佐伯一麦）　平4　福武文庫
水（解＝川西政明 案＝勝又浩 著）　平6　文芸文庫
楽天記（解＝佐伯一麦）　平7　新潮文庫
木犀の日 古井由吉自選短篇集（解＝大杉重男 年 著）　平10　文芸文庫
日本ダービー十番勝負＊　平10　小学館文庫